KB033250

제7, 8회 ZA 문학 공모전 수상 작품집

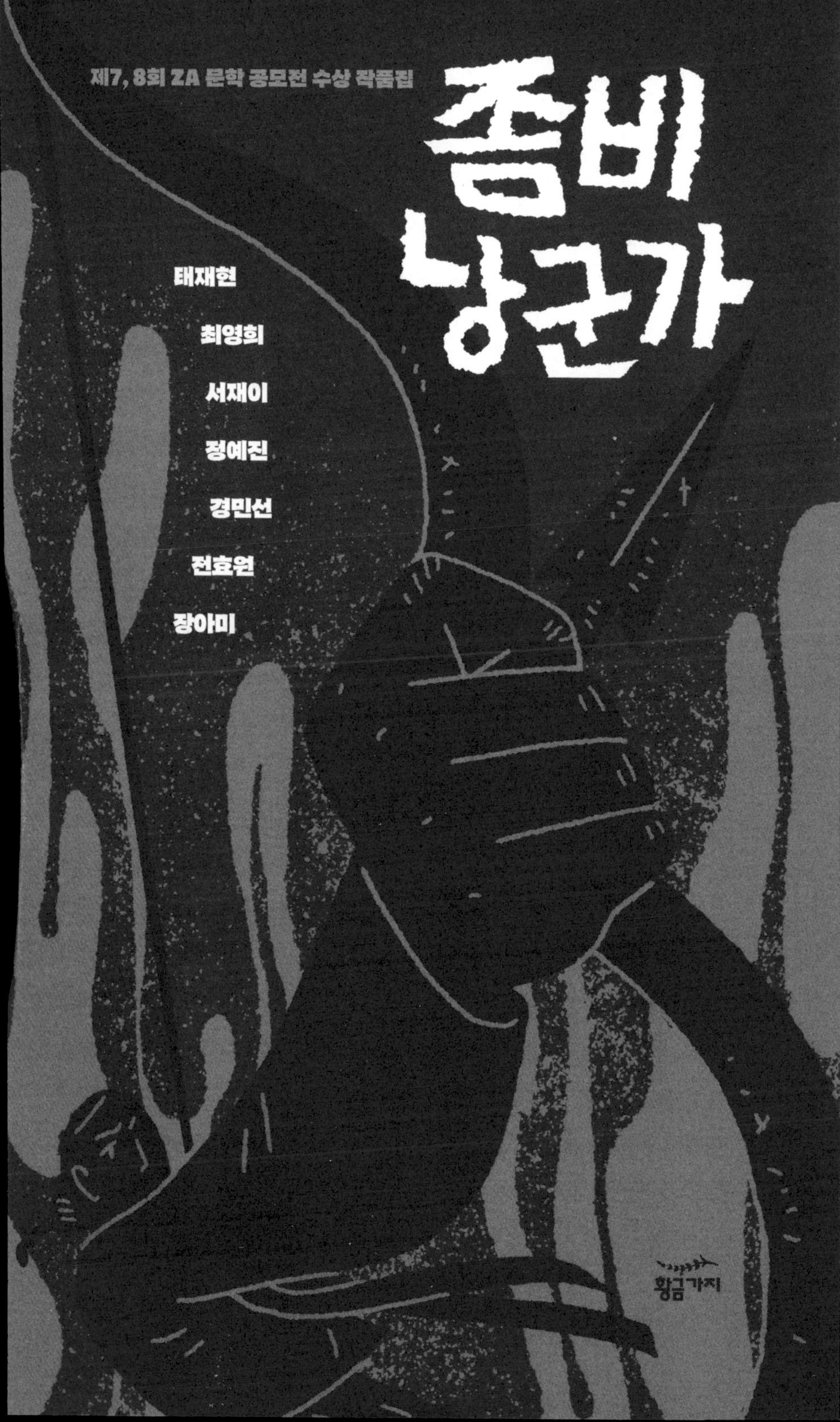
제7, 8회 ZA 문학 공모전 수상 작품집
좀비 낭군가
태재현
최영희
서재이
정예진
경민선
전효원
장아미
황금가지

차례

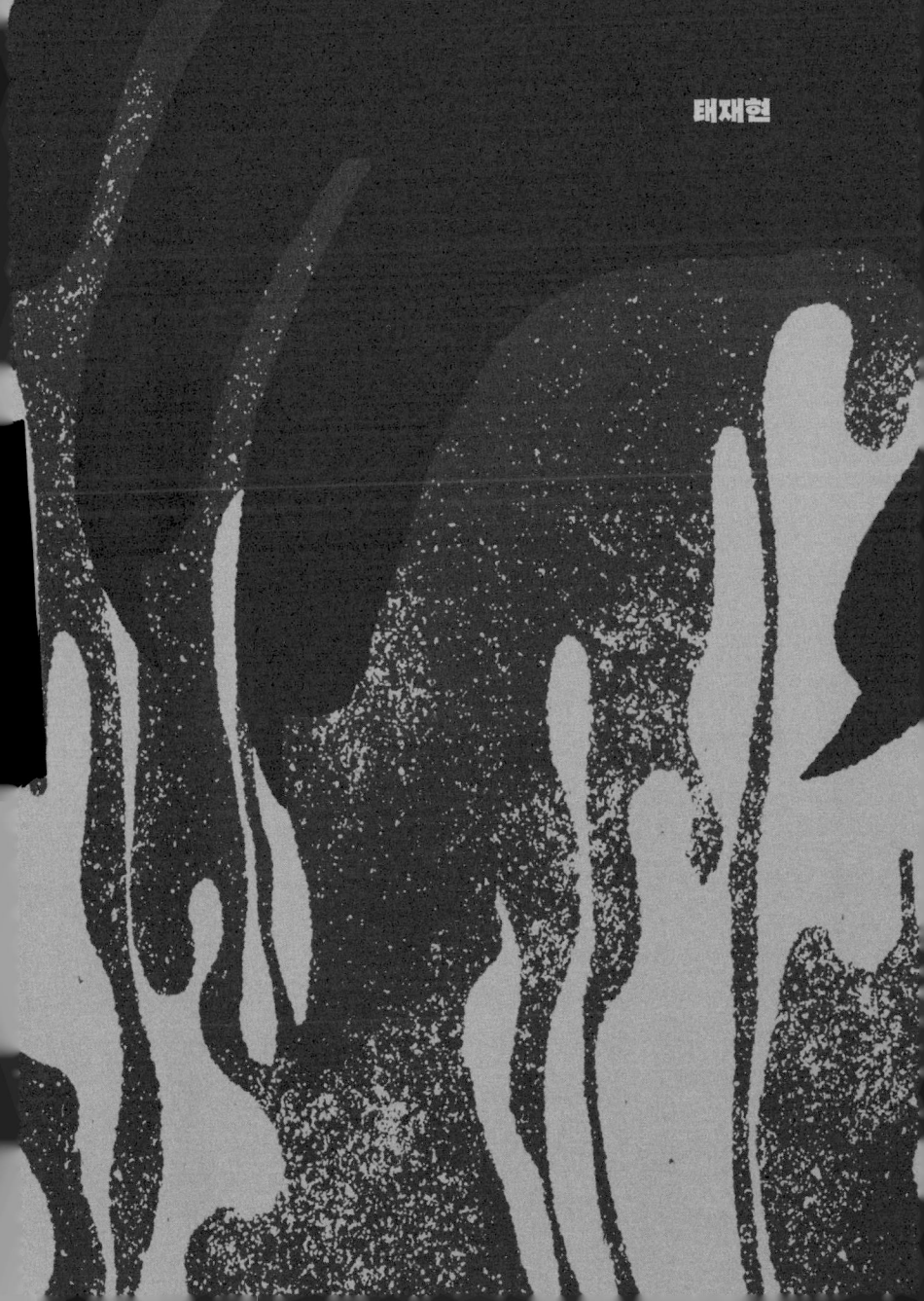

좀비 낭군가

(제8회 ZA 문학 공모전 당선작)

태재현

태재현

황금가지 제2회 신체강탈자 공모전에서 「오 사랑」으로 가작
을 수상하면서 작품 활동을 시작했다. 황금가지 제8회 ZA
문학 공모전 「좀비낭군가」로 당선, 「밤이 깊어 범이 우나니」
로 우수상을 수상했다. 오랫동안 IT 노동자였다. 더 오랫동안
창작 노동을 하고 싶다. 경기문화재단 장편 소설 출판 지원
사업에 선정되었다.

울도 담도 없는 집에서 시집살이 삼 년 만에
시어머니 하시는 말씀 얘야 아가 며늘아가
진주 낭군 오실 터이니 진주 남강 빨래 가라
진주 남강 빨래 가니 산도 좋고 물도 좋아
우당탕탕 두드리는데 난데없는 말굽소리
고개 들어 힐끗 보니 하늘같은 갓을 쓰고
구름같은 말을 타고서 못 본 듯이 지나노라
흰 빨래는 희게 빨고 검은 빨랜 검게 빨아
집이라고 돌아가 보니 사랑방이 소요하다
시어머니 하시는 말씀 얘야 아가 며늘아
진주 낭군 오시었으니 사랑방에 나가봐라
사랑방에 올라보니 온갖 가지 안주에다
기생첩을 옆에 끼고서 권주가를 부르더라
이것을 본 며늘아가 아랫방에 물러나와
아홉 가지 약을 먹고서 목 매달아 죽었더라

이 말들은 진주낭군 버선발로 뛰어나와
내 이럴줄 왜 몰랐던가 사랑사랑 내사랑아
화룻청은 삼년이요 본댓청은 백년인데
내 이럴줄 왜 몰랐던가 사랑사랑 내 사랑아

— 「진주낭군가」, 조선 구전 민요

一 章

울도 담도 없는 집에서
시집살이 삼 년 만에
시어머니 하시는 말씀
애야 아가 며늘아가
진주 낭군 오실 터이니
진주 남강 빨래 가라

　내 아버지는 한미했습니다. 한때 밀양 천석꾼으로 유명했던 집
에 장가들었지만 딸에게 물려줄 재산은 없었습니다. 아버지는 평
생 그것이 불만이었고 딸만 넷을 낳은 어머니를 몹시 구박했습니
다. 그는 돈벌이를 하면 양반 체면이 손상된다며 친구들을 만나
술을 마시고 한탄하는 것으로 소일했습니다.

　저는 어머니를 도와 삯바느질을 하고 몰래 술을 담가 팔았습니
다. 어머니는 몹시 두려워했지만 저는 어릴 적부터 담이 꽤 큰
편이었습니다. 당장 집에 곡식이 없는데 체면은 뭐고 법도는 또
무엇이란 말입니까. 제가 두려운 것은 동생들을 굶기다 늙은이의
재취로 보내는 것이었습니다.

　그러다 저만 혼기를 놓쳤고 아버지는 진주 산골에서 중매가
들어오자 덮어놓고 환영했습니다. 양가 모두 가진 것이 없으니 논

의는 빠르게 진행되었습니다. 저만큼 상대편도 혼인이 급한 나이였습니다.

"내가 아들 없는 한을 이제야 풀겠네."

혼롓날 처음 본 사위의 풍채가 너무도 훤칠하여 부모님은 싱글벙글했습니다. 그는 홀어머니의 뒷바라지를 받으며 오랫동안 수학했으나 세상에 나아가지 못하고 있었습니다. 시아버지가 관직에 있었지만 친구를 잘못 만나 비명횡사한 후로 모든 지원이 끊겼다고 했습니다. 나의 아버지는 한양에 있는 먼 친척 누군가에게 줄을 댈 수 있으니 남편을 소개하겠다고 했습니다.

"저희 집안에 복이 굴러들어왔습니다. 따님을 금이야 옥이야 모시고 살겠습니다."

"자네도 무슨 농담을 그렇게 하는가! 큰일 할 사람이 한낱 여인을 어찌 모신다고 하나."

빈말이라 해도 듣기 좋았습니다. 저는 남편과 잘 지내볼 생각이었습니다. 비록 혼례를 치르자마자 한양으로 떠나버린다고 해도. 그 '줄'이라는 것이 아버지가 젊었던 시절부터 잡으려 애써도 결국 아무 소득 없었던 허상 같은 것이라 해도. 남편이 떠나면 홀로 남을 시어머니를 잘 봉양하면서 기다리기로 결심했습니다.

"이미 버린 몸이니 허튼 생각 말고 어머니와 잘 지내게."

빚을 져가며 새로 지은 도포와 멋들어진 갓을 쓰고, 제가 혼수로 가져온 놋그릇을 판 돈으로 말까지 샀습니다. 남편의 외모는 더욱 아름다웠으나 그 입에서 나오는 말은 천하기 짝이 없었습니다. 저는 시어머니가 듣지 못하게 가까이 다가가 되물었습니다.

"서방님. 방금 하신 말씀……."

"보는 눈이 많다. 몸단속을 제대로 하지 못하여 어머니와 나를 곤란하게 만든다면 쳐죽일 것이다."

그는 싱긋 웃으며 긴 손가락으로 저의 볼을 콕 찔렀습니다. 도타운 마음을 표현하는 것으로 생각했던 그 습관이, 그 순간에는 정말 소름 끼치고 싫었습니다.

작은 촌락에서 남편의 여행은 큰 사건이었습니다. 거동이 힘든 노인들까지 기어이 나와 진주의 아들을 배웅했습니다. 아이들은 처음 보는 말이 신기해서 마을 입구까지 한참 따라가며 소리 질렀습니다. 남편은 인자하게 웃으며 모두에게 손을 흔들고 떠났습니다. 시어머니는 너무 울어 저의 팔을 잡은 채 정신을 놓고 있었습니다. 그러나 저는 당장의 끼니가 걱정이었습니다.

가장이 없는 동안 몸이 부서져라 일했습니다. 시어머니가 하던 삯바느질 일에 빨래를 더했습니다. 처음에는 양반집 문을 두드리고 빨랫감을 받아오는 일이 너무도 어려웠습니다. 집안의 종들이 수군대거나 꽃댕기를 단 아이들이 돌을 던지는 것은 참을 만했습니다. 그러나 대감들이, 종종 마님들이. 냄새나는 옷을 던져주거나 깨끗이 다림질까지 해서 가져간 옷에 트집을 잡아 삯을 깎고 모욕하는 것이 괴로웠습니다.

"천석꾼 집 여인이 산골까지 왔다기에 무슨 일인가 했지."

마을 사람들은 제가 시집오기 전부터 이미 저에 대한 모든 이야기를 다 전해 듣고 자기들 흥미에 맞게 꾸미고 바꾸어 퍼뜨리고 있었습니다. 그러나 살아야 했습니다. 아마 일을 얻지 못했다면 저는 다시 술을 담가 팔았을 거예요. 여염집 여인이 했다가 걸리면 맞아 죽어도 할 말이 없는 그런 일을요. 다행히 제 솜씨가 마음에 들었는지 한 번 일을 맡긴 곳에서는 계속 빨래를 주었습니다.

그 돈으로 양식도 사고 가끔 고기나 생선도 올리고. 시어머니는 입맛이 까다로워 아무것도 맛있다는 말을 하지 않았습니다. 소고기를 구워드리면 채 익기도 전에 모조리 다 드셨는데 그럴 때도 흡족하다거나 고맙다는 말은 하지 않았어요. 그렇게 만족을 표현하면 '며느리를 길들일 수 없다'라고 언젠가 동네의 누군가가 알려주셨다고 합니다. 그때나 지금이나 역시 이해가 가지 않는 풍습이지만요.

제가 함께 일하니 어느 순간 어머니는 바느질 일도 거의 놓았습니다. 아들 뒷바라지하느라 오랫동안 고생하셨으니 이제는 좀 쉬어도 괜찮지 않은가 애써 생각했습니다. 새 옷을 짓고, 더러워진 옷을 빨고, 말리고 다림질해서 다시 이어 붙이고. 고단한 하루하루였지만 고향에서 여섯 식구를 먹여 살릴 때보다는 살림이 괜찮았습니다. 저는 서신 한 통 없는 남편이 돌아오면 이 고생도 다 끝날 것이라는 막연한 희망으로 견뎠습니다.

처음 일 년은 소처럼 일만 했습니다. 그래서였을까요. 그때는 잘 보이지 않았습니다. 마을 사람들이 은근히 저를 배척하고 미워한다는 건 알고 있었지만, 저를 두고 사내들이, 가정에서 부부들이 싸우고 있다는 것은 몰랐습니다.

"한 씨는 이미 내가 취했네."

"어제 만나고 왔는데 그런 소리 없던걸?"

"밤에 한 씨가 저 문 앞에서 누구 기다리고 있었다던데."

"당신 또 뭐 하다가 이제 들어와?"

"아니, 한 씨가 잠깐 보자고 해서……."

밀양에서 온 한 씨. 보통 한 씨로 불리는 저는 사람들이 이야기 만들기 좋고 핑계 삼기 좋은 대상이 되어 있었습니다. 저를 두고 누가 먼저 손을 잡는지 내기하기도 하고, 귀가 늦어 부인에게 둘러댈 말이 없을 때는 제 이름을 대기도 한다고 했습니다. 기꺼이 달려와 썩은 지붕을 갈아줄 때, 본인 집의 담장을 엮고 남은 싸릿대로 작은 닭장을 만들어줄 때. 저는 그것이 다 이곳에 오래 산 남편과 시어머니에 대한 애정과 예의라고만 생각했습니다.

"과부살이 다름없으니 재미 좀 보는 것도 나쁘지 않잖소?"

어느 날 빨랫감을 받으러 갔을 때, 대낮부터 술 냄새를 풍기던 그 집 막내아들이 말했습니다. 그제야 똑똑히 알았습니다. 저에게 친절했던 자들이 왜 그랬는지. 또한 불퉁하고 트집 잡던 자들이 왜 그랬는지. 무엇을 바랐고 무엇을 얻지 못하여 소문을 키웠던 것인지. 저는 그날부터 빨래터에서 빨래 말고 다른 일도 시작했습니다.

서책은 몹시 비쌌고 산골에는 장수도 잘 오지 않았습니다. 병법서 비슷한 것이라도 구하고자 하였으나 방법이 없었으므로 저는 오가며 무기를 든 사람들을 관찰했습니다. 뭐라도 직접 만들어볼 생각이었는데 운 좋게 꿩 사냥꾼을 만난 날에 그가 쓰던 낡은 활을 하나 샀습니다.

사냥꾼은 이것이 곧 망가질 것이니 연습만 하고 바꾸라고 했는데, 저의 힘으로는 그것도 버거웠습니다. 빨래하다 아무도 없을 때면 허리를 두드려 펴고 일어나 활을 당겼습니다. 누군가 보고 이상한 소문을 더하면 큰일이니 극도로 조심하며 매일 연습했습니다. 그것을 완전히 끌어당겨 엄지에 쥔 살을 놓는 데까지 일 년이 걸렸습니다. 부드럽게 휘어지는 곡선과 그 끝에서 튕겨 나가는 바람이 아름다웠습니다. 완전히 적응한 후에는 하나도 힘들지 않았습니다.

"서방님께 드릴 선물을 미리 준비하고 싶어요."

가끔씩 찾아오는 방물 장수에게 그렇게 둘러댔습니다. 시어머니에게 말하지 않는 조건으로 돈을 더 얹어주고서야 그를 보낼 수 있었습니다. 준 돈에 비해 터무니없는 품질이라는 것은 몰랐지만, 어쨌거나 새로운 활과 화살통을 들고 돌아오기는 했습니다. 쓰던 활이 부러진 후 저는 새것으로 계속 연습하여 강 건너편의 나무 밑동도 맞출 수 있게 되었습니다. 시어머니께는 죽어 있는 것을 주워왔다고 말했지만 직접 잡은 토끼로 국도 여러 번 끓였습니다. 제 생각보다 꽤 재능이 있는지 화살로 물고기를 잡은 적도 있습니다.

그사이 마을 사람들과 겪은 일들은 자세히 떠올리고 싶지 않습니다. 점점 노골적으로 변하는 사내들의 시선과 언사를, 처음에는 적당히 웃으며 넘겼고 나중에는 냉정히 무시했으나 결코 끊이지 않았습니다.

시어머니는 저의 행실을 타박하며 밥상을 엎기도 했고 어느 날 밤에는 자다 일어나 제 머리채를 잡기도 했습니다. 부엉이 소리가 저를 부르는 어느 난봉꾼의 신호라는 것이었습니다. 여인들은 그들 나름의 오해와 미움으로 제가 지나갈 때마다 대놓고 욕을 하거나 침을 뱉었습니다. 완성한 옷을 돌려주러 가는데 구정물을 쏟아부은 적도 여러 번입니다.

고발할 방법도 없었고 시어머니부터 믿지 않을 것이므로 아무에게도 말하지 못했는데요. 물을 길어놓은 것이 떨어져 밤에 우물로 갔다가 한 남자가 덤벼든 적이 있습니다.

목소리를 듣고 알았습니다. 얼마 전에 첫 아이를 얻어 아비가 된 자였습니다. 그의 아내와 빨래터에서 몇 번 인사를 나눈 적도 있지요. 저는 그때 마침 화살을 만들기 좋겠다 싶어 긴 나뭇가지 몇 개를 주워 소매에 넣어두었습니다. 그것을 꺼내어 후려쳤더니 방금 일어난 일을 믿지 못하여 저를 바라보았습니다. 순순히 당할 성싶은가. 다시 한번 후려치고 꾸짖었습니다. 너의 자식 보기 부끄럽지 않으냐. 생각보다 매질이 꽤 매웠던 모양입니다. 사내는 눈물까지 글썽이며 사라졌습니다.

도망가 버릴까.

그런 생각이 드는 날도 많았습니다. 그러나 도망가서 살 곳이 없었고, 집으로 돌아갈 수는 더 없었으며(아마 부모님은 출가외인인 저를 다시 진주로 보내거나 가문의 이름을 더럽혔다며 죽이시겠지요.) 홀로 있는 여인을 사내들이 가만둘 것 같지가 않았습니다.

그래도 부부의 연이 있으니, 서방님이 돌아오면 다 해결될 것이니. 그것만 생각하기로 하고 저는 삯일과 활 수련을 게을리하지 않았습니다. 팔 힘이 생기니 자신감도 더 생겨서, 산나물을 캔다는 핑계로 빠른 속도로 산을 오르내리며 체력을 키우기도 했습니다. 화살 끝은 점점 정교하고 강해져 저는 바느질보다 활질에 더 골몰하게 되었습니다. 그러나 토끼보다 큰 동물은 차마 마음이 아파 잡지 못하였습니다.

그렇게 삼 년이 흐른 것입니다. 마을에 들른 외지인이 전해준

서신에서 남편이 벼슬자리를 얻어 돌아오고 있다고 했습니다. 봄이 되자 시어머니는 귀한 아들이 누울 자리가 정갈해야 한다며 이불을 모조리 꺼내 저에게 안겼습니다. 이것이 오늘 다 마르기는 하려나. 걱정도 되었지만 설레는 마음도 컸습니다. 밤새 다듬이질을 해서라도 다 말리려는 생각으로 이불을 이고 지고 강으로 나갔습니다.

二章

진주 남강 빨래 가니
산도 좋고 물도 좋아
우당탕탕 두드리는데
난데없는 말굽소리
고개 들어 힐끗 보니
하늘 같은 갓을 쓰고
구름 같은 말을 타고서
못 본 듯이 지나가노라
흰 빨래는 희게 빨고
검은 빨래 검게 빨아
집이라고 돌아가 보니
사랑방이 소요하다

참 좋은 날이었습니다. 얼음이 다 녹아 깨는 수고를 하지 않아도 되니 더 좋았습니다. 여전히 손이 시리긴 했지만 한겨울에 비할까요. 저는 그 어느 때보다도 정성껏, 시어머니가 아깝다고 한 번 쓰고 넣어둔 금침에 물을 적시고 방망이질을 했습니다.

길을 지나던 떠꺼머리 몇이 히죽거리며 농을 걸어왔지만 철저히 무시했습니다. 그들 중 하나가 풀을 뜯어 흙과 함께 제 머리 위로 흩뿌리고 갔습니다. 저는 이불 아래 숨겨둔 활을 한 번 만져보고 꾹 참았습니다.

쭈그리고 앉아 이불을 더 가까이 당기는데 그만 발이 미끄러졌습니다. 빨래판으로 쓰는 납작한 돌은 사방이 한 자가 넘는 크기인데 마을 모든 사람들이 써서 반들반들합니다. 햇빛에 마르면 뽀얗고 물에 젖어도 반짝이는 것이 얼마나 이쁜지요. 그런데 이렇게

18

방심하면 넘어지기도 쉽습니다. 하하하…… 여인들이 비웃으며 지나는 소리가 들렸습니다. 저는 역시 못 들은 척 무시했습니다.

오매불망 아들을 기다리던 어머니의 마음이 대단했던 것일까요. 어쩌면 그렇게 시간을 딱 맞춘 것인지. 땅을 구르는 낯선 소리에 방망이를 멈추고 고개를 드니 저 멀리 산 아래서 아지랑이 같은 형체가 뽀얗게 일렁이고 있었습니다.

"설마?"

벌떡 일어났습니다. 점점 이곳으로 다가오는 그 소리는 필시 말발굽이 땅을 구르는 것이었고, 가장 선두에서 진달래색 도포를 휘날리는 사람은 분명.

"서방님!"

돌다리 위로 세 마리의 말이 지나갔습니다. 저는 맨발로 강물에 잠겨 이불을 밟고 서서 멍하니 그것을 지켜보았습니다. 그 순간이 너무 생생하고 느리게, 또렷하게 보여서 현실감이 없었어요. 자고 일어나 꾼 꿈을 되새겨보듯 저는 방금 본 풍경을 곱씹었습니다.

"어찌 도포가 그런 색이며……."

얼굴은 또 어찌 그렇게 희기만 하신가. 품에 안고 있던 화려한 의복은 분명 여인의 것이렷다. 뒤따르던 둘은 처음 보는 얼굴이었는데. 그들이 입은 옷 역시 남편의 것처럼 붉다 못해 검었습니다. 얼굴은 새로 만든 무명처럼 희었는데 눈이 구멍을 뚫은 것처럼 시커멓게 보여서 섬뜩했습니다. 제가 본 것들이 다 무엇일까요.

"서방님…… 위험합니다. 서방님!"

저는 본능적으로 무슨 일이 생긴 것을 알았어요. 대충 발을 닦고 신을 신고 빨랫감 대신 활과 화살을 손에 들었습니다. 쓰개치마로 그것을 둘둘 말아 허리춤에 묶고 무작정 뛰었어요. 무엇보다 서방님 품에 갇혀 있던 기생의 표정이 잊히지 않았습니다. 유일하게 핏기가 있던 얼굴. 그러나 공포에 질려 금방이라도 실신할 것 같던 순간의 그 표정이 저를 불렀어요.

집으로 뛰어가는 동안 벌써 소문이 퍼진 모양이었습니다. 마을 사람들이 구경거리를 놓칠 수 없어 몰려들었고 누군가는 꽹과리를 치며 걸어오기도 했어요. 사람들이 길을 터주지 않아서 저는 집 대문 앞에서 한참 동안 안에서 나는 소리를 듣기만 해야 했습니다.

"어머니. 아들이 왔습니다."

"아이고! 아이고 출세했구나, 우리 아들!"

시어머니가 흐느꼈습니다. 그런데 제 귀에는 남편의 말투가 조금 이상하게 들렸어요.

"축하하네. 자네 없는 동안 내가 신경 많이 썼어."

집에 수시로 찾아와 물 달라 밥 달라 밤에 시간 있느냐 하던 박 노인의 목소리였어요. 다시 남편의 목소리가 들렸어요. 어딘가 굴속에서 울리는 듯한, 그러면서 바람이 빠지는 느낌의 그런 발음이었어요. 혓바닥이 두꺼워진 느낌이랄까요.

"저희 내자가 큰 폐를 끼쳤군요. 어찌 갚아야 할지."

"허허허. 뭘 갚기는."

"이건 어떠신지?"

"응? 어……?"

곧 비명이 터져 나왔어요. 모두가 놀라 주위는 오히려 조용해졌습니다. 노인네의 숨넘어가는 비명과 함께 무언가를 뜯어내는 소리가 들렸어요. 지켜보던 사람들이 소리 지르며 흩어진 덕에 저는 대문 안을 볼 수 있었습니다.

피. 피. 온통 피였어요. 이젠 소리도 지르지 못하고 컥컥대기만 하는 노인은 너덜너덜한 목을 붙잡고 몸을 떨고 있었습니다. 입 안 가득 무언가를 우물거리며 피를 뚝뚝 흘리던 남편이 저를 보았어요. 피가 남강 물처럼 흐르는 소리, 크고 작은 비명 사이 저는 똑똑히 들었습니다. 그건 분명, 시어머니가 익지 않은 생고기를 뽀득뽀득 씹어 삼킬 때의 소리와 닮았어요. 꼭꼭 씹어 꿀떡 삼킨 남편이 저를 보고 씩 웃었습니다. 가지런한 치아가 피와 함께 통째로 아래로 흐르는 것처럼 보였어요.

"이 좋은 날 노래가 빠질 수 있겠소."

말이 채 끝나기 전에 마치 기다렸다는 듯 울음 반 가락 반 섞인 여인의 목소리가 들려왔어요. 경악한 시어머니를 붙잡고 함께 주저앉은 기생이 울며 노래하고 있었습니다. 누가 위협이라도 하는 것처럼 그렇게 떨면서도 떠듬떠듬 노래를 계속했습니다. 근심 다 잊고 술이나 마시라네요.

"이리 오시오, 부인."

분명 눈코입 모두 그날 떠난 남편의 얼굴이 맞았지만 느낌이 완전히 달랐습니다. 빨래를 너무 오래 하면 손발이 물에 불어 허옇게 뜹니다. 남편의 얼굴은 그것보다 더 하얬어요. 시뻘건 피가 뚝뚝 묻어 있었지만 조금도 온기가 없었습니다. 눈 아래 그림자가 꺼메서 그것조차 다 눈동자처럼 보였어요. 그가 방금 씹어 삼킨 것이 무엇인지도 능히 짐작할 수 있었기에 더 기괴했지요.

남편이 피투성이 도포를 양옆으로 벌리며 팔을 펼쳤습니다. 마치 피로 그린 산수화를 장대에 널어둔 것처럼 보였습니다. 저 품에 기생을 안고 돌아왔으나 투기하거나 화낼 여유도 없었습니다. 저는 주춤주춤 뒤로 물러나며 물었습니다.

"서방님…… 함께 온 사람들은 어디에……?

"먼 길 왔으니 그들도 시장하지 않겠습니까."

제가 멀어진 만큼 남편이 가까이 다가왔습니다. 그가 말할 때마다 입 안에 보라색으로 부푼 혀가 보였습니다. 가운데가 마치 뱀처럼 갈라진 것도 알 수 있었습니다. 확실히 사람의 몰골이 아니었어요.

"시장하시면 상을 차릴 일인데."

"상은 이미 차려두지 않았소."

"어머니께서요?"

무슨 말인지 몰라 시어머니를 쳐다보았어요. 권주가를 부르는 기생 옆에서 시어머니는 아이고 아이고 곡소리만 내고 있었습니다.

"부인도 같이 듭시다. 잔칫날입니다."

남편이 성큼 더 한걸음 다가왔습니다. 저는 쓰개치마를 풀고 화살을 활에 걸어 힘껏 당겼습니다.

"그것이 무엇이오, 부인?"

"더 오면 쏘겠습니다."

남편이, 남편의 모습을 한 무엇이 빙글빙글 웃었습니다. 턱에서 목으로, 저고리 앞자락까지 사방팔방 이어진 핏자국이 끔찍하게 번들거렸습니다. 저는 뒷걸음질 치며 울타리 밖으로 벗어났습니다. 그때 남편의 뒤에서 죽은 줄 알았던 박 노인이 일어서는 것을 보았습니다. 노랫소리가 끊어지고 기생이 새된 소리를 질렀습니다.

"어찌 노래하지 않느냐."

남편이 짜증을 내며 그녀를 돌아보았습니다. 저는 터질 것 같은 심장을 누르고 숨을 멈추었습니다. 이 정도 거리라면, 가능하다. 비틀거리며 시어머니에게 다가가는 박 노인의 등에 한발이 꽂혔습니다. 허리에 매달린 통에서 새 화살을 꺼내 다시 쏘았습니다. 이번은 남편이 뜯어먹어 크게 벌어진 목과 어깨 사이로 들어가 박혔습니다. 박 노인이 주저앉았고 저는 다시 새 화살을 활에 걸었습니다.

"서방님, 여길 보세요!"

뭐가 어찌 된 것인지는 모르겠지만 지금 남편과 그가 데리고 온 사람들은 위험합니다. 눈앞에서 피를 다 쏟고 죽은 사람이 다시 일어나기도 했습니다. 저는 남편이 웃으며 저를 돌아볼 때, 마음이 약해지지 않도록 숨을 크게 몰아쉬었습니다. 그때 시어머니가 소리를 지르며 남편에게 달려왔습니다.

"안 된다! 이 요망한 년!"

시어머니는 남편의 팔을 잡고 안쪽으로 끌었습니다. 남편이 어머니의 정수리를 물끄러미 내려다보다 입을 오물거렸습니다.

"어머니! 위험해요!"

"고얀 년! 어디 감히 서방한테 덤비느냐!"

조금 전까지 벌벌 떨며 울던 모습은 어디 가고, 하나뿐인 아들을 지키려고 안간힘이었어요.

"엄마……."

남편의 두꺼운 혀가 나지막이 어린아이의 말을 했어요. 그 순간 시어머니가 울음을 터뜨리며 아들을 껴안았고, 피에 젖은 남편의 이빨이 번뜩이는 걸 보며 저는 도망쳤습니다.

사랑방에 올라보니
온갖 가지 안주에다
기생첩을 옆에 끼고서
권주가를 부르더라

어디로 가는지도 모르고 무작정 달리는데 여기저기서 비명이 들렸어요. 피 흘리며 기어가는 사람, 뛰쳐나오다 저들끼리 엉켜 넘어지는 사람, 울며 엄마를 찾는 아이⋯⋯. 어느 집에서는 불길이 치솟았습니다. 그 안에서 불똥을 툭툭 털며 나오는 남자는, 아아. 남편과 함께 말을 타고 왔던 사람 중 하나였어요. 그 역시 남편처럼 온몸에 방금 흐른 것 같은 피를 칠갑하고 있었습니다.

그제야 저는 알았습니다. 잔칫상은 이곳, 우리가 사는 마을을 말하는 것이었어요. 남편과 두 남자는 마을 사람들의 살을 먹고 피를 마시며 귀향을 축하하고 있었어요. 대체 무슨 귀신에 씌어 이런 일을 하고 있는지, 관아까지 가려면 말을 달려도 사흘 꼬박인데 어떻게 하면 좋을지. 여러 생각이 몰아쳐 뒤죽박죽이었습니다.

시어머니를 두고 온 것을 비난하는 분도 있겠지요. 네, 며느리로서 끝까지 자리를 지켰어야 했는데 그러지 못했습니다. 죽을 것이 분명한 상황에 시어머니를 두고 저만 살고자 도망쳤습니다. 정신이 들고 보니 매일같이 오르던 뒷산에 들어와 있었어요. 저는 길을 더듬어 집이 보이는 방향으로 이동했습니다. 사는 동네가 손바닥만 하다는 건, 한 상 차려서 먹어버리기도 쉽지만 이렇게 한눈에 파악하기도 좋다는 장점이 있더라고요.

거리가 멀고 큰 나무에 가려 확실하지는 않았지만, 마당에 흙과 함께 뒹굴고 있는 덩어리는 시어머니인 것 같았습니다. 화살을 맞고 무릎을 꿇은 채 앉은 모습인 박 노인도 움직임이 없었어요. 남편의 모습은 보이지 않았습니다. 무언가가 꼼지락거리는 것 같아서 눈에 힘을 주었더니 작은 나비 같은 몸뚱이가 나풀대고 있었습니다. 노래하던 기생이었어요. 여기서는 화살이 닿지도 않을 텐데. 시체가 또 일어서면 어떡하지, 걱정하고 있는데 아니나 다를까. 시어머니가 꿈틀거리더니 일어나 앉았습니다.

엉거주춤 기어서 조금씩 도망치던 기생이 마당 한쪽에서 무언가를 찾아 손에 드는 것이 보였습니다. 죽었다 깨어난 시어머니가 고개를 괴상하게 돌리며(어떻게 사람의 고개가 그렇게 많이 돌아가지요?) 주변을 두리번대다 기생을 발견했습니다. 그녀가 입을 벌리고 달려들자 기생이 소리를 지르며 손에 든 것을 내리쳤어요.

"저건 언제 찾았대……."

대추나무를 깎아 만든 제 다듬잇방망이였어요. 이불용으로 큰 것을 꺼내놨는데 꽤 무거웠을 텐데도 한 방에 맞췄습니다. 멀리서 보아도 얼굴 한쪽이 완전히 일그러졌습니다. 한때의 시어머니는 턱에 코와 눈알을 단 채 잠시 가만히 서 있다가 그대로 뒤로 넘어갔습니다. 기생은 방금 한 일이 믿어지지 않는지 양손과 시어머니를 번갈아 보다 주저앉아 엉엉 울었어요.

너무 큰 일이 한꺼번에 생기니 오히려 차분해졌습니다. 삼 년간 한양에 가 있던 남편은 어떠한 이유로 괴물이 되었고, 자신과 비슷한 두 사람을 더 데려왔습니다. 그들은 지금 이 작은 마을을 주안상 삼아 잔치를 치르고 있습니다. 가마에 실려 와 이곳을 벗어난 적이 없는 저는 길을 모릅니다. 산을 따라가다 보면 그들에게 물려 죽지는 않더라도 범이나 멧돼지를 만나 죽을 수도 있습니다. 아무래도 기생을 데려와 함께 움직이는 것이 좋겠다는 결론이 났습니다. 기생들은 재력가와 함께 팔도유람을 다닌다고 합니다. 그녀라면 관아로 가는 길을 알지도 모릅니다.

저는 치마를 단단히 말아 몸에 붙이고 가파른 산길을 늪다시피 매달려 조금씩 내려갔습니다. 비명은 사방에서 계속되고 있었습니다. 어떻게 다시 갈 용기가 났는지 모르겠습니다. 어쨌거나 저는 집으로 돌아갔고, 기생의 손을 잡았습니다. 가체를 벗겨서 버리고 살 조각과 머리카락이 붙은 다듬잇방망이를 한 손에 쥐여주었습니다.

"마님…… 저 좀 구해주세요……."

"저도 장담하지 못합니다. 일단 갑시다."

집을 다시 떠나기 전에 저는 장작더미 아래 숨겨둔 화살을 꺼냈습니다. 만일의 경우를 대비해 시간이 날 때마다 만들어두길 잘했습니다. 화살통을 가득 채우고도 남아서 기생에게 나머지를 들고 따라오라 부탁했습니다. 저는 그녀와 함께 내려온 길을 다시 올랐습니다.

"이름이 무엇이에요?"

"한 씨라고 부르세요."

"그건 성이지 이름이 아니잖아요. 저는 매향이에요."

남의 서방과 함께 와놓고 당당하게 이름을 묻다니요. 하지만 역시 투기할 의욕이 나지 않았기에 대충 대답해주었습니다.

"윤이. 친정에서는 그렇게 불렀습니다."

"멋있는 이름이네요, 윤이."

가까이서 본 기생은 말 그대로 피골이 상접했습니다. 몸짓이 유독 나비처럼 나풀거렸던 것은 너무 말라서 더 그랬나 봅니다. 우리는 불편한 치마를 여기저기 찢어가며 산길을 탔습니다.

"시체 썩는 냄새가 괴로워 물도 거의 마시지 못했습니다."

"한양에서는 관직에 오르면 저렇게 되나요?"

"그럴 리가요."

조금 머쓱했습니다. 그래요. 한양도 사람 사는 곳일 텐데요. 그 럴 리가 없지요. 저는 산에서 가장 높은 곳까지 올랐습니다. 기생 은 헐떡이면서도 잘 따라왔습니다. 무거운 방망이를 포기하지도 않았습니다. 너무 무서우니까 없던 힘이 생겨나더라고 후에 말했습 니다. 우리는 바위틈으로 흐르는 샘물을 번갈아 가며 마셨습니다.

"어쩜 그렇게 활을 잘 쏘세요. 형님 혹시 사냥꾼이세요?"

"형님……?"

기생은 아차, 하는 눈빛으로 한 손으로 입을 가리고 물었습니다.

"형님이라고 부르지 말까요? 그럼 마님이라고……."

"제 남편이 첩으로 삼겠다 했나요?"

"네……."

사방이 트여 마을이 한눈에 보이는 지점까지 올라왔습니다. 기생의 손목을 잡아 끌어올리는데 너무 가늘어 그만 톡 부러질 것 같았습니다. 멀리서 보는 마을은 일견 평화로웠습니다. 집마다 난리가 났을 테지만 남편과 일행이 '먹을 것'은 충분할 테니 잠시 상황을 지켜보기로 했습니다.

"남편이 대단한 관직이라도 얻었나요?"

"선비님이 대감이라 부르라고 하셨어요."

"대감? 허."

어이가 없어서 저도 모르게 코웃음이 나왔습니다. 시어머니가 버릇처럼 '살아생전에 아들이 대감 소리 듣는 것을 보고 말겠다'라고 하시더니 그렇게라도 소원을 들어드리고 싶었던 것일까요. 그의 말대로 정말 대감이라고 불릴 만한 자리에 올랐다면 행차가 이렇게 소박하지는 않았을 것입니다. 어쩌면 진주로 돌아오지 않았을지도 모르지요.

"보셨다시피 저 집에는 변변한 울도 담도 없습니다. 처는 손이 부르트도록 남의 옷을 빨아 그의 노모와 먹고살고 있지요. 그가 무슨 재산과 위세가 있어 첩을 둔단 말입니까."

기생은, 그 매향이라는 아이는 훌쩍훌쩍 울기 시작했습니다. 속은 것이 억울해 울 만도 하겠다 생각했는데 매향은 뜻밖의 말을 했습니다.

"마님…… 저를 고발하지 않는다고 약조해주셔요."

"그게 무슨……."

"너무 무서워서 어쩔 수 없었어요. 따라올 수밖에 없었어요."

쉿. 괴물들이 소리를 들을 수도 있었기에 저는 더욱 크게 우는 그녀의 입술에 손을 갖다 댔습니다. 매향은 화들짝 놀라 양손으로 입을 막으며 눈치를 보았습니다. 잔뜩 겁에 질린 모습이 안쓰러웠습니다.

"한양에서부터 무슨 일이 있었는지 말해주세요."

"저를 데리고…… 저를 끝까지 데리고 가실 거지요? 버리지 않을 거지요?"

소매를 붙잡고 늘어지는 그녀에게 저는 활을 들어 보여주었습니다.

"어디까지 할 수 있을지는 모르겠으나, 가만히 당하지는 않을 것입니다."

매향은 눈물을 꾹 짜내고 고개를 끄덕였습니다. 헝클어진 머리카락을 다듬어 쪽을 찌고, 다듬잇방망이를 껴안은 채 이야기를 시작했습니다.

"저는 이명환 도사 댁에 사람을 물어가는 역할을 했습니다."

매향의 이야기는 처음부터 충격이었습니다. 그녀가 말하는 종5품 도사는 아버지의 지인이 아니었습니다. 한양에서 허송세월하다 매일 눈도장 찍던 기생집에서 소개를 받은 것 같았습니다.

"그분은 그러니까…… 새로운 사람의 이야기를 듣는 것을 좋아하셨어요. 이번 일만 하고 나면 저를 관기에서 풀어준다고 하셔서 마지막으로 모셨어요. 선비님은 홀로 계셨으니 뒷말이 나올 일도 적고…… 인물도 언변도 좋으시니 이명환 도사께서 딱 좋아할 유형이었거든요."

"뒷말이라 함은 무슨……?"

매향은 큰 눈동자에 겁과 죄책감을 가득 담아 저를 바라보았습니다.

"그 집에 들어간 사람들은⋯⋯ 대부분 다시 나오지 못했습니다⋯⋯."

매향도 이유는 몰랐습니다. 하룻밤 거하게 술판을 벌이고 나그네가 살아온 이야기를 듣고, 때로는 지시에 따라 그들의 잠자리 시중을 들기도 했습니다. 매향은 대부분 자시(子時)가 되기 전에 집에서 나왔는데, 어쩌다 하룻밤 묵어도 다음날 눈을 뜨면 항상 홀로 있었다고 합니다.

"처음에는 먼저 떠나신 것으로 생각했지요. 하지만 그런 일이 반복되니 어렴풋이 짐작했습니다. 이유는 모르겠으나 술상을 받으면 죽게 되는구나. 나 역시 이러다가 언젠가는 저 집에서 나오지 못하겠구나. 그러나 제 말을 누가 믿어줄까요. 이제 와서 발을 뺄 방법도 없었습니다. 기생을 그만둘 수 있다고 하시니 그저 죽은 듯 따랐지요. 그런데 선비님이 나타나신 것입니다."

서방님 역시 으리으리한 저택에서 호화찬란한 상을 받고 밤새 음주 가무를 즐겼다고 했습니다. 원래도 술을 말로 마시던 사람인데 돈 걱정 없이 마음껏 들이켤 수 있으니 얼마나 흥이 났을지 알 만합니다. 그러다 이명환 도사도 함께 취했던지, 그만 매향이 있는 앞에서 '식사'를 시작한 것이었습니다.

"기생들이 돌아가려 채비하는데 선비님과 도사께서 옥신각신하는 듯 보였습니다. 그러다 도사께서 선비님의 목을 덥석, 마치 생선 이빨처럼 자잘하고도 뾰족한 이빨로 물어뜯는 것을 저는 보았습니다. 선비님이 피로 젖는 사이 기생들이 소리 지르며 도망치려 했고, 사방에 대기하던 도사의 부하들이 그들을 모두 베었습니다."

그때 일이 다시 생각났는지 매향은 몸을 떨었습니다.

"그런데 선비님은 죽지 않았어요. 아니, 다시 살아나셨다고 해야 할까요? 분명 사랑채를 다 채우도록 피가 흘렀는데 계속 우뚝 서 계셨어요. 저는 너무 무서워 소리도 지르지 못하고 술상 아래 웅크리고 있었습니다. 그러다 선비님이 갑자기 크게 웃으셨어요."

마루를 울리면서 무언가가 떨어져서 굴러갔다고 합니다. 마치 잘 익은 수과(水瓜)가 깨어지는 것 같은 소리가 났는데 이윽고 이명환 도사의 몸뚱이가, 목 없는 몸뚱이가 쓰러졌습니다. 매향은 소리를 지르지 않기 위해 버선을 벗어 입에 물었습니다.

"도사의 부하들이 칼을 들고 덤볐는데…… 선비님은 등 한가운데 칼을 맞아도 멀쩡했어요. 오히려 더욱 괴력을 내어 그들을 물어뜯고 사지를 뽑아 마당으로 던졌습니다. 나중에는 코가 피와 내장 비린내에 지쳐 아무것도 맡지 못하게 되었습니다."

피를 다 쏟고 '죽었던' 무부(武夫) 둘이 다시 일어섰습니다. 남편은 그들과 함께 도사의 말을 타고 고향으로 돌아왔습니다. 그 전에, 무릎을 굽히고 술상 아래를 들여다보며 매향에게 이렇게 말했다고 합니다.

"급할 때 잡아먹겠다."

그렇습니다. 남편은 매향을 마치 찬합처럼, 먼 길 떠날 때 부인이 싸주는 주먹밥처럼 끼고 온 것이었습니다. 오는 동안 죽지 않을 정도만 먹고 툭 치면 권주가를 부르도록 훈련하면서요. 저는 어린 그녀가 애잔하고 한편으로는 어떠한 미안한 마음마저 들었습니다. 그릇이 되지 않는 자에게 허튼 기대를 걸어 한양까지 보낸 것도 어른의 잘못이니.

"마님, 저 좀 살려주세요……."

매향은 소리 내지 않고 다시 울었습니다. 괴물과 함께 말을 타고 한양에서 진주까지. 얼마나 무섭고 막막했을지 상상도 가지 않았습니다. 저는 활에 걸린 줄을 점검하며 그녀에게 말했습니다.

"가장 가까운 관아도 산 두 개를 넘어야 있습니다. 혹여나 내가 이것을 쏠 일이 생긴다면…… 매향은 화살을 거둬주세요. 전통(箭筒)이 비면 우리는 방법이 없습니다."

눈물을 멈추지 못하면서도 매향은 열심히 고개를 끄덕였습니다. 가능한 그녀가 안고 있는 방망이는 쓸 일이 생기지 않으면 좋겠다고 생각했습니다. 휘두르는 모양새가 꽤 소질은 있었습니다만.

四
章

이미 해가 저물고 있었습니다. 하루 만에 산을 넘는 것은 불가능했습니다. 어느 정도 이동한 다음에 근처에 있는 집을 찾아 밥도 먹고 잠도 자야 했습니다. 듬성듬성 화전민의 산채가 있기는 했으나 사람이 살지 않은 지 오래되어 건질 것은 없었습니다. 할 수 없이 우리는 마을로 다시 내려가야 했습니다.

"마님, 그냥 우리 여기 숨어 있어요."

"해가 지면 산이 더 험합니다. 집에 숨는 것이 안전해요."

"하지만 선비님이 이번에는 정말 저를 드실 거예요."

"······배가 이미 부르기를 바랍시다."

집이 있던 곳에서 남쪽으로 한참 걸었습니다. 배가 몹시 고팠으나 화살을 하나라도 망가뜨릴 수 없어 사냥할 생각은 하지 않았습니다. 우리는 고사리와 덜 익은 산딸기를 따 먹으며 산에서 내려갔습니다. 마을과 가까워질수록 사람들의 소리가 커졌습니다. 우는 소리, 악쓰는 소리, 죽은 조상들에게 기도하는 소리. 그리고 남편의 목소리가 들렸습니다.

"이러면 여기에선 이제 제가 왕 아닙니까."

최 부자의 집 대문이 담장째 무너져 있었습니다. 번쩍 치켜든 팔 끝에, 마을 제일가는 부자가 매달려 있었습니다. 상투가 다 풀어진 그는 몹시 괴로워하며 버둥대고 있었으나 벗어나기는 역부족이었습니다. 그의 옆으로 남편과 함께 온 자들이 막내아들의 팔과 다리를 각기 뜯고 있었습니다. 종들이 멀리서 이러지도 저러지도 못하며 빗자루와 장대를 들고 우왕좌왕했습니다.

가난한 선비의 조강지처보다는 자신의 첩이 되는 것이 훨씬 성공한 삶이라며. 가끔 막내와 회포도 풀 수 있으면 일석이조 아니겠느냐며. 빨래를 받으러 갈 때마다 굳이 본인이 나와서 하지 않으면 좋을 말들을 얹던 자였습니다. 저는 깨어진 기와를 한 발로 딛고 활에 살을 걸었습니다.

"서방님, 그만두세요."

할 수 있을까요. 한양에서 그 많은 사람을 다 죽이고 왔다는 괴물을 제가 이길 수 있을까요. 굽이굽이 오는 길마다 계속해서 사람을 잡아먹었겠지요. 피부는 창백하기 그지없으나 그 어느 때보다도 강건해 보이는 저 거대한 덩치를, 제가 쓰러뜨릴 수 있을까요.

"부인. 어디 갔나 한참 찾았소."

남편은 최 부자를 계속 공중에 들어 올린 채 저를 바라보았습니다. 이제는 눈동자마저 시뻘겋게 보여 저는 가슴이 철렁 내려앉았습니다.

"아들을 그리 사랑하던 분까지 죽이시고. 불효자 아닙니까."

순간 남편의 얼굴에서 웃음기가 싹 가셨습니다. 세상 효자가 불효자 소리 듣는 건, 귀신이 되어서도 불쾌한가 봅니다. 팔을 흘 뿌리듯 털자 최 부자가 섬돌 위로 날아가 처박혔습니다.

"새 삶을 드렸건만 어찌 불효라 하시오."

제 뒤에 숨어 치맛자락을 꼭 쥐는 작은 손을 느꼈습니다. 제발 결정적인 순간에 방해되지 않기를. 저는 눈동자만 굴려 남편과 떨어진 거리를 가늠했습니다.

"사람 잡아먹는 괴물로 사는 것이 행복하십니까."

"부인도 얼른 오시오. 이 삶에서는 두렵고 슬픈 것이 없다오."

남편이 처음 집에 왔을 때처럼 양팔을 벌렸습니다. 그 사이 피가 더 묻어 진달래색이던 도포는 이제 검은색이 되었습니다. 남강에 담가 아무리 오래 빨아도 결코 떠날 때의 색은 되살리지 못하겠지요.

"지금이라도 그만두십시오. 서방님, 무섭습니다."

"부인. 나는 지금 무지렁이들에게 새 삶을 주고 있는 것이오. 쌀을 먹지 않아도 자지 않아도 됩니다. 그뿐인가. 과거 공부도, 관습과 예법을 지키는 일도 더는 하지 않아도 됩니다. 힘이 있으니!"

남편은 '힘'이라는 단어를 특히 힘주어 말했습니다. 과연 괴력이었습니다. 그는 마당 한옆에 있던 절구를 들어 사람들을 향해 던졌습니다. 주인을 걱정하던 종들이 혼비백산하여 사방으로 흩어졌습니다.

"그런 힘이 있으시면서 어찌 이 작은 촌락으로 돌아오셨습니까."

"글쎄. 내가 왜 그랬을까."

'진주의 아들'이라 불렸던 피투성이 괴물이 입술을 핥고 히죽 웃었습니다. 그가 몸을 틀어 저에게 달려오기 전에, 저는 두 발의 화살을 연달아 쏘았습니다. 남편의 뒤에서 기회를 노리던 두 사람이 각기 배와 어깨를 맞고 주춤거렸습니다.

"그런 것으로는 나를 죽이지 못합니다, 부인."

남편이 다리를 뻗으며 팔을 크게 휘둘러 저를 치려 했습니다. 저는 재빨리 매향을 끌고 반대편으로 굴렀습니다. 피로 묵직한 도포 자락이 흙먼지를 일으키며 내려앉았습니다. 저는 한쪽 무릎을 꿇은 채 다시 활을 겨누고 반갑지 않은 손님의 머리를 쏘았습니다. 두 사람 모두 명중하였으나 바로 쓰러지지는 않았습니다. 남편이 도포를 끌고 일어섰습니다.

"진주의 관평 백씨 가문에서 왕이 났단 말입니다."

손님들의 동작이 눈에 띄게 느려졌습니다. 화살이 너무 아까웠지만 저는 다섯 발을 더 쏘아 그들을 완전히 눕혔습니다. 이 정도 거리는 남강 빨래터 크기만도 못합니다.

자, 이제는 어떡할까.

"새로운 왕의 반려가 되는 것을 어찌 기뻐하지 않으시오? 부인에게 이보다 큰 영광이 있소?"

아무래도 남편은 조선 사람을 다 잡아먹고 저승의 왕이 되려는 모양이었습니다. 저는 남은 화살의 개수와 만일의 경우를 대비해 빨래터에 숨겨둔 여분의 화살을 생각했습니다. 남편이 아까보다 더 빠른 속도로 발을 굴러 우리를 덮쳤습니다. 저는 너무 놀라 활마저 놓칠 뻔하였으나 남편의 옷이 바닥에 있던 시체에 걸리는 바람에 가까스로 벗어났습니다.

"뛰십시오!"

매향에게 소리쳤습니다. 그리고 제대로 보지도 않고 남편이 있는 쪽을 향해 최대한 빠른 속도로 활을 쏘았습니다. 하나는 맞겠지. 단 하나라도 맞출 수 있다면. 일단 잡아둘 수 있다면.

운 좋게 하나가 팔에 꽂혔지만 남편은 멈추지 않았습니다. 저는 뛰었고, 남편이 안광을 빛내며 뒤따라왔습니다. 저는 곧 매향을 따라잡았고 그녀에게 방향을 알려주었습니다. 마지막에 마지막까지. 마을에 숨겨둔 화살이라도 다 쓰고 죽겠다는 각오였습니다.

매향이 뒤처질까 걱정했는데 다행히 남편은 생각보다 빠르지 않았습니다. 혓바닥이 두껍고 둔해진 만큼 몸도 제 마음대로 쓰지 못하는 느낌이었습니다. 힘이 세진 것은 분명하나 사지를 유연하게 움직이지는 못하는 것 같았습니다.

덕분에 매일 오가던 빨래터까지 무사히 도착할 수 있었고, 저는 수풀과 바위 아래를 뒤져 틈날 때마다 만들어둔 화살을 꺼냈습니다. 촉으로 쓸 것이 부족해 깨진 그릇과 돌에 간 생선 뼈를 붙인 조악한 모양새였지만 없는 것보다는 나았습니다. 물론 보통의 사람이라면 이것으로도 충분히 상처를 입힐 수 있었을 테지요.

"마님! 옵니다!"

보라색 혀를 빼물고 마치 웃는 것 같이 찢어진 얼굴로 남편이 뛰어오고 있었습니다. 빨래터는 지대가 낮아 저쪽에서는 제가 제대로 보이지 않을 것입니다. 더러운 천을 치대고 밟느라 더욱더 평편해진 빨래판 돌이 있었습니다. 저는 아침에 빨다 말고 밀어둔 이불을 끌어 빨래판 위에 문질렀습니다. 잿물이 물컹 배어 나오면서 납작한 돌이 미끄러워졌습니다.

빨래판 위에 서서 남편을 바라보았습니다. 그가 저를 향해 똑바로 뛰어드는 순간 옆으로 피했습니다. 갓신이 벗겨지며 휘청이는 남편을 매향과 함께 힘껏 밀었습니다.

꾸르륵.

이상한 소리를 내며 남편이 고꾸라졌고, 그대로 굴러 강물에 풍덩 빠졌습니다. 마치 염료를 풀어놓은 듯 물이 순식간에 붉어졌습니다. 많은 사람의 피가 사방으로 퍼져나갔습니다. 물이 깊지 않아 곧 나올 것으로 생각하고 저는 활을 겨누었습니다.

"서방님?"

그는 한참 허우적댔습니다. 물에 젖은 옷이 무거워 저러나 싶었으나 한 손으로 사람을 드는 힘을 가졌는데 그럴 리는 없었겠지요. 다리 위까지 선명한 물보라를 일으키며 버둥대던 남편이 다시금 꾸에엑하는 이상한 소리를 냈습니다.

"맞아요. 비 오는 날에는 꼼짝도 안 하셨어요."

매향이 말했습니다. 개울이 보이면 아무리 작아도 둘러서 갔다고 합니다. 짐작건대 물에는 약한 괴물이었던 것 같습니다. 언뜻 보이는 남편의 얼굴이 마치 녹아내린 듯 눈구멍과 입가가 늘어져 있었습니다. 그가 허우적대는 것을 멈추고 엉금엉금 기어 뭍으로 나오려 했습니다. 저는 그의 이마에 화살을 쏘았습니다. 주걱으로 무른 호박을 찍은 듯 깊이 푹 들어갔습니다.

"부인. 사여주씨오, 부읫."

이제는 말이 더 어눌해졌습니다. 첨벙이며 그가 일어섰습니다. 가진 화살을 모두 그에게 꽂아 넣었습니다. 아홉 발쯤 맞추었던 것으로 기억합니다. 그러나 그는 쓰러지지 않고 길길이 화를 내며 가까이 걸어왔습니다.

"아녀자가 가므으히!"

매향이 주워준 화살을 받아 거는데 남편이 빠르게 제 손을 쳐 냈습니다. 활과 화살이 물속으로 날아가 빠졌습니다. 손목에서 강렬한 통증이 느껴졌습니다. 저는 그를 똑바로 바라본 채 뒷걸음치며 바닥을 훑었습니다. 하나라도, 단 하나라도 남아 있다면.

"윤이 형님!"

그 부러질 것 같은 팔로, 매향이 방망이를 들어 남편의 뒤통수를 후려쳤습니다. 얼마나 시원하게 날렸는지 방망이가 동강나 저 멀리 떨어졌습니다. 남편의 고개가 분명, 보통의 인간은 불가능한 위치로 돌아갔습니다. 뒤통수가 푹 꺼져 망건이 덜렁거리는 것이 보였습니다. 그런데도 쓰러지지 않고 그는,

"용서해즈게쏘. 가치 가씨다, 부잉."

남편이 제 다리를 눌러 올라타고 한 손으로 목을 잡았습니다. 살이 섬뜩하게 차갑고 또한 물컹거렸습니다. 그가 다른 손으로 제 볼을 쿡 찔렀습니다. 피부와 함께 무너지고 있던 손톱이 살 무게에 눌려 깊은 상처를 남겼습니다. 짐승의 털을 불에 그슬리는 것과 같은 냄새가 났습니다.

매향이 그의 등에 매달려 뭐라 소리쳤지만 들리지 않았습니다. 남편이 입을 벌리자 마치 생선처럼, 자잘하고 뾰족한 위아래 총 네 줄짜리 이빨이 드러났습니다.

낭군이시여, 저는 잘못을 한 적이 없답니다.

그러니 용서받을 것도 없지요.

남은 힘을 모두 짜내 손에 쥔 화살을 남편의 입속으로 박아넣었습니다. 아마도 토끼의 정강이뼈를 갈아서 만든 촉이었던 것 같습니다. 고맙다, 이름 모를 토끼야. 다음 생에는 네가 내 살을 먹고 내 뼈로 보신하거라.

멈추어 부들부들 떠는 남편을 옆으로 밀쳐냈더니 몸에 박힌 화살을 와드득 부수며 쓰러졌습니다. 한참 이상한 소리를 냈는데 아마도 '정말로' 죽는 과정 중에 생기는 현상인 것 같았습니다. 그가 더는 움직이지 못하는 것을 확인했지만 안심할 수 없어 우리는 힘을 합쳐 남편을 강으로 밀어 넣었습니다. 피와 함께 썩은 살덩이가 사지에서 떨어져나와 물 위에 역겨운 띠를 만들었습니다.

아직 산 사람들이 남아 있었지만 그들에게 도움을 청할 수는 없었습니다. 우리는 사람 잡아먹는 괴물의 여자들, 아마 괴물이 죽은 것을 알면 이제 저희에게 복수하려 하겠지요. 빨래터에서 가까운 빈집으로 들어가 부엌에 남은 밥을 먹고 남자 옷을 훔쳐 입었습니다. 버려진 산채에 올라가 잠을 자고 사람들 눈에 띄지 않게 구역을 나누어 마을을 살폈습니다.

박 노인과 같은 남편 일행이 만들어낸 괴물이 상당히 많이 있는 것 같았습니다. 그들이 계속해서 사람들을 위협했으므로 우리는 오히려 편했습니다. 아무도 사라진 여자들을 찾지 않았기 때문입니다. 활과 방망이를 들고 마을을 관찰하던 사흘째, 살아있는 말 한 마리를 드디어 찾았습니다. 매향이 말을 탈 줄 알았기에 우리에게 유용한 수단을 챙길 수 있었습니다.

이후 이야기는 별로 재미가 없습니다. 그래도 굳이 청하시니 계속해보겠습니다.

산에는 범도 산적도 없었습니다. 오는 길에 선비님이 사람 몇을 잡아먹었더니 다들 두려워 도망간 모양이다, 라고 매향이 무심하게 말했습니다. 마을을 떠나기 전에 괴물로 변한 떠꺼머리들을 쏜 이야기를 제가 했던가요? 아마 건강하고 젊으면 잡아먹혀도 다시 살아날 가능성이 있는가 봅니다.

진주 관아에서 우리의 말을 믿지 않았으므로('아낙의 신경증을 일일이 입증할 수 없다'고 했습니다) 우리는 다시 말에 올랐습니다. 매향은 고향이 없다고 해서 저의 고향 밀양으로 돌아가기로 했습니다. 가는 길에도 사람 잡아먹는 귀신 소문으로 흉흉했지만 어느 관아에서도 그런 일은 없다며 부정했습니다.

밀양까지 가는 데 백 일이 더 걸렸습니다. 중간에 발이 묶였던 때가 있었는데 산에서 범이 나왔다고 했습니다. 그러나 우리는 범보다 더 무서운 것을 알고 있었습니다. 아마 그 범도, 그렇게 믿고 싶은 사람들이 꾸민 말이 아닌가 합니다. 지금 조선에서 안전한 곳이 있을까요? 사람 잡아먹는 귀신은 계속해서 그 수를 불리고 있을 텐데요.

이것이 제가 왼쪽 볼에 흉을 달게 된 연유입니다. 우리가 사내의 행색을 하고 다니는 까닭이기도 하고요. 이 앞에 평안이 있을지 물으셨지요. 이유가 어찌 되었건 사람을 죽이고 평범한 삶을 벗어났는데 여인 둘이서 무엇을 할 수 있을 것 같으냐 염려하셨지요.

그러나 안식이 없으면 어떻습니까. 불안하게 잠들면 또 어떻고요. 저는 살아남았고 아무것도 포기하지 않았습니다. 조선에서 한 남자의 아내로 사는 것도 결코 순편(順便)했다 할 수 없으니다. 하물며 기생의 삶은, 묻지 않아도 아시겠지요.

노래를 불러주고 돈을 받는 일을 하신다 했지요. 이런 것도 노래할 거리가 될지는 모르겠습니다.

제 고향은. 밀양은 불타고 있었습니다.

"전염병이 돌아 서로를 잡아먹어 할 수 없이 불을 놓았다 합니다."

어느 장사꾼이 알려주었습니다. 산 위에서 불길에 휩싸인 작은 마을을 가만히 내려다보았습니다. 멀리서도 훈훈한 불기운이 느껴졌습니다. 불이 아니라 물을 써야 하는데. 하긴, 저 정도면 사람 먹는 괴물도 살아남지는 못하리라.

그러나, 그래도 혹시나.

저는 매향을 돌아보았습니다. 그녀도 같은 생각인 것을 알았습니다. 우리는 소맷귀를 단단히 돌려 묶고 활을, 방망이를 들었습니다.

이것을 본 며늘아가
아랫방에 물러 나와
아홉 가지 약을 먹고서
목매달아 죽었더라
이 말들은 진주낭군
버선발로 뛰어나와
내 이런줄 왜 몰랐던가
사랑사랑 내사랑아
화룻청은 삼 년이요
본댓청은 백 년인데
내 이런 줄 왜 몰랐던가
사랑사랑 내 사랑아

침출수

최영희

최영희

제1회 한낙원과학소설상, 2016 SF어워드 단편부문 우수상, 제5회 교보스토리공모전 장편부문 우수상을 받았으며 청소년소설을 주로 쓴다. 지은 책으로는 『구달』, 『검은 숲의 좀비마을』, 『이끼밭의 가이아』 등이 있다.

1.

　양승태가 샛강 가장자리에 머리를 박은 채 뻗어 있는 걸 보았을 때 도아가 가장 먼저 떠올린 단어는 생태계였다.

　스쿠터는 사고 당시 정황을 설명하듯 강가 자갈밭에 처박힌 채였고, 양승태는 스쿠터로부터 서북쪽으로 5미터쯤 떨어진 강에 엎어져 있었다. 장마철을 앞두고 비린내가 짙어진 강물이 양승태의 머리통을 만나 작은 물굽이를 이루었다. 놈의 머리카락 일부가 물결을 따라 검게 너울거렸다.

　삼거리 알뜰할인마트 앞에서 양승태의 스쿠터를 본 게 불과 몇 분 전이니 아직은 생존 가능성이 있었다. 강가로 뛰어 내려가 양승태를 강변 쪽으로 딱 1미터만 끌어내면 될 것이다. 하지만 도아는 양승태의 털끝 하나 건드리지 않기로 했다.

이건 지엄한 생태계의 일이었다. 인간인 도아가 개입해서 돕고 자시고 할 일이 아니라 애초에 양승태의 존재를 허락한 이 생태계가 감당할 일이었다. 황소개구리의 아침거리가 된 새끼 뱀, 정인구 할아버지네 도사견 독구에게 목이 뜯기는 족제비, 샛강에 얼굴을 박고서 꿀렁꿀렁 강물을 삼키고 있는 양승태, 그저 흔한 죽음이었다. 도아는 신발이 벗겨져 나간 양승태의 발꿈치에 잠시 눈길을 주었지만 이내 이어폰의 볼륨을 높였다. 물소리가 들리지 않자 양승태의 몰골도 지루한 풍경의 일부가 되었다.

아마 할아버지의 어깨뼈가 부러졌던 날이었을 것이다. 비탈길에서 양승태가 할아버지를 떠미는 걸 여러 사람이 목격한 상황이었음에도 양승태는 아무 처벌도 받지 않았다. 파출소 순경들은 양승태가 취중에 저지른 실수라는 점을 강조했고 심지어는 피해자인 할아버지조차 맨정신일 때의 양승태가 둘도 없는 이웃이자 동네 조카라며 선처를 호소했다. 목격자들도 대부분 술이 원수다, 그래도 늙은 어머니 모시고 어떻게든 살아보려고 하던 사람이다 따위의 하나 마나 한 소리만 늘어놓았다. 딱 한 사람, 공소지기 레지나 할머니만 빼고는.

레지나 할머니는 도아가 이해할 수 있는 해석을 내놓았다.

"쎄빠질 놈 저거 사람 아이다. 인두겁만 쓰고 있지 속에 든 거는 통째로 구더기 떼라."

구더기 인간……. 레지나 할머니의 명쾌한 개념 정의 덕에 도아는 양승태를 조금이나마 이해할 수 있게 되었다. 놈은 평범한 사람이 아니라 인간 마을에 유입된 외래종 혹은 학계에 보고되지 않은 신종 벌레였다.

그 후로 양승태는 혼자 사는 동네 형수를 추행하고 길고양이들 먹이통에 쥐약을 뿌리고, 도아에겐 언제부터 브래지어를 착용하기 시작했는지 물었고, 동네 중학생 남자아이를 바지에 오줌을 지리도록 팼다. 그러고도 여전히 노모와 함께 마을에 살고 있었는데, 놈을 외래생물 종으로 보면 이해 못 할 일도 아니었다. 샛강에 서식하는 생태교란종 뉴트리아처럼 그저 살아가는 중이었다. 그러니 놈의 마지막에 도아가 개입할 이유는 없었다. 도아는 음원 사이트 어플의 플레이리스트를 '좆 같은 벼랑 끝에서 듣는 노래'에서 '날도 화창한데 방 청소나 해볼까'로 바꾼 뒤 자리를 떴다.

10분쯤 뒤. 마을 초입의 회관 앞이 시끌시끌했다. 순간 도아는 양승태의 사망 소식이 자기보다 먼저 마을에 도착한 게 아닐까 싶어서 긴장했다. 평소 같으면 어른들이 굿을 하건 돼지를 잡건 본체만체 지나쳤을 텐데 오늘은 좀 전의 일도 있고 해서 슬그머니 어른들 틈에 끼어들었다.

하얀 가운을 걸친 중년 여성이 벌게진 얼굴로 열변을 토하고 있었고 그 곁에는 같은 차림의 젊은 남자가 역시나 심각한 표정으로 서 있었다. 천천히 이어폰을 빼자 여자의 목소리가 기다렸다는 듯이 훅 치고 들어왔다.

"절대로 돌아가시면 안 됩니더! 약이 곧 나옵니더. 지금 임상시험 단계에 있으니까 몇 달만 세상 베리지 말고 참으이소. 아셨지예?"

그러자 이장 할머니가 목수건으로 바짓단을 탁탁 후려치며 대꾸했다.

"내 살다 살다 세상 베리지 말고 참으라는 말은 또 처음이네예.

이 동네만 해도 오늘내일 날 받아놓은 노인이 한둘이 아인데 죽고 사는 게 나라 뜻대로 됩니꺼?"

그러자 젊은 남자가 서울 말투로 대꾸했다.

"다른 동네는 상관없습니다. 삼오마을 주민 여러분께만 해당되는 사항입니다. 어렵게 생각하지들 마세요. 아까도 설명해 드렸지만 시신한테만 발병하는 전염병이 있는데, 삼오마을 주민들 대부분이 보균자들이시고요, 몸에 바이러스가 있어도 산 사람한테는 별 지장이 없으니까 돌아가시지 말라고 당부를 드리는 겁니다. 아시겠죠?"

도아가 젊은 남자에게 한 발짝 다가서며 물었다.

"우리 마을 사람들이 보균자라는 근거가 뭐예요?"

하지만 도아의 질문은 삼오 부동산 할아버지의 굵고 텁텁한 목소리에 묻히고 말았다.

"죽은 시신을 병균이 뜯어 묵등가 삶아 묵등가 그기 뭔 문제라꼬 이러요? 시신이 썩다 안 하고 말짱하게 있으믄 그게 큰일이지."

도아네 할아버지도 밀짚모자로 부채질을 하며 거들었다.

"와 아니라. 시신이 말끄롬히 누워 있으믄 묏자리에 물이 찼단 긴데, 그라믄 후손들한테 우환이 생겨서 큰일이라. 접때 저기 안 담골 주판식이도 어무이 묏자리 결국은 이장하더라 아이가."

노인들이 와글와글 말을 보태기 시작했고 하얀 가운 여자는 여태 쥐고 있던 파일을 옆구리에 끼며 한숨을 쉬었다.

"어르신들 말씀 잘 알겠고예, 우쨌든가 돌아가시는 분들 없게 조심들 하시고예. 혹시 누가 며칠째 안 보인다거나 갑자기 돌아가셨다거나 하면 지체 말고 연락을 주셔야 합니다."

하얀 가운들은 이장 할머니에게 명함을 건넨 뒤 마을 공영주차장 쪽으로 이동했다.

도아는 순간 양승태를 생각했다. 놈이 죽었을지도 모르는 날에, 흰 가운 차림 외지인들이 와서 이 동네에서는 아무도 죽어서는 안 된다는 이야기를 늘어놓았다. 도아는 얼른 하얀 가운들을 쫓아갔다.

"저기요, 한 번만 더 말씀해 주시면 안 돼요? 제가 늦게 와서 설명을 잘 못 들었는데요."

하얀 가운 여자가 눈알을 굴리며 허리를 짚었다.

"학생아, 느그 동네 원래 이리 피곤한 데가?"

아닌 게 아니라 여자는 몹시 피로해 보였다. 이마에서 인중까지 티존 부위의 화장이 다 지워져 버린 데다 콧방울엔 개기름이 솟아올라 반질거렸고, 그에 반해 입술은 또 바짝 말라 있었다.

"모이랄 때는 안 모이고 한 사람 붙잡고 설명 다 하고 나면 또 한 사람 오고, 또 설명하고 나면 또 오고 또 오고! 똑같은 말을 열댓 번도 넘게 했는데 아까 니도 봤제? 말귀는 또 아무도 못 알아들어요."

도아도 슬그머니 화가 났다. 삼오마을 노인들 답답한 거야 이 근방에 모르는 사람이 없을 것이다. 오죽했으면 삼오마을 아기들은 곤지곤지 잼잼을 시연할 나이에 가슴팍부터 퍽퍽 두드린다는 우스갯소리가 있겠는가. 하지만 외부인이 동네 사람들을 비웃는 건 싫었다. 어쨌거나 도아 역시 이 마을의 일부였다.

"그러니까 시신한테만 나타나는 증상이 뭔지 알아듣게 설명을 좀 해달라고요. 대충 말해놓고 가 버렸다고 아줌마 아저씨 근무

처에 항의라도 해요?"

샛강에 처박혀 있는 예비 시신을 목격한 날이니만큼 도아로선 당연한 궁금증이었다. 하지만 하얀 가운들은 어린애의 으름장 따위는 무섭지도 않다는 듯 벤에 올라타서 시동을 걸었다. 그래도 일말의 양심은 남았는지 주차장을 빠져나가기 전에 남자가 창문을 열고 소리쳤다.

"학생, 좀비 영화 본 적 있지? 지금 이 동네에서 누가 죽으면 딱 그리 된다."

도아도 차를 쫓아갔다.

"왜요?"

"샘플군으로 혈액검사를 한 노인들이 다 양성판정을 받았어. 자세한 거는 거기 적혀 있으니까 읽어 봐."

벤이 지나간 자리에 인쇄물 한 장이 팔랑팔랑 내려앉았다.

공동묘지 시신 침출수로 인한 바이러스 확산에 대비한 제반 사항들.

인쇄물을 제작한 곳은 보건복지부 산하 질병관리청이었다.

구제역이나 조류독감으로 파묻은 가축들한테서 침출수가 새 나왔단 이야기는 들어봤어도 공동묘지 시신 침출수는 처음이었다. 더구나 삼오마을에는 공동묘지가 없었다. 이 동네 사람들은 죽으면 샛강 건넛산에 묻히거나 차로 40분 거리에 있는 납골당에 안치되었다. 하지만 도아는 인쇄물을 접어서 가방 겉주머니에 넣다 말고 마을 우물 쪽을 돌아보았다.

지난봄, 우물 위쪽 둔덕이 무너질 위험이 있다며 마을 어른들이 옹벽 공사를 계획한 적이 있었다. 하지만 둔덕 일부를 허무는 과정에서 신원이 밝혀지지 않은 시신들이 나오는 바람에 옹벽 건설 계획은 없던 일이 되고 말았다. 혹시라도 조사가 시작될지 모르기 때문에 대충 강돌 몇 개를 박아놓고 끝냈던 것이다. 도아가 아는 건 거기까지였다.

그 무렵 어린이날과 학교 재량 휴업일까지 합쳐서 닷새간의 단기방학이 시작되었고 도아는 서울 엄마 집에 다녀오느라 시신들을 어떻게 처리했는지는 알지 못했다. 그때 시신에서 뭔가가 나왔다면 우물을 통해 마을 지하수로 퍼졌을 확률이 있긴 했다.

어른들은 흩어져 갔고 도아도 집에 가서 가방을 바꿔 메고 학원에 다녀왔다.

일곱 시, 해는 서쪽 하늘에서 머뭇거리고 있었고 습하고 더운 공기는 여전했다. 도아는 인쇄물에 있는 질병관리청 연락처로 전화를 걸어서 바이러스에 감염된 시신의 정확한 증상을 물어보고 싶었다. 하얀 가운 남자가 좀비 영화를 참조하라 했지만 암만 생각해도 삼오마을은 좀비물의 배경은 아니었다. 한 집 걸러 한 집씩 비어 있는 살풍경과, 집들보다 더 빨리 낡아가는 노인들이 주인공인 동네. 오늘 구더기 인간 하나가 죽었으나 그 역시 뉴트리아가 설치는 샛강의 일부였을 뿐 판타지 화소는 아니었다. 하지만 도아는 질병관리청에 전화를 할 수 없었다. 유독 이 일에 관심이 많은 이유를 뭐냐고 되물을까 봐 겁이 났다. 아까 샛강에서 뭘 봤는지, 놈을 봤을 때 119를 부르지 않고 그냥 자리를 뜬 이유가 무언지는 도아만의 비밀이니까.

일몰이 가까워지자 도아는 조바심이 났다.

이 시간쯤이면 양승태가 다른 사람들에게라도 발견되었어야 했다. 읍내로 출퇴근을 하는 사람들이 돌아오는 시간이었고 시외 버스 배차간격도 하루 중 가장 바특한 때였다. 이 좁아터진 삼오 마을에서 삼오 상회를 비껴가는 소문은 없는데, 이런저런 구실로 가게를 세 번이나 드나들도록 양승태 이야기는 없었다. 물속에서 흐늘거리던 양승태의 머리카락처럼 불길한 조짐들이 도아의 머릿속에서 일렁이기 시작했다.

도아는 해거름의 찻길을 따라 샛강 쪽으로 달려갔다. 사고 지점이 가까워질수록 심장이 두근거렸다. 조깅을 하던 16세의 중학생이 샛강 변에서 익사체를 발견하다, 뭐 그런 설정도 나쁘진 않을 것 같았다. 놈이 멀쩡하게 죽어주기만 한다면……

드디어 사고 지점. 스쿠터는 그대로 널브러져 있는데 양승태가 사라지고 없었다. 대신 샛강 변의 축축한 자갈밭에 뭔가가 끌린 자국이 있었다. 구급대원이나 제3자가 양승태를 구조했다면 흔적이 강둑 쪽으로 남았을 텐데, 끌린 자국은 샛강과 나란히 이어지다 풀밭이 시작되는 지점에서 돌연 자취를 감추었다. 풀밭은 교각 아래쪽까지 이어져 있었다. 다리 밑은 풀이 웃자란 데다 그늘마저 유난스레 짙었다. 도아는 강가로 내려섰다. 자갈밭을 지나 풀밭으로 천천히 다가서는데 다리 그늘 쪽에서 여튼한 쇳소리가 들려왔다. 바람도 불지 않는데 풀대가 흔들리는 기척이 났다.

강변으로 내려설 때만 해도 강물 전체를 뒤덮고 있던 낙조가 어느덧 강 저편 가장자리로 물러나 있었다. 풀밭으로 서너 발짝 들어간 도아는 걸음을 멈추고 다리 그늘을 응시했다. 그늘에서도 뭔가가 도아를 보고 있었다. 형체는 보이지 않지만 도아의 세포들이 낯선 존재를 감지하고 있었다.

뉴트리아일 거야! 도아는 침을 꿀꺽 삼키고는 돌아서 뛰었다.

2.

도아는 침대 베개 밑에 감춰둔 망치를 만지작거렸다.

할아버지의 창고에서 훔친 뒤로 반년 넘게 도아의 머리맡을 차지하고 있는 소형 망치였다. 양승태가 무탈하게 죽었다면 이 망치를 창고에 반납할 용의가 있었다. 애초에 놈의 공격을 대비한 무기였으니까.

반년 전 그날.

할아버지와 도아는 나란히 삼거리 알뜰할인마트에 다녀오는 길이었다. 서울에서 엄마가 내려온다는 기별에 급히 반찬거리를 몇 개 집어가는 중이었다. 늘 그렇듯 할아버지는 앞서가고 도아는 이어폰을 꽂은 채 10여 미터 뒤처진 채 걷고 있었다. 할아버지가 싫어서가 아니었다. 도아가 옆에 있으면 할아버지의 걸음이 괜히 급해지기 때문이었다. 선천적인 장애로 오른쪽 다리를 저는 할아버지는 평범한 열여섯 살짜리 중학생보다 걸음이 느릴 수밖에 없었다. 도아는 일부러 뒤에서 할아버지와 속도를 맞추는 것이었다.

삼거리에서 샛강 옆길로 접어드는데 양승태가 따라붙었다. 놈의 화려한 전적을 모르지 않는 도아는 이어폰의 볼륨을 낮추고서 바짝 신경을 곤두세웠다.

"찐따 영감 새끼 빨리 좀 뒈져라, 시발."

그날 양승태에게선 술 냄새가 나지 않았다. 놈은 맨정신이었다. 레지나 할머니의 말이 옳았다. 양승태는 사람 꼴을 하고 있어도 저 밑바닥에서부터 구더기로 채워진 존재였다.

"옛날에 느 음마도 따뭇는데 그 가시나 딸래미가 벌써 이리 크다니, 세월 빠리네. 느 할배 돌아가시믄 니도 따로 내 좀 봐얄 기다."

말끝에 양승태의 손이 도아의 엉덩이를 스쳤다.

그날부터 도아는 손닿는 곳에 망치가 있어야 잠들 수 있었다. 놈이 엄마를 두고 내뱉은 말을 믿는 건 아니었다. 그랬다면 엄마가 양승태가 있는 마을로 도아를 보냈을 리 없다. 이건 양승태와 도아의 싸움이었다. 파출소 순경들의 도움도 바랄 상황이 아니었다. 놈이 순경들과 호형호제한다는 걸 모르는 사람이 없었고, 실제로 도아도 삼거리 할인마트 앞에서 놈과 순경들이 나란히 서서 핫바를 먹는 걸 본 적이 있었다. 법원까지 놈을 끌고 간다 해도 별 소득이 없을 것이다. 세상은 양승태가 엉덩이를 만졌을 때 왜 격렬하게 거부하고 항의하지 않았느냐고 외려 도아에게 따질 것이다. 그리고 양승태가 내뱉은 말들은 술김에 내뱉은 농담 정도로 정리될 것이다. 최악의 경우 둘 사이에 연애 감정은 없었느냐는 질문이 돌아올지도 몰랐다. 도아가 찾아본 수많은 케이스들이 증명하는 사실이었다. 도아를 도울 사람은 도아 자신밖에 없었다. 만에 하나 망치를 써야 할 일이 생기면 인정사정 보지 않고 휘두를 거라고 마음먹은 터였다.

죽어가던 양승태가 사라졌다는 사실과 삼오마을에선 아무도 죽어선 안 된다던 하얀 가운들의 충고는 아직 따로 놀았다. 하지만 도아는 깊이 잠들면 안 된다고 생각했다. 사실 망치를 베개 밑에 둔 뒤로 잠은 늘 얕았다. 어둠은 원래 인간의 편이 아니라는 걸, 3년 차 시골 생활에 접어든 도아는 누구보다 잘 알고 있었다. 야음을 즐기는 건 샛강 기슭의 포식자들이었다. 어쩌면 아까 다리 밑 그늘에서 도아를 노려보던 그 존재 역시…….

그리고 자정 무렵, 비명이 울렸다.

소리가 3, 4초 만에 그쳤기 때문에 누가 밤중에 쥐나 도둑고양이에 놀랐거니 할 수도 있었다. 아니면 동네 노인의 술주정일 수도 있었다. 흔한 일은 아니지만 더러 오밤중에 소리를 질러 대는 노인들이 있긴 했다. 잠결에 듣고 돌아누우면 끝날 일이었다. 하지만 불길하고 찜찜한 생각들이 도아를 침대에서 일어나게 했다. 그 짧은소리가 삼오마을의 평범한 일상이 내지르는 비명처럼 느껴졌다. 망상과 비약일지도 몰랐다. 도아는 모든 게 불길한 징후로 느껴지는 이유를 알고 있었다. 그건 양승태의 행방과 생사 여부를 확인하지 않은 데서 비롯된 일이었다.

따지고 보면 그리 어려운 일도 아니었다. 놈은 놀이터 바로 앞, 삼오마을에서 지대가 가장 낮은 쪽에 살고 있었다. 그건 곧 근처 회관 옥상에 올라서면 놈의 집 마당을 내려다볼 수 있다는 뜻이었다. 놈이 돌아왔다면 신발이든 조명이든 귀가의 흔적이 있을 것이다.

도아는 슬링백에 망치를 꽂고 방을 나섰다. 현관문과 거실의 전면 유리창, 부엌 쪽 출입구는 아까 다 확인했다. 불이 꺼진 안방에선 텔레비전 혼자 시시각각 조도를 달리하며 번뜩이고 있었다. 보던 채널이 홈쇼핑 방송으로 넘어간 줄도 모르고 할아버지는 코를 골고 있었다. 평소 같으면 살금살금 가서 텔레비전을 껐을 텐데 오늘은 그냥 두었다. 익숙한 백색소음이 제거되면 할아버지가 깰지도 몰랐다. 할아버지는 바깥일을 모르는 편이 나았다. 도아는 욕실 쪽창을 통해 집 뒤뜰로 빠져나왔다. 다시 쪽창 문을 닫고 뒤뜰 바람벽에 세워져 있던 사다리를 끌어와 그 앞을 가렸다. 밖에서 대문을 잠그고 열쇠는 슬링백 겉주머니에 넣었다.

가로등도 모두 꺼지고 없었다.

유일한 불빛은 삼오 상회의 냉장고들이 뿜어내는 불빛이었다. 찻길 쪽 벽이 통유리도 돼 있어서 냉장고 불빛이 새 나오는 것이었다. 도아는 불빛이 닿지 않는 마을 안쪽 길을 따라 회관으로 이동했다. 위쪽 골목 어디선가 개들이 짖었다. 이 동네 개들은 경계심 때문이 아니라 저한테 관심을 달라고 짖는 녀석들이 대부분이라 휘파람을 불어주면 몇 번 낑낑거리다가 금세 잠잠해졌다. 하지만 오늘 밤엔 휘파람도 소용이 없었다. 개들은 쇠 목줄이 철렁거릴 정도로 날뛰고 있었다. 마을회관 옥상의 물탱크가 보일 즈음 누군가 골목 맞은편에 등장했다. 달빛에 긴 그림자를 드리우고 다가서는 이는 양승태의 노모인 김지난이었다.

양승태의 집을 훔쳐보러 가던 길에 집주인을 맞닥뜨리자 도아는 뜨끔하여 뒷걸음질 쳤다.

'지난'이라는 이름 탓에 과거에서 넘어온 사람 같은 느낌을 풍기는 그 노인은 꼬챙이처럼 마르고 조용하고 무해한 인간이었다. 동네 어른들이 흔히 말하는 죽을 날을 받아놓은 노인네들 중 하나였는데, 도아는 김지난이 지팡이를 세우고 동네 어귀 갓돌에 나앉아 있는 모습을 좋아했다. 노인의 눈길에 채기만 하면 뭐든 과거의 이야기로 변해버리는 듯했다. 마을 표지석도 200살이 넘었다는 느티나무도 노인의 눈길에서 지난 것들, 남겨질 것들, 곧 이별할 것들이라는 새 이름을 얻었다. 하지만 양승태는 김지난과는 별개의 인물이었다. 놈은 인간들 틈에서 활개 치려고 인간의 몸을 빌려 태어났을 뿐이었고, 김지난에 대한 도아의 호감이 양승태와의 관계엔 일말의 영향도 끼치지 못했다.

그림자만 늘어뜨린 채 말없이 서 있던 김지난이 갑자기 성큼성큼 걸어오기 시작했다. 평소 태엽 쥐처럼 짧은 보폭으로 느리게 걷던 것과는 딴판이었다. 10미터 남짓 되던 거리가 금세 반으로 좁혀졌고 도아는 비로소 노인의 얼굴을 제대로 볼 수 있었다. 목덜미 일부와 정수리 두피가 뜯겨나간 상태였다. 골목 끝에 있을 때만 해도 주름의 음영이라 생각했던 선들이 실은 핏자국이었던 것이다. 핏물이 골을 이루며 흘러내린 흔적이었다. 저토록 섬뜩하고 괴이한 존재를 설명할 방법은 하나밖에 없었다. 질병관리청 하얀 가운들의 충고가 현실이 된 것이다. 지옥에서 돌아온 양승태가 자기 엄마를 물어뜯었다.

걸음은 이내 뜀박질이 되었고 할머니는 도아에게 몸을 던질 기세로 도움닫기를 하고 있었다.

"어후 씨!"

도아는 탄식을 내뱉고는 뒤돌아 뛰었다.

모퉁이를 만날 때마다 김지난은 몸을 휘청거렸다. 삼오 부동산 앞 골목에선 가게 앞의 무화과 화분에 걸려 나동그라지기도 했다. 하지만 노인은 발딱 일어나서 다시 도아를 뒤쫓았다. 대체 김지난이 왜 저러는지는 알 길이 없었다. 확실한 건 질병관리청에서

우려하던 일이 실제로 벌어졌으며, 양승태가 그 시작이 되었으리라는 사실이었다. 놈은 샛강에서 죽었고 썩 달갑잖은 존재가 되어 마을로 돌아왔다.

3.

마을 어른들은 깨지 않는 편이 도와주는 거였다. 김지난에게 쫓기는 와중에도 도아가 최대한 발소리를 죽인 건 그 이유에서였다. 어른들에게 이 사태를 이해시킬 재간이 없었다. 전문가인 하얀 가운들조차 실패한 일을 도아가 무슨 수로 해낸단 말인가. 노인들이 잠결에 하나둘씩 집 밖으로 나왔다가 집단 감염사태라도 벌어지면 그땐 모든 게 끝난다. 더불어 도아의 인생도 구더기 인간과 동급으로 막을 내릴지도 모른다.

하얀 가운 남자는 일이 잘못되면 좀비 영화 같은 사태가 벌어질 거라 했지만 도아 눈에 비친 김지난의 상태는 미친 도사견과 비슷했다. 목줄 풀린 미친개를 처리하는 방법은 딱 두 가지였다. 죽이거나 안전한 곳에 가두거나.

도아는 우물터 근처 느티나무 그늘에 숨어 김지난을 보았다. 아까 넘어지면서 발목이 부러졌는지 오른쪽 발이 바깥쪽으로 꺾여 있었지만 노인은 멈출 생각이 없어 보였다. 도아는 슬링백 지퍼 틈새로 삐죽 나와 있는 망치 손잡이를 만지작거렸다. 하얀 가운들이 준 인쇄물에 따르면 침출수에 노출된 사람이 죽으면 근육경련과 공격성을 동반한 통제 불능 상태의 시체로 돌변하며, 그들을 통제할 유일한 방법은 뇌를 파괴하거나 분리하는 것이었다. 결국 머리통을 박살 내거나 목을 베라는 뜻이었다. 하지만 도아는 김지난의 머리에 망치를 휘두르고 싶지 않았다. 미친 도사견처럼 굴지만 어쨌거나 외형은 도아가 알던 김지난 그대로였다.

결국 가둘 곳이 필요했다. 김지난을 유인해서 불러들인 뒤 도아만 빠져나오기 용이한 구조여야 했다. 적당한 곳이 한 군데 있긴 했다. 삼오공소. 공소지기 할머니가 공소 열쇠를 어디에다 두는지는 알고 있었다. 문제는 공소가 우물터와 정반대에 위치해 있다는 사실이었다. 도아는 이미 숨이 턱에 차오른 상태였다. 하지만 김지난은 조금도 지친 기색 없이 바싹 시든 얼굴을 두리번거리며 도아를 찾고 있었다.

우물터에서 공소까지 가는 길은 크게 두 갈래였다. 하나는 방금 지나온 길을 되밟아 놀이터와 양승태 집 앞을 지나 오르막길을 따라가는 것. 다른 하나는 대밭이 있는 마을 윗길을 따라 버려진 축사를 지나서 가는 것. 도아로선 선택의 여지가 없었다. 동네 노인들을 깨우지 않고 일을 처리하려면 숲에 가까운 윗길로 가야 했다.

도아는 나무 뒤에서 나와서 김지난과 마주 보았다.

"그럼 또 뛸까요?"

도아는 우물터 옆쪽 오르막길로 접어들었다. 김지난도 이를 드러내며 따라붙었다. 날카롭고 흉흉한 바람 소리가 대밭을 가르고 지나갔다. 이 상황에 딱 맞는 BGM이란 생각에 도아는 실소가 터졌다. 낮에 양승태를 물 밖으로 끌어냈다면 이야기가 달라졌을지도 모른다. 하지만 과거로 돌아간다 해도 도아의 선택은 같을 것이다. 침출수라는 변수로 김지난이 날뛰는 시체로 돌변하긴 했지만 양승태의 죽음을 둘러싼 도아의 답은 매한가지였다. 놈은 죽어 마땅했다.

가파른 오르막에 접어들자 김지난은 눈에 띄게 속도가 줄었다. 부러진 발목이 말썽인 모양이었다. 하지만 평지에 가까운 대밭 앞길로 들어서자마자 처음의 속도를 회복했다. 도아는 김지난의 위치를 확인하려고 고개를 돌렸다가 대나무 뿌리에 발이 걸려 고꾸라지고 말았다. 대나무 뿌리들이 길 쪽으로 울퉁불퉁 뻗어 있는데 어두워서 보이지 않았던 것이다. 김지난은 도아가 몸을 일으키기도 전에 3, 4미터 거리로 접근했다.

"하…… 할머니!"

김지난은 고개를 삐뚜름하게 꺾은 채 하악거렸다. 허연 눈동자 안에 시간이 묶여 있었다. 바이러스를 퍼뜨리려는 현재의 욕망이 시간을 붙들고 있었다. 한때 김지난은 시간의 관리자였다. 도아는 김지난이 자신의 현재도 얼른 과거로 만들어주길 바랐던 적이 있었다. 그러면 빨리 어른이 되어 어디든 갈 수 있을 듯했다. 재혼한 엄마네 집과 시골 할아버지네 집, 두 가지 선택지밖에 없는 상황에서 벗어나려면 어른이 되는 수밖에 없으니까. 하지만 양승태에 물어뜯긴 김지난은 시간 관리자의 품위를 상실한 채 바이러스가 시키는 대로만 움직였다.

도아는 슬링백에서 망치를 꺼내 들었다.

김지난은 먹잇감을 덮치는 도사견처럼 훌쩍 도아 위로 날아들었다. 퍽! 망치가 적중했다. 김지난의 입에 망치를 꽂아 넣은 것이다. 점성 높은 피와 침이 도아의 이마로 뚝뚝 떨어져 내렸다. 망치로 김지난의 체중을 지탱하고 있었지만 몇 초나 더 버틸 수 있을지는 미지수였다. 김지난이 머리를 흔들 때마다 뺨에서 늘어진 살점들이 도아의 얼굴을 스쳤다.

노인의 손톱이 도아의 귓바퀴 아래를 할퀴고 지나갔다. 상처가 깊었는지 열감이 솟구치며 금세 목덜미가 축축해졌다. 하얀 가운들 말대로라면 도아도 보균자지만 물어 뜯겨서 대량출혈로 죽지만 않으면 상관없었다. 김지난이 저 꼴이 된 건 양승태가 제 엄마를 죽을 때까지 물어뜯었다는 반증이었다. 김지난의 어깨 너머로 축사의 폐비닐 무더기가 보였다. 도아는 남은 힘을 그러모아 망치를 노인의 한쪽 볼에 대고 밀었다. 성대 쪽으로 더 밀었다간 김지난의 목이 뒤로 꺾이며 부러질지도 몰랐다.

김지난이 망치와 함께 옆쪽으로 나동그라졌다. 도아는 축사 앞의 폐비닐을 끌어다가 김지난에게 씌운 뒤 그 위에 체중을 실었다.

"미안해요, 할머니."

도아는 김지난의 머리를 다리로 깔아뭉개며 비닐로 노인의 다리를 칭칭 감았다. 비닐에서 묵은 분뇨 냄새가 훅 올라왔지만 움직이는 시체가 뿜어 대던 썩은 숨결에 비하면 아무것도 아니었다. 입으로 비닐을 찢어서 다리에 이중 매듭을 만든 뒤에야 김지난의 얼굴에서 내려왔다. 김지난은 얼굴의 비닐을 걷어내며 일어나려고 용을 썼지만 두 다리가 묶여 있는 통에 땅바닥에서만 굴렀다. 그 틈에 도아는 버려진 밧줄을 찾아와서 김지난의 다리를 더 단단하게 묶었다. 그러고는 비닐을 더 뜯어내어 손을 묶은 다음 입에서 망치를 뽑고 대신 자갈을 물렸다.

도아는 비닐에 싸인 김지난 곁에서 잠시 숨을 골랐다. 양승태를 죽게 내버려 둔 탓에 김지난 할머니까지 돌아가신 건 맞다. 하지만 미친 도사견처럼 달려들던 저것은 김지난이 아니었다. 김지난은 생물학적 죽음을 맞은 뒤 지난 생을 모조리 망각한 채 괴물로 깨어났다. 도아는 머리를 싸쥐었다. 그 새끼를 둑으로 끌어올려야 했을까. 좀 전까지만 해도 확고했던 마음이 흔들리기 시작했다. 죽음이 죽음을 불러왔고 양승태는 여전히 마을 어딘가에 도사리고 있었다.

도아는 망치를 움켜쥐고 다시 일어났다.

뜻밖에도 망치가 위로가 되었다. 정확히는 자신이 망치를 휘두를 줄 아는 사람이란 자각이 위안이 되었다. 나는 내 손으로 양승태를 죽일 수도 있는 인간이었어! 죽은 자들이 돌아다니는 밤에서야 그 사실을 깨달았다는 게 안타까울 뿐이었다.

"할머니 나중에 꼭 찾아서 묻어드릴게요."

도아는 남은 폐비닐을 끌어다가 김지난에게 씌우고는 공소 쪽으로 이동했다.

그래, 좀비라 하자.

도아는 피 맛이 도는 침을 길에다 툭 뱉었다. 머릿속 회로에 넣고 굴리려면 이름이 있는 편이 나을 것이다. 다만 개념 정리는 필요해 보였다. 하얀 가운들 말에 따르면 이 동네 사람들은 다 좀비 바이러스 보균자였다. 하지만 증상이 본격적으로 발현하는 건 사후다. 살아있는 인간의 어떤 생화학 메커니즘이 좀비 바이러스를 억제하는지도 모른다. 좀비가 된 김지난은 지독한 공격성을 보였다. 공격의 목적은 상대를 감염시키는 게 아니라 이미 상대의 몸속에 있는 바이러스들이 활동할 수 있는 조건을 만들려는 것이다. 달리 말하면 상대의 목숨을 끊으려는 것.

김지난의 사례로 보아 좀비는 생전의 신체조건과는 무관한 운동신경을 보이며, 공격성에 비해 지능은 그리 높아 보이지 않았다. 실제로 도아를 쫓는 내내 김지난은 다른 집으로 들어가거나 담을 넘으려는 시도는 하지 않았다. 좀비들은 눈앞에 보이는 사람을 물어뜯어서 대량출혈로 죽게 만드는 기계적 살인마였고, 그건 곧 마을 노인들이 집안에만 잘 숨어 있으면 질병관리청에서 백신을 가지고 올 때까지 무탈하게 지낼 수도 있다는 뜻이었다. 김지난도 집에서 당한 게 아닐 것이다. 평소처럼 아들의 귀가를 기다리느라 늦게까지 마을 초입 갓돌에 나앉아 있다가 양승태의 첫 희생양이 됐을 가능성이 크다. 샛강에서 삼오마을까지 길이 외길인 걸 생각하면 양승태가 동네로 돌아온 경위도 설명이 되었다.

지금 놈은 어디 있을까?

망치를 쥔 손에 땀이 배어났다.

도아는 양승태가 죽기만 하면 놈과의 싸움이 끝날 줄 알았다. 하지만 놈의 사후에 전쟁은 또 다른 얼굴로 도아를 찾아왔다. 놈을 찾아야 했다. 도아가 양승태의 추행에 침묵한 건 이기는 게임을 하고 싶어서였다. 치명적인 강간 상해를 당하지 않는 한 이 나라의 법은 도아가 아닌 양승태의 보호막 구실을 할 터이므로, 확실한 승부를 찾을 때까지 놈과의 싸움을 늦추었던 것이다. 사실 도아는 한순간도 놈을 머릿속에서 내려놓은 적이 없었다. 머리맡의 망치와 수많은 불면의 밤이 그 증거였다.

샛강에 처박혀 있는 놈을 발견했을 때 도아는 구더기 인간을 거둬가는 생태계에 잠시 경의를 표했었다. 그 얼마나 안일한 판단이었던가. 제대로 갈무리하지 못한 일은 언제고 말썽을 일으키고, 찜찜하게 버려둔 것들은 언제고 돌아오게 마련이었다. 시신이 되어서도 사람들 곁으로 침출수를 흘려보내고, 숨통이 끊어져도 좀비가 되어 돌아온다. 재앙은 저 어두운 우주를 닮아 매 순간 팽창하는 속성을 가지고 있었다. 그러니 누군가 손에 피를 묻혀서라도 일이 커지는 걸 막아야 했다. 도아는 자신이 그 누군가가 되어야 한다는 걸 알았다. 이 재앙을 불러들인 게 도아였기 때문이다. 도아가 첫 단추를 안일하게 끼우는 바람에 끔찍한 연쇄반응이 일어난 것이다.

놈을 물속에 내버려 두는 걸로 마무리 지어선 안 되었다. 샛강으로 달려 내려가서 놈의 머리를 확실하게 짓이겨야 했다. 그런 다음 다른 사람들이 자신보다 강한지 약한지 귀신같이 알아보던 그 눈알들을 뽑았어야 했다. 그랬다면 놈이 마을로 다시 기어들어 와 김지난을 살해하는 일은 없었을 것이다. 늘 놈을 죽이고 싶었는데 마음의 소리를 외면한 대가가 이토록 컸다.

상대의 숨통이 끊어질 때까지 포기할 마음이 없다는 점에서…… 오늘 밤 도아도 좀비였다.

도아는 슬링백에서 휴대폰을 꺼내어 만지작거렸다. 전원을 켜고 즐겨찾기 목록 맨 위쪽의 연락처만 터치하면 엄마와 통화를 할 수 있다. 하지만 도아의 목소리에서 심상치 않은 기운을 감지한 엄마가 할아버지에게 전화를 걸면 일이 커진다. 할아버지는 홈쇼핑 방송의 소음 속에서 밤새 잠들어 있어야 했다. 도아는 휴대폰을 다시 슬링백에 넣었다. 만에 하나 도아에게 일이 생겨도 엄마는 견뎌낼 것이다. 사람은 어떻게든 살게 돼 있다고 말한 게 엄마였으니까.

동네는 여느 밤처럼 어둠에 잠겨 있었다. 낯설고 불길한 냄새에 개들이 성마르게 짖어댔지만 시골 노인들에게 개 짖는 소리는 백색소음에 지나지 않았다. 도아는 귀 아래 찢어진 부위를 손으로 다독이며 아까 김지난과 마주쳤을 때의 정황을 떠올렸다.

김지난이 거기 서 있었던 게 우연이 아니라면 좀비가 된 김지난이 도아의 존재를 감지하고 골목으로 들어왔다는 뜻이었다. 도아 딴에는 발소리를 죽이며 걸었으니 소리 반응은 아닐 것이다. 남은 가능성은 인간의 체취였다. 김지난은 바람에 실려 온 도아의 체취를 감지한 것이다. 그렇다면 양승태 역시 인간의 냄새를 쫓아갔을 것이다. 문을 걸어 잠그고 숨어버린 인간들 말고 좀비가 접근 가능한 곳에 있는 인간들. 이를테면 잠이 안 와서 밤 산책을 나온 동네 아주머니라거나 아니면…….

그 순간 도아는 버려진 축사의 옛 주인이자 공소 아래쪽 블루베리농원의 주인인 최홍규 할아버지가 떠올랐다. 최홍규는 여름밤이면 농원 앞에 평상을 내놓고 잤다. 이따금 도아네 할아버지도 거기 평상에 가서 막걸리를 마시고 올 때가 있었다. 좀비가 최홍규의 체취를 감지하고 평상 쪽으로 갔다면 무슨 일이 벌어질지는 뻔했다.

그 어딘가에 놈이 있을지 모른다고 생각하니 도아는 절로 걸음이 빨라졌다. 귀 아래서 시작된 열감이 목덜미를 타고 겨드랑이 쪽으로 번지고 있었다. 뜨듯한 액체가 쉴 새 없이 목을 타고 흘러내렸다. 자꾸 움직여서 그런지 피가 멎질 않았다.

4.

공소 마당을 지나던 도아는 공소의 문을 열어놓았다.

공소지기 레지나 할머니가 열쇠를 마당가 성모상 발치에 숨겨둔다는 건 공공연한 비밀이었다. 도아에게 그 비밀을 일러준 사람은 엄마였다. 엄마가 도아 나이였을 때도 레지나가 이곳을 돌봤다고 했다. 공소를 짓도록 땅을 내어준 사람은 레지나의 오빠였다. 레지나와 오빠는 공소 출입문 봉쇄를 두고 이견을 보였다. 레지나는 공소는 기도하는 집이니 1년 열두 달 밤낮없이 개방해야 한다는 입장인 반면 할머니의 오빠는 공소는 작은 성전이니 경건하게 지켜져야 한다고 생각했다. 오빠가 죽은 뒤 레지나는 공소 열쇠를 성모상 발치에 두었다. 오빠의 뜻대로 저녁이 되면 문을 잠그되 필요한 사람은 언제든 들어갈 수 있게 열쇠를 내놓은 것이다.

도아에게 공소는 기도하는 집도 성전도 아니었다. 할아버지가 의지하는 신이 여기 있는지는 몰라도 일곱 번씩 일흔 번이라도 용서하라는 그의 가르침을 도아는 신뢰하지 않았다. 괴물을 용서하라는 건 무책임한 일이었다. 그래도 오늘만큼은 공소의 존재가 고마웠다.

"요긴하게 쓸게요."

도아는 공소지기 레지나와 그녀가 믿는 신에게 말을 걸고는 공소를 벗어났다.

공소 앞 비탈길. 조심스레 배롱나무 그늘을 내려디디며 블루베리 농원 쪽으로 접근했다.

작은 농막을 돌아가자 최흥규가 밤을 보내는 평상이 보였다.

모기장이 주저앉아 있었고, 노인은 평상 밑에 쓰러져 있었다. 물가로 튀어나온 물고기처럼 최흥규가 몸을 퍼덕거리며 경련하고 있었다.

"할아버지……."

도아는 제 입을 틀어막았다. 김지난을 처음 봤을 때와는 또 다른 충격이었다. 김지난이 온전한 좀비 상태로 등장했다면 최흥규는 시신에서 좀비로 변해가는 중이었다.

주위를 살피던 도아는 농막 처마 밑에 있는 운동화를 발견했다. 어딘가에 더 튼튼한 끈이 있을 테지만 찾아볼 시간이 없었다. 급한 대로 운동화의 끈을 풀어내는데 최흥규의 움직임이 서서히 잦아들었다.

손이 떨리는 통에 속도가 나질 않았다. 그는 도아네 할아버지보다 훨씬 덩치가 컸다. 일흔 살이 넘은 노인의 몸으로 블루베리 농장을 혼자 꾸려가는 억척 농사꾼이기도 했다. 정면 대결은 어떻게든 피해야 했다. 도아는 농사꾼 하나 정도는 너끈히 해치울 수 있는 전사가 아니었고 공정한 싸움을 고집하는 신사적인 파이터도 아니었다. 할 수만 있다면 최대한 상대에게 핸디캡을 줘야 하는데 이제 겨우 신발 한 짝의 끈을 풀어냈을 뿐이었다. 뭐라도 묶으려면 두 짝 끈이 다 필요할 텐데 시간이 촉박했다.

물론 신발 끈을 쓰지 않아도 되는 방법이 있긴 했다. 망치로 눈두덩을 내리치면 될 터였다. 상대를 눈먼 좀비로 만들어 버리면 도아에게 유리한 싸움이 될 것이다. 그게 최선이란 건 도아도 알고 있었다. 하지만 최흥규가 도아네 할아버지 편에 보내주었던 블루베리의 시큼한 맛이 도아의 혀끝에 살아났다. 마트에 파는 것에 비해 신맛이 강하긴 하지만 공부하는 애들 눈에 좋은 것이니 많이 먹어두라던, 최홍규의 당부도 복기 되었다. 상대는 도아의 눈까지 생각해주던 이웃 노인이었다. 본성이 변했어도 여전히 최홍규의 얼굴을 하고 있었다.

도아는 끈을 두 번 팽팽하게 당겨보고는 노인에게 다가갔다. 기이한 각도로 꺾여 있는 한쪽 팔은 뼈가 드러날 정도로 살점이 떨어져 나간 상태였다. 등허리부터 끼쳐오는 소름에 도아는 몸을 떨었다. 최홍규는 건드리지만 않으면 영원히 정물로 남을 것처럼 엎드린 채 미동조차 없었다. 하지만 곧 좀비 바이러스가 노인을 일으켜 세울 것이다. 깨어나서 도아에게 달려드는 건 시간 문제였다. 도아는 숨을 삼키고는 한 발로 최홍규의 목덜미를 내리밟았다. 그러고는 최홍규의 두 손을 뒤로 모아 입에 물고 있던 끈을 감기 시작했다. 두 바퀴를 감은 다음 첫 매듭을 지었다. 그 위에 다시 한번 매듭을 만들면 끝날 것이었다.

하지만 최홍규가 고개를 틀어 쇳소리를 내며 몸을 꿈틀거리기 시작했다. 놀란 도아는 발을 헛디디며 블루베리 화분 쪽으로 넘어지고 말았다. 블루베리 가지에 목덜미와 팔을 긁혔지만 아픔을 느낄 새도 없었다. 달빛 아래 선 최홍규가 도아를 내려다보고 있었기 때문이다. 살점이 뜯겨나간 자리마다 우묵하니 어둠이 고여 있었다.

최홍규가 검은 잇몸을 드러내며 갈라진 쇳소리를 냈다. 도아는 슬링백에서 망치를 빼 들었다. 아까 김지난에게 했던 것처럼 좀비의 입에 망치를 박아 넣는다 해도 최홍규의 체중을 지탱하기 힘들 터였다. 게다가 최홍규는 김지난보다 팔도 훨씬 길었다. 망치가 입에 꽂힌 채로도 얼마든지 도아의 살점을 찢어발길 수 있다는 뜻이었다.

이건 도아가 바란 승부는 아니었다. 양승태에게 복수를 하고 놈을 이기고 싶었을 뿐인데 김지난에 이어 최홍규까지 죽음을 맞았다. 그리고 침출수에 섞여 있던 바이러스가 망자들을 다시 깨웠다.

"죄송해요, 할아버지."

도아는 목 안이 뜨거워지는 걸 참고 망치를 움켜쥐었다.

최홍규가 먼저 달려들기를 기다렸다가 목을 겨냥해 망치를 휘둘렀다. '우둑!' 소리와 함께 최홍규의 목이 한쪽으로 꺾였다. 하지만 바이러스는 숙주의 목이 부러지는 순간에도 자기가 해야 할 일을 정확하게 알고 있었다. 최홍규의 두툼하고 낡은 손톱이 도아의 목을 파고들었다. 기습적인 통증에 날숨조차 내뱉어지지 않았다. 도아는 비로소 이 싸움의 속성을 이해했다. 치명적 일격을 가하지 못하면 반드시 대가를 치러야 한다. 도아는 침을 눌러 삼키고는 최홍규의 꺾인 목을 다시 망치로 내리쳤다. 질척한 마찰음과 뼈 부러지는 소리가 뒤섞였고, 이어 최홍규가 모로 쓰러졌다.

하지만 끝이 아니었다. 뇌를 박살 내기 전까지 바이러스의 저주는 계속될 것이었다. 최홍규는 벌써 몸을 꿈틀거리며 일어날 채비를 하고 있었다. 도아는 망치를 틀어쥐고 공소 쪽 비탈길로 접어들었다.

"따라오세요!"

도아는 휘청휘청 앞서갔다. 목이 뒤로 꺾이다시피 한 최홍규도 휘우듬한 걸음걸이로 쫓아왔다. 도아는 공소 문을 열었다. 여름밤의 습기에 시달린 경첩에서 '끼익!' 소리가 났다. 최홍규가 공소로 따라 들어왔다. 달궈진 먼지 냄새가 가득한 공소 안은 칠흑같이 어두웠다. 스탠드 글라스를 뚫고 들어오기엔 오늘 밤 달빛이 약했다. 감실에 붉은 성체등이 켜 있긴 했지만 애초에 조명용이 아니다 보니 제대 주변만 불그스름하게 물들일 뿐 공소 내부를 밝히지는 못했다. 흔한 비상구 표지등도 없었고 밤의 신도인 어둠만이 들어차 있었다. 도아는 중앙통로를 통과해 고해실로 들어갔다. 일요일마다 할아버지를 따라 공소예절에 참여해야 했고, 한 달에 한 번씩 신부님이 오시는 주간에는 공소 청소까지 해야 했다. 할아버지 성화에 못 이겨서 한 일들이지만 그 덕에 도아는 고해실 뒤편에 작은 들창이 있다는 사실을 알고 있었다.

비척거리는 걸음 소리가 따라붙었다. 도아는 좁아터진 고해실 벽면을 더듬어 창문 쪽으로 갔다. 들창에 달빛이 어려 있었다. 도아는 들창 틈으로 상체를 밀어 넣었다. 어느새 고해실로 들어선 최홍규가 도아의 체취를 좇아 창 쪽으로 달려왔다. 최홍규의 손이 발에 닿을락 말락 하는 순간 도아의 몸이 공소 뒤뜰 바닥으로 툭 떨어졌다. 도아는 서둘러 들창을 닫았다.

공소 옆을 돌아 정문으로 돌아온 도아는 슬링백에 넣어두었던 공소 열쇠를 꺼냈다. 하지만 손이 떨려서 열쇠를 구멍에 꽂아 넣기가 쉽지 않았다. 여닫이문이 출렁이자 고해소 쪽에서 최홍규가 쇳소리로 울부짖었다. 곧이어 발소리가 정문 쪽으로 다가오기 시작했다. 다급해진 도아는 더 힘껏 열쇠를 구멍에 밀어 넣었다. 그 순간 열쇠에 달린 파인애플 모양 키링이 눈에 들어왔다. 키링은 열대 바다로 신혼여행을 떠났던 엄마가 사다 준 기념품이었다. 이제 껏 도아는 집 열쇠를 움켜쥐고 있었던 것이다. 도아는 집 열쇠를 던져버리고 다시 슬링백 겉주머니를 뒤졌다. 그러자 원형의 철사 고리에 달린 공소 열쇠가 만져졌다. 최흥규가 문 앞에 다다랐다.

"캬하하하하학!"

도아는 어깨로 여닫이문을 지탱하며 가까스로 열쇠를 구멍에 꽂았다.

철컥!

문이 닫혔다. 최흥규는 두어 번 더 문을 들이받으며 울부짖다가 잠잠해졌다.

그때였다.

"도아야!"

공소지기 레지나가 공소 마당에 서 있었다.

5.

현관문을 닫고 거실 블라인드까지 내리고 나서야 도아는 숨을 돌렸다.

레지나의 집은 마당을 사이에 두고 공소와 마주 보고 있었다.

"니 대체 꼴이 이게 뭐꼬?"

도아는 대답 대신 손가락을 제 입에 갖다 대자 레지나도 눈치껏 목소리를 낮추었다.

"개에 물렸드나?"

도아는 누가 봐도 지혈과 봉합이 필요한 상태였다. 귀밑에 손가락 한 마디만 한 상처가 있었고 목에는 아예 살갗이 뜯겨나간 곳이 있었다. 셔츠와 슬링백이 온통 피범벅이었다.

"물 좀 주세요, 할머니."

도아는 물을 들이켜고 대강의 경위를 설명했다. 물론 샛강에서의 일은 뺐다. 그건 누구도 알아서는 안 되는 일이었다. 하지만 레지나는 바로 그 점을 파고들었다.

"그란데 양승태 그놈은 우짜다 죽은 기고? 점심나절만 해도 낮술 한잔 걸치고 좋다고 지랄을 해쌌드마는. 혹시 니가 잘못 본 거아이가?"

양승태의 죽음은 이 모든 일의 시초였다. 놈의 죽음을 말하지 않고서는 그 이후 일들을 제대로 설명할 수가 없었다. 그럼에도 샛강의 일은 도아가 혼자, 지옥까지 품고 가야 할 진실이었다.

"자세한 설명은 나중에 할게요. 저 가고 나면 이장 할머니에게 연락해 주세요. 동네 사람들 모르게 낮에 왔던 질병관리청 사람들을 불러달라고요."

"119부터 불러야 안 하긋나? 그것들이야 멧돼지 잡듯이 쏴 죽이면 된다 치고, 일단 니부터 치료를 받자."

"아뇨, 전 해야 할 일이 있어요. 양승태를 찾아야 해요. 지금으로선 그놈을 찾을 사람이 저밖에 없어요."

"아픈 것도 못 느끼고 미쳐 날뛰는 놈이라믄서 그 쬐매난 망치하나로 상대가 되긋나? 그때 그것들을 건드리지만 않았어도 이런우환은 없었을 긴데."

"그것들이라니요?"

"지난봄 우물 옹벽 공사 때 나온 시신들 안 있드나."

당시 우물 위 둔덕에서 발견된 시신은 총 열두 구였다. 시신들은 널빤지에 묶인 채 비닐에 겹겹으로 싸여 있었다. 파출소에 신고를 하고 순경들을 기다리는 사이, 외지인 인부 하나가 시신 한 구를 발로 툭툭 건드렸다. 이장이 시신을 그리 대하면 못 쓴다고 야단하자 인부는 시신이 꿈틀거리는 것 같아서 그랬노라고 항변했다. 물론 그 말을 믿은 사람은 없었다. 예보에도 없던 소낙비가 퍼붓기 시작했고 이장은 인부들을 철수시켰다. 신고 후 1시간쯤 지나서야 경찰이 왔는데 삼거리 파출소의 순경들이 아니라 타지에서 온 경찰들이었다. 경찰들은 우물 쪽 골목에 폴리스라인을 치고는 이장을 비롯한 마을 사람들을 모조리 몰아냈다. 폴리스라인이 하필 산자락 모퉁이 아래쪽에 설치되어 있어서 마을 사람들은 경찰들이 시신을 수습하는 과정을 지켜보진 못했다. 옹벽 공사장 근처에서 경찰차들이 왔다 갔다 하는 소리가 들렸고, 차 엔진 소리 사이사이에 뭔가가 '탁! 탁!' 터지는 소리가 섞여 있었다.

"암만해도 그때 그게 시신 머리통 터지는 소리였지 싶다. 경찰들이 차로 고마 갈아 뿌린 기지. 그때 사달이 난 기라. 차로 갈아 대니까 비닐이 찢어지믄서 침출수가 새 나온 기지."

레지나도 침출수가 새 나온 경위를 추측할 뿐 시신들의 신원이나 시신들을 그곳에 암매장한 자들이 누군지는 모르는 눈치였다.

레지나는 거즈와 방수밴드로 응급처치를 해준 뒤, 늦기 전에 제대로 소독하고 꿰매야 한다는 당부로 이야기를 매조지었다. 도아는 점점 짙어지는 공소지기 노인의 체취에 머리가 아팠다. 빨리 밖으로 나가야 할 것 같았다.

공소 앞 내리막 비탈로 들어서는데 머릿속이 아득해졌다. 도아는 레지나가 챙겨준 진통제를 한꺼번에 털어 넣고 물도 없이 삼켰다. 통증이 문제가 아니란 건 도아도 알고 있었다. 뒤집힌 모래시계처럼 도아에게 남은 시간이 시시각각 줄어들고 있었다. 초여름 밤바람을 타고 인간의 체취가 날아다닌다는 걸 처음 알았다. 후각이 전에 없이 예민해지고 우연히 올려다본 달빛에 말도 못 하게 눈이 시렸다.

도아는 엄마와 할아버지의 이름이 뭐였는지, 두 사람의 얼굴과 목소리를 강박적으로 떠올려 보았다. 그렇게라도 하지 않으면 두 사람을 아예 잊어버릴 것 같았다. 아이들이 줄어들면서 버려진 놀이터에는 널빤지와 농기구들이 어수선하게 쌓여 있었다. 거기서도 인간의 냄새가 피어올랐다. 수십 명의 체취가 농도를 달리하며 뒤섞여 있었다. 어디선가 짐승들이 성마르게 컹컹거렸고 목덜미의 통증이 조금씩 멀어졌다. 도아는 제 슬링백에 이물스레 꽂혀 있는 망치를 보고서야 양승태의 존재를 복기했다.

질병관리청에선 시신 침출수에서 유래한 바이러스가 시신에게만 반응을 나타낸다 했지만 아니었다. 좀비에게 살을 뜯기면 목숨이 끊어지지 않고도 과도기로 접어든다. 기억이 드문드문해지고 새로운 감각과 욕망이 치고 올라오는 중간 시기. 도아는 망치를 움켜쥐고 양승태의 뒤를 쫓았다. 마을 골목마다 매혹적인 인간의 체취가 가득했지만 도아는 매캐하고 비릿한 놈의 냄새를 따라갔다.

샛강 물비린내가 도아네 집 앞을 지나쳐 다시 마을 밖 찻길로 이어져 있었다. 다음 사냥감을 못 찾고 마을을 한 바퀴 돈 모양이었다. 도아가 코를 킁킁거리며 찻길을 걸어가는데 모퉁이를 돌아온 트럭 한 대가 도아를 발견하고는 급히 차선을 변경하며 멀어져 갔다. 그제야 도아는 졸다 깨어난 것처럼 길 가장자리로 걸음을 옮겼다. 마을 어귀 버스정류장 근처 갓돌에 피가 고여 있었다. 물비린내와 피 냄새가 뒤섞인 것으로 보아 양승태가 김지난을 공격한 현장인 듯했다. 짙은 피 냄새에 도아는 저도 모르게 입맛을 다셨다. 뭐로든 배부터 채워야겠다는 생각에 시시각각 양승태의 존재가 지워졌다.

"양승태! 양승태! 양승태!"

도아는 부러 놈을 이름을 읊으며 삼오 상회 앞 공영주차장 부지로 들어섰다. 여린 달빛에도 눈알이 못 견디게 따가웠다. 몸 상태가 점점 인간의 것에서 멀어지고 있는데 더는 미적거릴 수가 없었다. 도아는 레지나가 붙여준 방수밴드를 확 떼어냈다. 환부가 벌어지며 피가 다시 목을 타고 흘러내렸다. 아직은 내 피에 인간의 냄새가 남아 있을 거야. 그러니까 양승태, 네가 날 찾아와!

마을회관과 빈 골목 사이에 어둠이 짙게 고여 있었다. 도아는 마을회관을 바라보며, 이 밤 최초의 목적지가 저기 옥상이었다는 사실을 기억해냈다. 마을회관 옥상에서 양승태의 집을 감시하려고 나선 길이었다. 겨우 1시간쯤 지났을까 말까 한 그 일이 까마득한 옛일 같았다. 그 일뿐 아니라 기억 전반이 후퇴하는 느낌이었다. 도아는 양승태만은 잊지 않으려고 놈의 이름을 되뇌었다. 놈의 삐뚜름한 입매와 유독 축축해서 귀에 끼얹어지는 듯하던 목소리, 샛강의 얕은 물에서 너울거리던 놈의 머리카락까지 양승태에 관한 기억들을 붙들고 늘어졌다.

그 노력에 화답하듯 회관 옆 그늘에서 놈이 나타났다.

6.

샛강에 처박혀 있던 걸 보지 못했다면 도아는 눈앞의 그것이 양승태라는 사실을 알아차리지 못했을 것이다. 놈은 코가 뭉개져 있었다. 미간도 박살이 나서 벌어져 있고 그 틈에 날카로운 자갈이 꽂혀 있었다. 양승태는 사고로 죽은 게 아니라 어느 밀교 제의에 희생당한 것 같은 몰골을 하고 있었다. 어쩌면 놈은 샛강에서 도아 눈에 띄기 전에 이미 목숨이 끊어졌는지도 모른다. 양승태를 죽게 내버려 둔 것과 죽은 양승태를 내버려 둔 건 다른 차원의 이야기였다. 하지만…… 이번에는 확실히 놈을 죽여야 했다.

도아는 잇몸과 손끝에 힘이 들어가는 걸 느꼈다. 도아 안의 무언가가 놈을 물어뜯고 찢어발기라 채근하고 있었다. 하지만 도아는 잇몸을 드러내며 으르렁거리는 대신 망치를 고쳐 쥐었다. 이건 좀비와 좀비의 싸움이 아니라 도아와 양승태의 싸움이어야 했다.

양승태가 이를 드러냈다. 누군가의 피로 입 주변이 번들거리는 와중에도 삐뚜름한 입매만은 선명했다. 살아서도 괴물이었고 죽어서는 한층 기괴한 괴물이 된 양승태가 눈앞에 있었다.

도아는 어릴 적 좋아했던 그림책 『괴물들이 사는 나라』의 한 구절을 떠올렸다.

이제 괴물 소동을 벌이자!

사실 그 그림책에서 도아가 가장 좋아하는 구절은 따로 있었다.

바로 그날 밤에 맥스의 방에선 나무와 풀이 자라기 시작했지.

맥스가 괴물들이 사는 나라로 떠나기 전, 환상의 조짐들이 방 안을 채우기 시작하는 장면이었다. 졸음에 겨운 눈으로 책을 읽어주던 엄마의 목소리는 밋밋하고 단조롭기 그지없었지만 도아는 눈을 반짝거리며 속으로 외쳤다. 인생이란 얼마는 신나는 모험이냐고! 나도 이제 괴물들을 만나러 갈 거라고! 저 부러워죽겠는 맥스 녀석처럼!

그 시절 대여섯 살의 도아는 정말로 괴물 소동을 벌일 날이 오리라고는 상상조차 하지 못했다. 양승태가 달려왔다. 도아는 달려드는 괴물에게 한쪽 팔을 내주었다. 질척한 소리와 함께 놈의 이빨이 도아의 팔을 파고들었다. 처음엔 종아리를 먹이로 주려 했다. 하지만 자기처럼 다리를 다치면 누군가가 슬퍼할 것 같은 생각이 들었다. 누구였더라. 다리를 절며 앞서가던 누군가가 있었는데.

양승태가 턱에 힘을 주며 고개를 비틀었다. 도아의 살점을 뜯으려는 것이었다. 그래도 팔을 내준 덕에 도아는 다른 팔로 망치를 휘두를 각을 얻었다.

땅! 땅! 땅! 세 번째 망치질에 놈의 두개골이 부서지며 뇌수가 튀었다. 네 번의 충격이 가해지고 나서야 놈의 턱이 느슨해지기 시작했다. 하지만 놈은 여전히 살아 있었다. 놈은 팔을 뜯어먹는 대신 도아를 올려다보며 팔을 뻗어 도아의 목을 움켜쥐었다. 손톱이 대번에 도아의 목덜미를 파고들었다. 놈이 도아의 목을 제쪽으로 당기자 양승태의 입김이 도아의 얼굴에 끼쳐왔다. 제 것과 남의 것이 뒤섞인 피 냄새에 망자의 속에서 넘어온 군내가 더해져 도아는 욕지기가 치밀었다. 도아는 양승태의 눈을 똑바로 보았다. 섬뜩하게 치뜨고 있어도 도아가 누군지 알아보지 못하는 그 눈…… 말할 수 없이 시시했다.

도아의 눈길이 양승태의 미간에 박혀 있는 돌조각에 머물렀다.

외래종의 목숨을 끊어놓은 샛강 생태계의 흔적이었다.

"양승태…… 여기서 끝내자."

도아는 마지막 힘을 모아 망치로 돌을 내리쳤다.

놈의 팔이 도아의 몸을 타고 흘러내렸고 '털썩!' 소리와 함께 놈이 도아의 발치로 쓰러졌다.

도아도 망치를 떨어뜨리고 그대로 주저앉았다.

괴물들이 사는 나라로 모험을 떠나던 그 녀석의 이름이 뭐였더라. 엄마한테 되바라진 소리를 하다가 혼쭐이 나던 그 꼬마 말이야. 그림책을 읽어주던 사람은 누구였으며, 그 이야기를 여태 기억하고 있는 나는 누구지.

흐려지는 기억과 가물거리는 시야 너머로 인간의 피 냄새가 감지되었다. 기억들은 툭툭 허물을 벗어놓고 멀어지고 있었고, 도아는 그저 숨이 가빴다. 모로 누운 도아의 귓바퀴에 눈물이 뜨듯하게 고였다. 달빛만으로도 눈이 시린데 더 강한 빛이 도아를 훑고 지나갔다. 도아는 손으로 눈을 가리며 몸부림쳤다.

사람들의 체취가 짙어지자 잇몸과 손끝에 절로 힘이 들어갔다.

"지혈이 필요해요. 빨리 들것으로 옮겨요!"

누군가 소리쳤다.

"도아야, 도아야!"

알 것도 같고 모를 것도 같은 목소리가 도아를 건드렸다. 도아는 입술을 달싹여 보았지만 소리가 나오지 않았다. 그래도 하려던 말이 뭔지는 알고 있었다. 이제 괴물 소동 같은 건 질색이에요!

"도아야, 할매 목소리 들리제? 정신 놓으믄 안 된다. 할매랑 병원 가자!"

차가 흔들릴 때마다 도아의 몸도 따라서 요동쳤다.

"우리 도아, 잘 이겨내고 하고 싶은 거 실컷 하믄서 살자."

누군가 머리맡에서 말을 붙였다.

도아는 하고 싶은 게 뭐였는지 기억이 나질 않았다. 그 망할 망치를 머리맡에 두고 살면서부터 인생이 방어적으로 변해버려서 무얼 하고 싶은지 잊고 살았다. 그래서 뭘 하고 싶어 했는지가 아니라 앞으로 뭘 하고 싶은지를 궁리해야 했다.

같이 사진을 찍고 싶었다. 그 사람과 어깨동무를 하고서 억지로라도 웃을 생각이었다. 그 사람이 누구였느냐 하면…… 다리를 절던 그 사람이었다. 도아가 이 마을을 떠나면 혼자 살아야 할 사람이었다. 그래서 떠나기 전에 사진이라도 찍어서 그 사람 방에 놔주고 싶었다. 밤에는 텔레비전 불빛이 번뜩이고, 새벽이면 끙끙 앓는 소리가 새 나오던 그 방에.

"할아버지……."

도아는 마침내 그 얼굴을 기억해냈다.

"그래 도아야, 느그 할배 생각해서라도 견디야 한다. 가서 응급치료 받고 할배한테 전화 디리자, 알았제?"

목소리의 주인이 도아의 이마를 쓰다듬었다.

도아는 차차 잇몸과 손톱에서 힘이 빠져나가는 걸 느꼈다. 대신 목과 팔에 타는 듯한 통증이 느껴지기 시작했다. 도아는 음원사이트 플레이리스트에 담아둔 곡들이 듣고 싶었다. 이 흔들리는 차에서 듣고 싶은 목록은 스테플론 던의 16 Shots으로 시작하는 '아침을 위해 아껴둔 노래'였다.

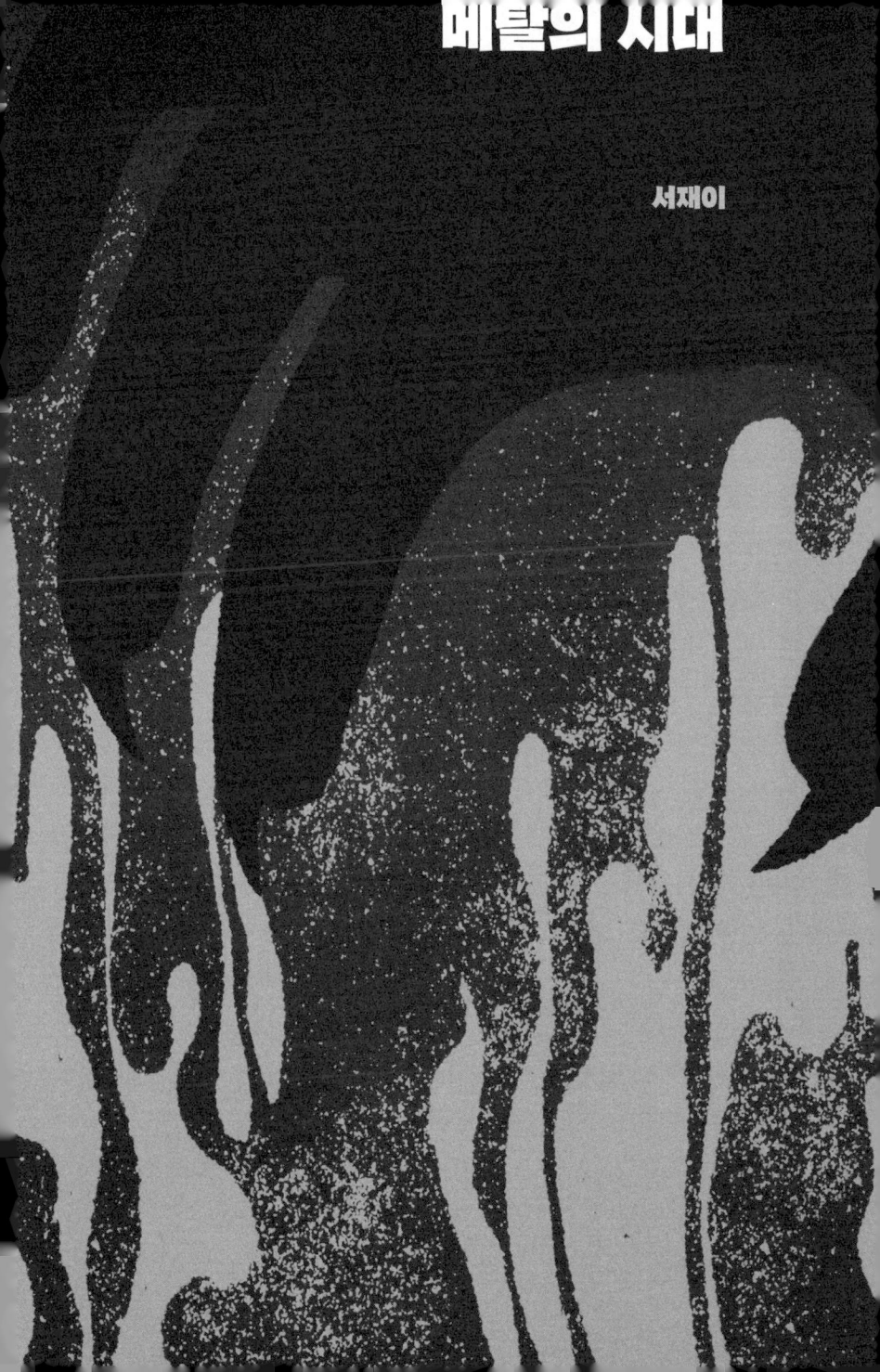

서재이

'다사야'라는 필명으로 웹소설『개와 도깨비의 시간』,『찬
란한 저주의 밤』 등을 썼다. 귀엽고 따뜻한 이야기를 좋아
하며 장편 SF로판을 출간하고 싶은 소망이 있다. 곧 이뤄
질지도. 종이와 글자를 닮은 검은 개와 흰 개를 키우며 사이
좋게 고구마를 나눠 먹는 중.

'좋아요'가 조금 늘었다. 댓글도 한두 개 더 달렸다.

연습 중간 쉬는 시간에 내가 할 일은 정해져 있었다. 공연 홍보 글에 달린 댓글을 확인하며 하트를 누르는 것이었다. 밴드 공식 SNS 계정을 관리하는 건 내 몫이었다. 사람들의 반응이 적어 금방 끝나는 일이었지만, 그래도 작년보다 팔로워 수가 늘었다. 몇 달 전에 했던 음악 스트리머와의 짤막한 인터뷰 덕이었다.

핸드폰을 내려놓자 어딘가에 전화를 걸며 나갔던 드러머 영환이 돌아왔다. 핸드폰 화면을 불만스러운 낯으로 들여다보며 "왜 전화를 안 받냐." 하고 중얼거렸다. 영환은 쉬는 시간마다 여자친구와 통화하곤 했는데, 오늘은 어쩐 일로 연락이 되질 않는 모양이었다.

보컬인 시몬도 화장실에서 돌아오자, 뒤를 이어 담배와 라이터를 들고 나갔던 기타리스트 미아도 돌아왔다. 미아는 합주실 문이 닫히자마자 라이터를 켠 손으로 천장을 가리켰다.

"야. 어디서 또 이벤트 하나 봐. 멀리서 계속 소리 지르고 사람들도 뛰어다니더라."

"홍대가 매일 그렇지 뭐."

그러자 영환이 핸드폰에 시선을 고정한 채 뚱하게 대답했다.

"그건 그래."

미아도 대수롭지 않게 대꾸하며 기타를 집어 들었다. 공연이 일주일 남았는데 두 시간 빌린 합주실을 허투루 쓸 수는 없었다. 내가 베이스 기타를 만지작거리자 시몬도 물을 한 모금 마시고 구석에 내려놓더니 너털웃음을 흘렸다.

"우리 공연도 저랬으면 좋겠다. 어떻게 잡은 단독 공연인데."

"더 시끄러워야지. 어떻게 잡은 단독 공연인데."

시몬의 말을 따라 하며 나도 동조했다. 멤버들의 시선이 저절로 공연 포스터가 담긴 상자에 가 닿았다.

각자 이 밴드 저 밴드 전전하다가 모여 한 밴드를 이룬 지 3년째. 메탈과 하드 록을 고집하다 보니 팬층이 두꺼워질 기미는 보이지 않았다. 그래도 우리 노래를 들어주는 사람들이 꼭 한둘은 있었다.

그 덕에 드디어 첫 정규앨범을 내고 단독 공연도 잡았다. 어느록 페스티벌이나 라이브 클럽 행사의 한 코너가 아닌, 우리만의 무대 말이다.

모아둔 레슨비와 아르바이트비에 아주 간신히 받은 청년 예술가 활동 지원금이니 하는 것을 합쳐 라이브 홀을 대관했다. 그리고 바로 다음 주가 공연 날이다. 그 사실을 다시금 상기하자 긴장감에 심박수가 올라갔지만 입꼬리도 올라갔다. 나만 그런 게 아니었다. 합주실 분위기가 살짝 들떴다.

영환이 말도 없이 드럼 스틱으로 하이햇 심벌을 두 번 가볍게 두드리자 일제히 합주를 재개했다. 이제 메탈은 한물갔다고들 하지만, 그날만큼은 무대 전체가 우리 것이다.

미아의 기타 솔로 구간이 끝나자마자 내가 베이스 솔로 연주를 시작하며 머리를 위아래로 흔들어댔다. 어깨 근처까지 기른 머리칼이 정신없이 휘날렸다.

베이스 넥을 위로 주욱 쓸어올리던 그때, 합주실 문이 벌컥 열렸다. 갑작스러운 방문객은 바닥에 넘어지면서도 다급하게 문을 닫았다.

우리는 당황해서 우뚝, 동작을 멈췄다. 머리를 흔드느라 정신없던 내 시야에도 갑자기 쳐들어온 분홍색 머리칼이 선명하게 보였다. 다들 얼이 빠진 와중에 시몬이 마이크 스탠드에서 손을 떼고 인상을 썼다.

"갑자기 뭐야?"

신경질적인 목소리에 그제야 불청객이 덜덜 떨며 고개를 들었다. 시몬의 눈빛이 순식간에 난처함을 표했다. 불청객은 두려움에 떨며 울고 있었다.

눈물범벅인 그 얼굴이 눈에 익었다. 종종 같은 무대에서 공연했던 다른 밴드의 보컬 달송이었다. 달송은 울먹이며 간신히 목소리를 냈다.

"바, 밖에. 밖에 큰일이, 여기 위험, 위험해."

솜사탕처럼 달콤한 목소리라는 캐치프레이즈를 밀던 달송의 목소리는 잔뜩 잠기고 갈라졌다. 상태가 굉장히 안 좋아 보였다.

"잠깐. 너 다쳤잖아."

미아가 놀란 얼굴로 물통을 챙겨 달송의 옆에 앉았다. 인제 보니 달송의 다리에서 피가 나고 있었다. 나도 심각해져 수건을 꺼내 미아에게 내밀었다.

"옆방에서 싸움이라도 난 거야?"

내가 물었지만 달송은 훌쩍이기만 했다. 달송이 들어오면서 잠깐 열린 문틈으로 소란스러운 소리가 들렸던 것도 같은데, 여기는 원래 시끄러운 곳이다. 그렇다고 피를 볼 정도의 싸움이 일어날 장소도 아니었다.

미아는 수건에 물을 적셔 달송의 다리를 살살 닦아줬다. 상처에 물이 닿는 게 따가운지 달송이 자꾸 움칠거리더니 몸을 뒤틀었다.

"이럴, 이럴 때가 아니야. 나, 내가……!"

"야. 가만히 좀 있어 봐. 상처를 볼 수가 없잖아."

미아가 짜증을 내자, 달송은 숨쉬기가 힘들다는 듯 제 가슴을 퍽퍽 쳐댔다. 너무 세게 치는 것 같아 내가 달송의 어깨를 조심스럽게 붙잡았다.

"왜 그러는데? 목 막혀? 목에 뭐가 걸린 거야?"

돌아오는 대답이 없어 합주실 분위기가 더 가라앉았다. 나는 창백해져 가는 달송의 안색을 살펴보다가 이번에는 미아에게 물었다.

"물을 좀 먹여 볼까?"

"그게 좋겠어."

미아가 달송의 입으로 물통을 기울여주고, 영환은 드럼 스틱을 놓고 일어섰다.

"내가 카운터에 한 번 가볼게. 다른 합주실에도 들르고."

"알았어. 그럼 나는 구급차라도 불러야겠다."

영환의 말에 시몬이 핸드폰을 꺼냈다.

"물은 좀 마셔?"

그러면서 나에게 물었지만, 달송은 물을 한 모금도 삼키지 못하고 전부 흘리기만 했다. 나는 시몬에게 얼른 구급차부터 불러보라며 손으로 전화 받는 시늉을 했다.

달송은 급기야 끅끅거리는 소리를 내다가 점점 허리를 접어 고개를 숙였다. 미아의 옷자락을 붙잡고 마구 잡아당기기까지 했다. 뭔지는 몰라도 괴로워서 어쩔 줄 몰라 보였다. 미아는 허둥대다가 달송의 등을 토닥였다.

"얘 상태가 왜 이래? 원래 지병 같은 게 있어?"

미아의 속삭임에 나는 고개를 저었다.

"나도 잘 몰라. 얘랑 그렇게 친한 건 아니라……."

"아악!"

그때 갑자기 미아가 날카로운 비명을 질렀다. 달송이 느닷없이 미아의 팔을 깨문 것이다. 달송은 입을 떼지 않으려 미아를 꽉 붙잡고 놓아주질 않았다.

"이게 미쳤나! 도와주는 사람한테 무슨 짓이야?"

예상치 못한 상황에 주춤했던 나도 달송의 허리를 붙잡고 있는 힘껏 당겼다.

"너 술 처먹었냐? 정신 차려 봐!"

달송은 미아의 팔을 뜯어먹기라도 할 것처럼 우악스럽게 달라붙었다. 나는 미아의 머리칼을 잡아당기며 시몬을 돌아봤다.

"술 냄새는 안 나는데 왜 이러는 거야? 시몬! 구급차는 언제 와?!"

"나도 몰라! 119랑 연결이 안 돼. 미치겠네."

시몬도 초조한지 머리를 마구 헤집으며 핸드폰 화면을 계속 누르고 있었다.

"그럼 경찰이라도 부르든지! 영환이는 왜 안 돌아오는 거야?"

나는 덜 닫힌 합주실 문을 돌아봤다가, 미아를 봤다가, 시몬을 돌아보느라 목덜미가 뻐근해질 지경이었다. 문이 꽉 닫힌 게 아니니 카운터에서도 이 소란을 들었을 텐데 왜 확인하러 오질 않는 걸까. 야생동물에게 습격을 받은 것 같은 이 상황을 어떻게 수습해야 할지 감도 잡히지 않았다.

"아파! 야! 이거 놓으라니까!"

달송은 결국 미아가 배를 걷어찬 후에야 떨어져 나갔다. 나는 달송과 함께 뒤로 발라당 넘어졌다가 후다닥 일어섰다. 달송이 이번엔 나한테 팔을 뻗었기 때문이다. 어디가 아픈 건 확실한데, 그게 다리만은 아니었다. 아무래도 제정신이 아닌 것 같았다.

"그르르륵."

달송은 기괴한 소리를 내며 비틀비틀 일어섰고, 나와 시몬의 얼굴이 동시에 굳었다. 달송의 모습이 이상했다. 피부는 기이할 정도로 창백했고, 그와 대비되는 검은 핏줄들이 눈을 향해 몰려가고 있었다. 눈두덩이와 입술이 멍든 것처럼 시커멓게 변해 괴물 같아 보였다.

꼭 영화에서나 보던 좀비 같다고 생각할 때쯤, 살짝 열린 문틈으로 온갖 비명과 괴성이 쏟아져 들어왔다. 우리는 그제야 심상치 않은 일이 벌어지고 있음을 직감했다.

달송이 기괴한 함성을 지르며 나에게 달려들었다. 나는 벽에 등이 닿을 정도로 뒷걸음질을 쳤고, 시몬은 달송을 붙잡으려 했다. 하지만 어느새 달송처럼 이상해진 미아가 시몬의 다리를 향해 몸을 던졌다.

"으아악!"

시몬이 기겁하며 우당탕 넘어졌다. 이번에는 미아가 시몬의 종아리를 꽉 깨물었다.

"시몬!"

나는 시몬에게 손을 뻗으려다 다시 뒷걸음질 쳤다. 달송이 여전히 나를 노리고 있었다.

"이게 도대체 무슨 일이야?"

식은땀이 흐르는 걸 느끼며 손에 잡히는 물건을 되는대로 집어 들었다. 우리 밴드의 단독 공연 포스터였다. 내게 계속 다가오려 하는 달송에게 그것을 뭉텅이로 던져댔다. 그러면서 미아와 시몬의 상태를 확인했다.

"미아, 너까지 왜 이래? 시몬! 괜찮아? 잠깐, 야 달송 이러지 마. 오지 마!"

시몬이 미아와 실랑이를 하는 동안 달송이 알 수 없는 소리를 내며 점점 다가왔다. 눈으로 보고도 믿기지 않는 광경에 포스터를 마구잡이로 집어 던졌다. 그것 말고는 할 수 있는 일이 없었다.

팔을 붙잡히기 직전, 갑자기 문이 확 열리면서 달송의 얼굴에 퍽 소리가 나도록 세게 부딪쳤다. 그 고통이 내게 전해지는 것 같은 기분에 콧등을 잠깐 찌푸렸다. 합주실 문을 열어젖힌 것은 영환이었다.

아니, 어쩌면 창백한 괴물이었다.

"영환아. 아니지? 너까지 저렇게 된 거 아니지?"

나는 포스터를 돌돌 말아 쥐고 다른 손에는 드럼 스틱을 들었다. 허구한 날 부러지는 드럼 스틱이 포스터 뭉치보다 잘 견뎌줄지는 모를 일이었지만 지푸라기라도 잡는 심정이었다.

창백하고 검은 영환의 입이 열리자 그워억, 하는 소리가 흘러나왔다. 망했다. 망했다는 생각만 들었다. 영환이 나를 향해 눈을 치켜뜨며 달려들었고, 뒤를 이어 다른 합주실을 쓰고 있던 사람들까지 몰려들었다. 죄다 얼굴이 거무스름하고 창백했으며 눈빛은 흐리멍덩했다.

심장이 빠르게 뛰는데 손이 차가워져 가는 게 느껴졌다. 처음으로 무대에 오르던 날처럼 말도 안 되게 큰 불안과 긴장에 휩싸였다.

"제발 다들 정신 좀 차려! 우리 다음 주가 공연이라고! 단독 공연이란 말이야아!"

벽에 손을 짚은 채 뒷걸음질을 쳐봤지만 더는 도망칠 곳이 없었다. 영환과 밴드맨들이 나를 붙잡았다. 내가 할 수 있는 일이라고는 허우적거리는 것뿐이다. 발로 밀어내고 포스터 뭉치와 드럼 스틱을 휘둘러도 녀석들은 멀어지질 않았다.

결국 그들에게 떠밀려 앰프 위로 쓰러지듯 넘어지는데, 내 팔꿈치에 뭔가가 툭 치였다. 공포 영화 같은 그 순간에도 물통이 앰프와 연결된 콘센트로 추락하는 게 슬로모션으로 보였다. 상황이 이렇지 않았다면 저거야말로 올해의 가장 무서운 공포 영화였을 텐데.

'미아 이 새끼, 또 앰프 위에 물 올려놨네……!'

그런 생각을 하는 동시에 파지직, 하는 소리가 들려왔다. 이내 머리부터 발끝까지 곱아드는 감각이 온몸을 들이박았다. 옆구리에 서늘하고 얼얼한 감각도 함께 지나갔다. 과열된 전구가 깨지는 것처럼 내 시야도 순식간에 쨍그랑, 암전됐다.

* * *

그리고 수명이 얼마 남지 않은 전구처럼 깜빡깜빡 눈을 떴다. 암흑이었다.

사방이 어두웠지만, 사위에 무엇이 있는지는 얼추 알 수 있었다. 악기들과 사람들이 쓰러져 있었다. 포스터가 들어 있던 상자도 널브러져 있었고 한쪽에 모아뒀던 가방들도 흐트러져 있었다. 난장판이었다.

부스스 몸을 일으키자 온몸이 얼얼하고 저릿했다. 타는 냄새도 나는 것이 역시 앰프 위에서 떨어진 물통 때문에 감전이 됐던 게 분명하다.

앰프 위에 물건을 이것저것 올려두는 것이 미아의 안 좋은 버릇이었다. 처음에는 그것 때문에 다투기도 했었다. 그 뒤로 나름대로 조심하는 건지 앰프 위를 비워두더니, 상황이 급해서 저도 모르게 거기로 손이 갔나 보다.

'그래서? 미아는? 다른 사람들은 어떻게 된 거지?'

얼얼하고 찡한 관자놀이를 손바닥으로 툭툭 두드리자 그제야 기절하기 전의 일들이 눈앞에 차곡차곡 쌓였다. 주위에 쓰러진 사람들은, 우리 멤버들은 어떻게 된 건지 확인해야 했다.

나는 플래시를 켜기 위해 핸드폰을 꺼냈다가 화들짝 놀랐다. 잠깐 눈을 감았다가 뜬 것 같은데 이틀이 지나 있었다. 게다가 수십 개의 부재중 전화와 메시지들이 화면을 빼곡하게 채우고 있었다. 전부 부모님에게서 온 연락이었다.

'부모님……? 설마 순천까지 이 난리가 난 거야?'

나는 서둘러 엄마에게 전화를 걸었다. 하지만 핸드폰은 곧바로 방전되어 전원이 꺼지고 말았다.

'안 돼. 이러면 안 되는데.'

꺼진 핸드폰을 들고 허둥대다가, 옆을 더듬어 다른 사람들의 주머니를 뒤졌다. 처음 찾아낸 핸드폰은 액정이 완전히 박살 났고, 그 옆 사람의 핸드폰은 방전되었으며, 그나마 배터리가 아주 조금 남아 있는 핸드폰에는 비밀번호가 걸려 있었다. 나는 급한 대로 그 핸드폰으로 플래시를 켜 합주실 곳곳을 비추어봤다.

영환은 어딘지 모를 허공을 빤히 쳐다보고 있었다. 미아와 시몬은 구석에 서 있었고, 달송과 다른 밴드의 멤버들도 바닥에 쓰러져 있거나 느릿느릿 서성이고 있었다. 합주실을 둘러보며 사람들을 확인하는 것은 나뿐이었다. 그걸 인지하고 나니 이 어둠이 불쑥 무서워졌다.

일단 멤버들을 하나씩 불러보기로 했다. 다음 주가 공연인데 조금이라도 다쳤다면 당장 치료를 받아야 한다. 어떻게 잡은 공연인데. 미아야, 괜찮아?

"그워억, 그르르륵一"

나에게서 튀어나온 소리에 반사적으로 입을 틀어막았다.

'왜 이러지? 목이 잠겼나?'

믿고 싶지 않은 상황에 한참 입을 막고 있다가 플래시 불빛이 약해지는 걸 보고 다시 입을 열었다. 시몬! 영환아! 대답해 봐!

"구르륵. 그웍, 끄어억!"

또다. 또 괴성이 튀어나왔다. 목이 잠긴 것도 쉰 것도 아니었다. 이건 내가 내는 소리가 확실했다.

문득 감전되면서 옆구리 닿았던 싸늘한 감각이 떠올랐다. 허리춤으로 손을 가져다 대자 피에 젖은 얇은 옷감과 그걸 뚫은 이빨 자국이 느껴졌다. 누군가에게 물린 것이다.

그러고 보니 달송도 다리에서 피를 흘리다가 이상해졌고, 그런 달송에게 물린 미아도 갑자기 시몬을 물었다. 그리고 합주실 밖으로 나갔던 영환도 목에서 피를 흘리고 있었던 것 같다.

가까이에 쓰러져 있는 사람들의 얼굴을 플래시 불빛으로 비추어봤다. 미동도 없이 누워 있는 그들은 영화에서 보던 것과는 당연히 조금 달랐지만, 아무리 생각해도 좀비였다. 홍대 한복판에 좀비가 나타난 것이다.

'그럼 나도 좀비가 된 거야……?'

나는 방전된 핸드폰을 내려놓고 다른 핸드폰을 찾아 들었다. 플래시를 켜고 대기실로 나가다가 불쑥 튀어나온 인기척에 "궈아악!" 하고 소리를 질렀다.

어기적거리며 돌아다니는 좀비가 둘 남아 있었다. 반사적으로 아무 곳에나 몸을 숨기려 했으나, 합주실 안에서도 그랬듯이 좀비들은 내게 아무런 관심도 없었다. 그게 더 불안했다.

얼른 대기실에 걸린 거울 앞에 서서 불빛을 비추었다가 눈을 질끈 감았다. 나를 향해 달려들던 영환과 똑같은 몰골이었다. 그러니까 나는, 좀비였다. 좀비가 된 거다.

나는 거울 속의 내 모습을 멍하니 바라보다가 가슴 위에 손을 얹었다. 심장이 뛰질 않았다.

'내가 죽은 거야? 아직 아무것도 못 했는데?'

망연하게 거울 속 나와 눈을 마주하고 있다가, 다시 합주실 앞에 가 섰다. 좀비들이 멍하니 서 있거나 바닥에 널브러져 있었다. 엉망으로 흐트러진 공연 포스터와 함께 아무렇게나 구겨져 있었다.

'우리 멤버들도……'

죽은 거다. 움직이긴 하지만 전부 죽었다. 미아도 시몬도 영환도 나도.

밴드는 아주 다양한 이유로 해체된다. 돈 문제와 연애 문제가 이유의 주를 이루지만, 대체로 음악적 방향성이 달랐다는 말로 얼버무려진다. 언젠가 이 밴드도 다양한 이유로 해체될지 모르겠다는 생각을 한 적은 있다. 그래도 이런 이유일 줄은 몰랐다.

함께 메탈의 부흥을 불러오자던 멤버 전원이 좀비가 되었다. 다들 그저 멍하니 서성이느라 내 말에 대답도 하지 않는, 좀비일 뿐이었다. '그런 이유'로 이 메탈 밴드는 방금 막 해체됐다. 단독 공연을 며칠 앞두고서 울적하면서도 어이가 없었다. 그보다는 현실감이 없다는 말이 더 맞겠다.

멤버들의 얼굴을 찬찬히 눈에 담다가 가까이에 있는 시몬의 어깨를 툭툭 두드려 봤다. 역시나 반응이 없었다. 어째선지 나만 온전한 정신을 유지하고 있었다.

평소에 머리를 너무 많이 흔들어대서 그런 건지. 앰프에 감전되면서 어떤 문제가 생긴 건지. 아니면 록 윌 네버 다이의 정신으로 버틴 건지. 사람을 찾아 물어뜯고 싶지도 않고 멀뚱멀뚱 서 있고 싶지도 않다. 그게 지금 내게 다행인지 불행인지는 모르겠다.

'이 꼴이 됐는데 공연이 다 무슨 소용이야.'

그동안 메탈 밴드를 유지하겠다고 아등바등 애써온 시간이 부질없게 느껴졌다. 이렇게 죽을 줄 알았으면 부모님한테 연락이나 좀 자주 할 걸 그랬다. 부모님이 밴드 활동을 끔찍하게 반대하는 바람에 가깝게 지내기가 힘들었다.

서운하기는 해도 불행은 아니었다. 인디씬에 나 같은 사정 가진 애는 흔했다. 중요한 것은 그런 가족들과 어떻게 지내느냐 하는 것이었다.

나는 비겁하게 회피하는 쪽이었다. 부모님에게서 오는 전화도 피하고, 이 핑계 저 핑계 대며 먼저 연락하는 일도 드물었다. 부모님과 통화하고 있으면 남들 다 직진하는 길목에서 나만 후진하는 사람처럼 느껴졌다.

후진하는 게 아니라 다른 길을 걷는 거라고 얘기하고 싶었지만 그러지도 못했다. 어쩌면 후진하는 게 맞는 건지도 모르겠다는 생각이 들어서 더 피했다. 상황이 이렇게 되고 나서야 부모님께 먼저 연락하려고 하다니, 우스웠다.

나는 대기실로 비척비척 걸어가 다른 좀비의 주머니를 뒤져 핸드폰을 꺼냈다. 핸드폰 좀 빌려줘요. 부모님께 연락 좀 하게. 그런 말을 했지만 내 입에서는 "구르르륵, 으르륵, 그윽." 하고 괴물 같은 소리만 튀어나왔다. 어쩌겠는가. 지금 중요한 건 그게 아니었다. 당장은 부모님이 무사한지 확인부터 해야 했다. 아까 내 핸드폰의 화면에 떠 있었던 메시지로 봐서 마지막 연락이 12시간 전이었으니, 적어도 그때까지는 무사했을 거다.

하지만 아쉽게도 좀비의 핸드폰마저 방전되어 전원이 켜지질 않았다. 이번에는 곧장 카운터로 들어가 전화기를 집어 들었다. 귀에 댄 수화기에서 아무 소리도 나지 않았다. 전화기도 먹통이었다. 되는 일이 없다. 아무래도 건물 전체의 전기가 나간 것 같았다. 콘센트에 물을 쏟은 게 원인일까. 이래서는 부모님의 안부를 확인할 수가 없었다.

내가 부모님을 걱정하는 것은 굉장히 드문 일이었다. 이때까지 부모님이 걱정된 적은 없었다. 항상 내가 문제였지. 아빠는 내게 항상 사람 좀 되라고 하셨는데 결국 나는 제대로 된 사람도, 제대로 된 좀비도 되지 못했다. 사람과 좀비 사이에서 어정쩡하게 발을 걸치고 있었다. 그게 좀비가 되기 전이랑 별반 다를 게 없어 무연하기도 했다.

부모님은 그렇게나 밴드가 하고 싶거든 적어도 사범대에는 가라고 했고, 그래서 사범대에 입학했다. 대학생이 되길 바랐던 적 없으니 제대로 된 대학생이 되지 못했고, 그러다 보니 제대로 된 자식도 못 됐다. 그냥 어정쩡하게 발만 걸치고 있는 거다.

그렇게 발을 걸치고만 있는 것도 자식이라고, 엄마는 내게 몇

십 통의 전화를 걸었다. 이틀 동안 연락이 되지 않다가 이제는 핸드폰이 꺼졌으니, 내가 죽은 줄 알 수도 있다. 이미 죽은 몸이지만, 어쨌든 부모님이 괜찮은 건지 확인해야 했다.

여기서는 더 할 수 있는 일이 없다. 나가서 멀쩡한 전화기나 충전기를 찾아봐야겠다. 그럼 이게 대체 무슨 난리인지도 알 수 있겠지.

나는 방전된 내 핸드폰을 주머니에 집어넣고 어두운 합주실을 나섰다. 어깨에는 여전히 묵직한 베이스 기타를 메고 있었다.

* * *

좀비들이 구부정한 자세로 돌아다녔다. 합주실도 마찬가지였지만 거리는 더 끔찍했다.

굶주린 비둘기처럼 모여 뭔가를 뜯어먹는 좀비들도 있었고, 그 옆에는 죽은 사람들과 좀비들이 드러누워 있었다. 도로 가장자리를 따라 기름인지 피인지 모를 액체가 끈적하게 흘렀고, 그 위에는 자동차가 전복된 채 방치되어 있었다. 눈앞의 장면이 더 끔찍한 것은 익숙한 얼굴들이 보여서였다.

아는 얼굴들이 길 위에 방치되어 있었다. 이름은 몰라도 예명은 아는, 예명도 모르지만 얼굴은 눈에 익은 그런 사람들이었다. 누군가를 물어뜯지도 않았는데 입 안이 썼다. 다들 밴드를 하겠다고 이 동네에 모인 사람들인데, 이제는 좀비가 되어 다른 일에 집중하고 있다.

밴드 그만두고 다른 일 할까, 하는 고민은 이제 끝난 거다. 물론

속 시원해 보이지는 않는다. 무슨 생각을 하는 건지도 모르겠다.

모든 게 엉망이었다. 이틀 동안 많은 일이 있었던 건 분명하다. 어디에서 시작된 일인지는 모르겠으나, 이틀이나 흘렀다면 이 좀비들이 홍대에만 머무르지는 않았을 것이다. 어쩌면 순천까지 번졌을지도 모른다. 그렇게 생각하니 마음이 급해졌다.

가까운 가게들의 출입문을 무작정 밀고 당겼다. 굳게 잠겨 있는 곳이 한두 군데가 아니었다. 좀비가 되지 않은 사람들은 언젠가 이곳에 돌아와 다시 본래의 생활을 누릴 수 있다고 믿는 걸까.

'이 사태가 끝나면 나는 어떻게 될까?'

나는 우스움과 부러움이 동시에 찾아든 배를 만지작거리다가, 다른 가게로 발을 옮겼다.

온전한 곳이 없었다. 이 가게는 전선이 합선됐는지 전기가 튀었고, 저 가게는 통유리창을 박살 내고 들어간 오토바이가 화재를 일으킨 건지 내부가 까맣게 탔다.

'일단 빨리 멀쩡한 가게부터 찾자.'

거리를 따라 쭉 걸어가다 모퉁이로 돌아서니 비교적 한산한 길이 나타났다. 바닥에 쓰러진 사람들은 많았지만 돌아다니는 좀비는 없었다.

그 대신 조금 떨어진 저 앞에 한 무리의 사람들이 누군가를 마구 두들겨 패고 있었다. 그들은 분명 좀비가 아닌 사람이었는데, 넘어져 허우적거리는 무언가를 발로 차고 몽둥이로 때렸다.

'설마 좀비를 잡는 거야?'

본능적으로 엄습하는 불안감에 부서진 입간판 뒤로 몸을 숨겼다. 좀비가 됐으니 이미 죽은 몸일 텐데, 그래도 아프고 죽는 게 무섭다니 내가 생각해도 황당했다.

입간판 밖으로 머리를 살짝 내밀어 몰래 지나갈 수 있는 길이 있나 살폈다. 그러다 쉴 새 없이 얻어맞고 있는 사람의 목소리가 귀에 들어왔다.

"그, 그만! 제발! 제발 그만! 아악!"

맙소사. 사람들이 인정사정없이 패는 것은 좀비가 아닌 어떤 남자였다.

'힘을 합쳐서라도 이 동네에서 벗어나거나 살 궁리를 해야지, 저건 또 뭐야.'

황망하게 그 무리를 보고만 있는데, 남자가 그들의 발길질을 헤치고 구석으로 기어가다시피 도망쳤다. 그 순간 드러난 남자의 얼굴을 똑똑히 봤다. 저것도 아는 얼굴이었다. 남녀가 섞인 네다섯 명의 사람들은 기어가는 남자를 여유롭게 쫓아가며 코웃음을 쳤다.

"세상이 이렇게 될 줄 몰랐지? 그러게 착하게 살았어야지."

"언제 갑자기 죽을지 모르는데 너한테 아무것도 못 하고 가면 억울하잖아."

"그동안 너는 법이 지켜준 거야 이 새끼야!"

사람들이 비아냥거리자 남자는 통통 부은 한쪽 뺨을 쥐고 울상지었다. 나는 남자의 손등을 덮은 캐릭터 타투를 조용히 응시했다. 무슨 일인지 묻지 않아도 알 것 같았다. 나도 모르게 쥐고 있던 주먹에 힘이 들어갔다.

저놈은 다른 메탈 밴드의 기타리스트로, 주변인들에게서는 '좋은 형' 소리를 듣는 놈이었다. 술자리에서 지갑을 잘 열기 때문이다.

하지만 사실 저놈이 얼마나 짜증 나는 인간인지 다들 알고 있다. 이제 막 록에 관심을 두고 라이브 클럽에 찾아온 관객들에게 '그런 어중간한 태도로 록에 입문하면 안 된다'라느니, '장르 구분도 제대로 못 하는 주제에 록 좋아한다고 하지 말라'느니 하면서 인디씬 자체에 정떨어지게 만든 것이 한두 번이 아니었다.

술에 취해 공연하다 행패를 부려 다른 밴드나 관객들과 싸움도 자주 일으켰지만, 매번 저놈이 아닌 다른 사람들이 씬을 떠나는 것으로 마무리되곤 했다.

'안 그래도 관객 수 적은 메탈 바닥에 소금을 끼얹은 거지.'

그런데도 저놈은 친한 동생들 사이에서 언제나 '좋은 형'이었다.

저놈의 만행을 하나하나 떠올려보자니 나도 화가 치솟았다. 저 사람들에게 무슨 짓을 해서 얻어맞고 있는 건지는 안 궁금했다. 다른 메탈 밴드들이 이미지 쇄신 좀 해보자고 함께 애쓰면 꼭 그만큼 초 치는 놈이었다는 게 중요했고, 새로 유입되던 관객들을 떠나게 만든 원인 중 하나였다는 게 중요했다.

'나한테도 언제 메탈 그만두고 팝으로 환승할 거냐면서 시비를 걸었었지.'

내 록 스피릿을 업신여기다니. 지금 당장 저놈의 뒤통수를 갈겨주고 싶었다. 좀비인 내가 저놈을 물어뜯지 않고 손으로 한 대 때리는 건데, 그게 뭐 심각한 일이겠는가.

나는 주먹을 꼭 말아쥐고 그놈을 향해 다가갔다. 그런 뒤 배에 힘을 주고 진심을 담아 '이 나쁜 새끼야!' 하고 외쳤다.

"그뤄어억!"

그러자 사람들과 그놈이 바짝 얼어붙어 나를 돌아봤다.

"조, 좀비……!"

이내 그들은 비명을 지르며 남자를 버려두고 헐레벌떡 도망쳤다. 남자의 시퍼렇게 부은 얼굴도 점점 창백해졌다. 아직 물지도 않았는데 벌써 좀비의 안색과 비슷해지고 있었다. 남자는 아무 소리도 내지 못하고 땅에 엉덩이를 붙인 채 뒤로 슬금슬금 도망갔다.

나는 남자의 옆으로 성큼 다가가 뒤통수를 향해 손바닥을 휘둘렀다. 시원스러운 퍽 소리를 기대했지만, 한산한 거리에 울리는 소리는 찰싹이었다. 이놈이 머리를 바짝 민 탓이었다. 그게 더 약이 올라 한 대 더 찰싹 때려줬다.

남자는 내가 물어뜯지 않고 뒤통수만 치고 있으니 어리둥절해하다가 나를 슬쩍 밀어냈다. 가만히 있으라는 의미로 확 노려보니 또 어쩔 줄 몰라 했다. 급기야 내 얼굴과 베이스를 번갈아 보더니 말을 걸기 시작했다.

"너, 너 나 알지? 우리 아는 사이잖아. 그렇지? 우리 같은 날 공연도 했었잖아. 어, 작년 핼러윈에!"

그 말에 또 열이 올랐다. 라이브 클럽에서 진행한 작년 핼러윈 행사는 나도 선명하게 기억한다. 그날 이놈이 달송한테 술 한잔하자고 집적대다가 그녀의 남자친구와 싸움이 크게 났다. 그 바람에 경찰까지 왔었다.

그 얘기를 지금 내 앞에서 살려달라는 듯 꺼내는 게 기가 막혔다. 너 때문에 우리 밴드 순서 직전에 행사 끝났잖아!

"구르륵, 그워어어억!"

고래고래 소리치자 남자가 팔로 머리를 감싸 안고 덜덜 떨었다. 저 짧게 깎은 머리를 한 대 더 때려주려는데, 사방에서 그르륵거리는 소리가 들려왔다. 내가 너무 큰 소리로 외친 모양인지 좀비들이 몰려오기 시작한 것이다.

남자는 곳곳에서 모습을 드러낸 좀비들을 보고 울먹였고, 나는 그놈이 꼴도 보기 싫었다. 이놈은 이제 곧 좀비들에게 잡아먹히거나, 두어 군데 물려 좀비가 될 것이다. 그런 흉한 장면은 보고 싶지 않아 자리를 뜨려는데 남자가 내 다리를 덥석 붙잡고 늘어졌다.

"살려줘! 살려달라고! 너, 너 좀비잖아! 그럼 쟤들이랑 말 통할 것 아니야? 나는 맛없으니까 살려달라고 말 좀 해줘!"

남자의 엉거주춤 엎드린 모습에 어안이 벙벙했다.

'나도 좀비인데. 내가 물 수도 있다는 생각은 안 드는 거야?'

남자는 계속해서 엉엉 울며 살려달라고 외쳤고, 좀비들은 점점 거리를 좁혀왔다. 사방에서 몰려오니 도망칠 곳도 없다고 판단해서인지, 남자는 나에게 매달려 떨어지려 하질 않았다.

'이게 뭐냐고.'

이 남자는 분명히 이 바닥의 첫 번째 꼴불견이고, 언젠가 반드시 업보를 돌려받길 원했다. 그러니 이런 비굴한 모습에 속이 시원해야 했다. 그런데 시원하기는커녕 사람을 뜯어먹기라도 한 것처럼 속이 불편했다.

더는 이놈의 얼굴을 마주하고 싶지 않았다. 다리를 붙잡은 손을 떼어 내려 남자를 밀어내는데, 갑자기 합주실에 널브러진 사람들의 모습이 머리에 스쳐 지나갔다.

입 안에 오만가지 욕설도 함께 지나갔다. 하필이면 지금 그 장면이 떠오를 건 뭔가 싶어 짜증을 담아 남자를 흘겨봤다. 그는 아직도 나를 유일한 희망이라도 되는 것처럼 애처롭게 바라보고 있었다. 평소에는 '저게 언제까지 이 바닥에 붙어 있나 보자' 싶은 눈으로 봤으면서.

'똑바로 좀 살지. 이런 순간에 도와주기 싫을 정도로 짜증 나게 굴지 좀 말지.'

심장도 멈춘 이 순간에, 왜 양심은 내가 싫어하는 사람까지 도와주라고 눈치를 주며 부추기는 걸까. 나는 죽었는데 양심은 안 죽었다니 이건 불공평하다.

남자의 죽음을 껄끄럽게 여긴다는 사실에 이를 갈던 나는 결국 가까이에 있는 문을 열어젖혔다. 그리고 지하 주점으로 이어진 계단을 향해 남자를 발로 차 밀어 넣었다. 남자는 어어, 소리를 내며 계단으로 굴러떨어졌다. 경사가 완만한 계단이니 몇 칸 못 가서 멈출 것이었다.

서둘러 좀비들의 손이 닿기 전에 문을 닫았다. 예상대로 좀비들은 닫힌 문을 열지 못하고 벽면과 문을 두드려대기만 했다. 합주실에 있던 좀비들이 밖으로 나가지 않았던 게 기억나 무작정 저질러 본 것이었다.

좀비들은 문 안에 있을 먹잇감이 탐나 기괴한 소리를 내며 벽을 쳐댔다. 그 맹목적인 모습을 잠시 바라봤다.

'나한테 양심이 남았다면 쟤들한테는 뭐가 남았을까.'

메탈리카 내한 공연에서 내가 딱 저랬다. 기타 리프를 따라부르며 짐승 같은 소리를 내고, 손을 번쩍 들어 올려 허공을 마구 때렸다. 모든 관객이 저 좀비들처럼 한 곳만 바라봤다.

그때와 다른 점이라면 관객들은 무대에 열광했지만, 저 좀비들은 피와 살에 열광하고 있다는 것이었다. 나는 열정적인 홀리건들에게서 등을 돌려 자리를 떠났다.

'이제 내 알 바 아니야. 몰라.'

좀비들의 어깨를 밀치고 골목으로 들어섰다. 저 안에서 살아남고 무사히 도망치는 건 이제 남자가 알아서 할 일이다.

저놈이 인디씬에서 쌓은 업보를 두세 배로 돌려받길 항상 바랐건만, 하필 그 상황에 나한테 살려달라고 매달릴 건 뭔가. 나도 좀비인데다, 좀비와 말이 통하는 것도 아닌데. 세상에 바보가 둘 있다면 나와 그놈이 아닐까.

'명색이 좀비인데 이게 뭐야? 제대로 하는 게 하나도 없어.'

말로 표현하기 힘든 불쾌감에 계속 투덜거리면서 걸었다. 왜 멀쩡한 정신머리를 갖고 있어서 싫어하는 놈 하나 죽는 것도 내버려 두지 못한 걸까. 딱히 선행을 베풀며 살아온 것도 아닌데 왜 양심만 남아 있는 걸까.

온전한 정신을 유지하는 덕분에 부모님과 연락할 방법을 찾아다닐 수는 있었지만 뱃속이 불편했다. 차가운 손끝으로 눈가를 꾹 누르고 고개를 들자, 허여멀건 구름에 뒤덮인 하늘이 보였다.

그 아래에는 수많은 좀비가 어딘지 모를 곳을 향해 걸어가고 있었다. 홍대에는 항상 사람이 많았다. 그러니 좀비도 많은 게 당연했다.

좀비처럼 멍하니 그것들을 보고 있다가 터덜터덜 대열에 합류했다. 좀비 떼 사이에 있으면 좀비를 죽여보겠다는 용감한 이들과 마주칠 일은 없을 것이다. 멀쩡한 가게를 찾느라 도로 양옆을 살피며 걷는 동안 좀비들이 늘어났다 줄어들었다 반복하면서 대열을 유지했다.

'이 좀비들은 어디로 가는 걸까.'

좀비들의 목적지를 궁금해하다 보니 문득, 가족한테 연락할 전화기를 찾는 게 나 혼자라서 다행이라는 생각이 들었다. 이 대열의 모든 좀비와 멀쩡한 전화기 하나를 놓고 경쟁할 자신은 없었다.

항상 경쟁에 자신이 없었다. 평소에는 잘만 하던 일도 경쟁이 되면 곧바로 서툴러졌다. 작년에 참가했던 밴드 경연대회에서도 그랬다. 야심 차게 준비한 솔로 구간을 망치고 무대에서 내려가자 순서를 기다리던 다른 밴드의 보컬이 내게 다가와 "왜 그렇게 쫄아? 넌 록 스피릿이 부족하네."라고 했었다.

나는 그날 경연 무대에서 실수한 것보다 '록 스피릿이 부족하다'는 말을 들은 게 더 자존심 상했다. 내가 그 보컬보다 록 밴드를 더 일찍 시작했고, 처음부터 하드 록만을 고집했는데 록 스피릿이 부족하다니. 내가 왜 그런 말을 들어야 한단 말인가.

그에게 아무 대꾸도 하지 못했던 것은 나의 록 스피릿이 어떤지 증명할 방법이 없었기 때문이다. 물론 그건 그 보컬 또한 마찬가지일 것이다. 애초에 록 스피릿이 무엇이란 말인가. 사전에 나와 있는 단어도 아니고 깊게 생각해본 적도 없었다.

록 스피릿을 무책임하게 정의해 보자면, 록을 사랑하고 널리 알리고자 하는 모든 이들의 가슴에 담겨 있는 것 정도 아닌가. 그렇다면 나에게 록 스피릿이 부족할 리가 없다. 내가 정말 경연 무대 위에서 쫄았던 걸 수도 있지만 그렇다고 록 스피릿이 부족한 건 아니다. 적어도 베이스 기타를 메고 죽었으니까.

다 지나간 일을 굳이 곱씹으며 열을 내는 동안 좀비 대열은 내게 아주 익숙한 거리로 들어섰다. 이 거리에 도달하려고 록 스피릿 타령을 했는지도 모른다. 이곳에는 내가 아는 가장 열정적인 록 마니아가 있었다. 내가 오랫동안 아르바이트를 했던 닭갈비 가게의 사장님이었다.

'사장님은 잘 도망가셨을까.'

내게 잘해줬던 사장님을 떠올리며 좀비 대열의 가장자리로 나와 닭갈비 가게를 살펴봤다. 통유리창이 박살 나서 겉보기에는 난장판이었지만, 자세히 보니 실내는 불에 타지도, 전기가 튀지도 않았다. 나는 얼른 가게 안으로 들어섰다.

어질러진 테이블들과 넘어진 의자들. 그리고 바닥을 굴러다니는 수저들과 각종 포스터가 눈에 들어왔다. 이 가게는 벽면에 소주 광고 포스터보다 인디밴드의 공연 포스터가 더 많이 붙어 있는 곳이었다.

사장님 부부는 홍대의 모든 인디밴드를 응원했고, 특히 하드록밴드를 좋아했다. 밴드가 단체로 식사를 하러 오면 콜라 한 병을 꼭 서비스로 내주셨고, 공연 포스터를 붙일 자리도 흔쾌히 내주시곤 했다.

도망치는 사람들의 손길에 떨어졌을 포스터 몇 개가 구겨지고 발자국 찍힌 채 바닥을 굴러다니고 있었다. 며칠 뒤에 열릴 예정이었던 우리 밴드의 공연 포스터도 거기에 섞여 있었다. 첫 단독 공연 소식에 사장님이 자기 일처럼 기뻐해 주시던 모습이 눈앞에 어른거렸다.

'우리 포스터를 제일 좋은 자리에 붙여주셨는데.'

떨어진 포스터와 휑한 벽을 번갈아 보다가 포스터를 주우러 다가갔다. 깨진 유리 파편들이 사방에 흩어져 있어 걸을 때마다 잘그락거리는 소리가 들려왔다. 가까이서 보니 포스터 한 귀퉁이는 찢어졌고 핏자국도 묻어 있었다. 나름 공을 들여 만든 포스터인데, 폐지처럼 굴러다니는 꼴이 안쓰러웠다.

나는 구겨진 포스터를 주우려 몸을 숙였다가 멈칫했다. 곁눈의 시야로 들어온 주방 안쪽에 누가 있었다. 고개를 스윽 돌리자 그들이 흠칫 어깨를 떨었다. 눈이 마주친 이들은 사장님 부부였다.

'좀비가 나타난 지 이틀이 지났는데 아직도 이곳에 있다니.'

가만 보니 사장님의 다리에 붕대가 감겨 있었다. 다리를 다쳐 가게에서 나가질 못하고 있는 모양이었다. 그들은 나를 알아본 듯했으나, 내가 좀비인 것도 알아봤다. 그래서인지 여전히 주방 구석진 곳에 몸을 구겨 넣은 채 칼을 쥐고 바들바들 떨고 있었다.

여기서 만난 게 반가우면서도 걱정돼 말이라도 걸어 볼까 했지만, 그랬다가는 좀비들이 깔린 거리로 도망칠 것 같아 관두기로 했다. 입을 열어 봤자 튀어나오는 건 괴물 같은 소리뿐일 테니.

나는 사장님 부부에게 말없이 고개만 꾸벅 숙여 인사하고 포스터를 집어 들었다. 그리고 계산대에 놓인 전화기 앞에 섰다. 뛰지도 않는 심장 박동이 빨라지는 것만 같았다. 이제는 몸 안에 돌지도 않는 피가 미친 듯이 도는 것 같은 기분도 들었다.

창백한 손을 뻗어 수화기를 집어 들고 조심스레 귀에 가져다 댔다. 뚜우— 하고 신호음이 울렸다.

'됐다!'

나는 허겁지겁 번호를 눌러 엄마에게 전화를 걸었다. 익숙한 통화 대기음이 들려왔다.

　'핸드폰이 켜져 있어!'

　통화가 연결되기도 전부터 일단 엄마가 살아 있다는 생각에 안도감이 먼저 찾아왔다. 잠시 후 통화가 연결되며 대기음이 끝났을 땐 주저앉을 뻔했다.

　—여보세요? 민영이니?

　하지만 수화기에서 들려오는 건 엄마의 목소리가 아니었다. 어떤 남자의 목소리였다. 죽은 귀로 들어도 알 수 있었다. 이건 아빠의 목소리도 아니었다.

　—여보세요? 민영아. 민영이지?

　누군지 모를 상대방은 누군지 모를 이의 이름을 자꾸 불렀다. 나는 당혹스러워 귀에서 수화기를 떼고 잠시 멈춰 있다가 전화를 끊었다. 그리고 다시 엄마의 핸드폰 번호로 전화를 걸었다.

　—여보세요. 민영아 말 좀 해 봐!

　또 같은 남자가 받았다. 나는 얼른 수화기를 내려놓고 엄마의 핸드폰 번호를 곱씹었다. 분명 내가 기억하는 번호는 이게 맞는데. 번호를 하나하나 눌러 전화를 걸어 본 게 아주 오래전이기는 하지만, 그래도 내가 엄마의 핸드폰 번호를 기억하지 못할 리가 없었다.

　'아빠한테 걸어 보자.'

　나는 엄마의 핸드폰 번호 대신 아빠의 핸드폰 번호를 차근차근 누르다가, 손을 멈췄다. 이다음 번호가 뭔지 모르겠다.

　'2인가? 아니면 1? 7인 것 같기도 하고.'

좀비가 되어 살이 썩듯 뇌도 썩는 걸까? 아니면 내가 기억을 못 하는 걸까? 혼란스러워 가만히 서 있다가 다시 엄마의 핸드폰 번호라고 생각되는 번호를 눌러봤다.

—수환아! 수환이지? 수환이 맞지? 어디니 도대체!

이번에도 모르는 사람이 받았다. 혹시 엄마가 잃어버린 핸드폰을 다른 사람이 주운 건 아닐까 싶은 생각이 들어 "본인 핸드폰이세요?" 하고 물어봤다. 역시나 내 입에서는 괴물 같은 소리만 흘러나왔다.

—세상에. 수환아…….

수화기 너머의 여자는 깜짝 놀라더니 울먹이기 시작했다.

—너 좀비가 된 거니? 거기가 어디니. 엄마가 데리러 갈게. 우리 아들 살려달라고 엄마가 말해 볼게. 응?

여자는 내 말을 알아듣지 못했으면서 계속 말해 보라며 흐느꼈다. 내가 자기 아들이라 착각하고 있었다.

"저 아주머니 아들 아니고 여기는 홍대 닭갈비 가게예요." 하고 대답하자 여자는 더 크게 울었다. 쇳소리 같은 괴성을 듣고 왜 우는 걸까. 나는 목구멍이 꽉 막히는 기분에 수화기를 내려놨다.

다른 번호로, 또 다른 번호로 걸어 봐도 엄마의 목소리는 들을 수가 없었다. 아빠의 핸드폰 번호도 끝까지 기억나질 않았다. 스무 번이 넘어가도록 전화를 걸어 본 후에야 인정할 수 있었다. 나는 부모님의 핸드폰 번호를 모른다. 수화기 내려놓는 소리가 덜컥 공허하게 떨어졌다.

'번호 좀 제대로 외워놓을걸.'

전화기 앞에 우두커니 서 있는 것 말고 할 수 있는 게 없었다.

그러다 전화기 옆으로 삐져나온 핸드폰 충전 선을 발견했다. 나는 곧장 주머니에서 방전된 휴대폰을 꺼내 충전 선에 연결하려 했지만 케이블 모양이 맞지 않았다. 머릿속이 멍해지면서 이명이 울렸다. 이렇게 끝나는 걸까?

손을 펴고 가만히 내려다봤다. 옆구리를 더듬느라 묻은 피로 손바닥이 붉었다. 다른 손에는 나도 모르게 구겨 버린 포스터가 들려 있었다. 그 포스터를 엉성한 손길로 펼쳤다. 고심해서 지은 밴드 이름과 공연 제목이 적혀 있었다. 며칠 뒤 열렸을 우리 밴드의 공연 제목은 '메탈의 시대'였다.

인생에 남은 것이라고는 메탈뿐이라고 생각했었다. 할 줄 아는 것이라고는 음악뿐이라 그게 당연하다고 여겼다. 죽어서도 베이스를 메고 있었지만, 죽어서도 부모님께 전화를 걸지 못했다.

나는 포스터를 조용히 바라보다 빈 벽으로 걸어갔다. 공연 포스터가 붙어 있던 자리였다. 벽에서 떨어진 채 접혀 버린 테이프를 떼어 다시 포스터를 붙이려는데, 무뎌진 손은 엇나가기만 했다. 포스터에도 피가 묻었으니 그냥 붙여볼까 했지만 어림도 없었다. 테이프를 떼어내야 했다.

테이프 모서리를 긁을수록 포스터만 구겨졌다. 테이프는 떨어질 기미도 보이지 않았고 내 뭉툭한 손길은 신경질적으로 변해갔다. 벽에서 떨어지고 나서야 단단하게 붙어 있다니 이래서야 테이프가 다 무슨 소용인가. 씩씩거리던 순간 결국 포스터의 한 귀퉁이가 길게 찢어지고 말았다.

'손이 이래서 이제 슬랩도 제대로 못 하겠네.'

그런 생각이 들자마자 왈칵 눈물이 쏟아졌다. 벽에 맞닿은 포스터를 손바닥으로 꾹 눌러 고정한 채 고개를 떨궜다. 기괴한 소리가 입술을 비집고 흘러나오고 어깨가 들썩였다. 이러려고, 결국 슬랩도 제대로 못 하는 베이시스트가 되려고 부모님 전화를 피했다니.

마지막으로 순천에 간 게 대체 언제였을까. 마지막으로 내가 먼저 전화를 건 것은 또 언제였고. 그나마 베이스에는 완벽하게 빠졌었는데, 내 모든 것이 그랬듯 이제 베이스에 관해서도 뭍으로 끌려 나온 거다. 베이스에서마저 어설프게 발만 걸치고 있게 된 셈이다.

제대로 된 사람도, 제대로 된 자식도, 제대로 된 대학생도, 제대로 된 좀비도 못 됐는데 이젠 제대로 된 베이스 연주도 못 한다. 헤드뱅잉을 하는 것도 아닌데 머리가 제멋대로 주억거렸다.

그때 부스럭거리는 소리와 함께 날 부르는 익숙한 목소리가 들려왔다.

"밸지야……?"

사장님의 목소리였다. 사장님 부부가 이곳 주방에 숨어 있다는 것을 잠시 잊고 있었다. 나는 소매로 얼굴을 대충 훔치고 고개를 들었다. 사장님은 어느덧 주방에서 나와 엉거주춤한 자세로 서 있었다. 그런 사장님을 보니 또 손에 힘이 들어갔다.

사장님은 언제나 나를 예명인 밸지라고 불렀다. 인디밴드에 대해 잘 모르는 손님들이 오면 서빙하던 나를 가리키며 "저 친구 이름이 밸지인데 지금은 여기서 알바를 하고 있지만 나중에 큰 무대에 설 베이시스트요!" 하고 호들갑을 떨기도 했었다.

누군가에게 밸지라고 불릴 일은 더 이상 없을 것이라 생각했는데, 사장님은 또 특유의 짙은 눈썹을 축 늘어트리고 날 부르며 다가왔다.

"아이고, 밸지야. 너 정신이 멀쩡하구나. 그렇지?"

전화기를 사용하고 포스터를 붙이려던 모습을 보니 내가 멀쩡하다는 판단이 선 모양이었다. 나는 포스터에서 손을 떼지 않고 고개만 한 번 더 꾸벅 숙였다. 사장님의 눈빛에 측은함이 묻어났다.

좀비에게도 측은함을 느끼다니, 이래서는 무사히 살아나가기 어려울 텐데. 그와 눈을 마주하는 내 시선을 어떤 의미로 받아들인 건지, 사장님은 머뭇거리다가 내 어깨를 다독였다.

"살아 있었구나. 다행이다. 다행이야. 눈빛도 살아 있네."

살아 있다니? 좀비가 된 내 꼴을 보고도 사장님은 살아 있다고 말했다. 그러더니 내가 붙잡고 있던 포스터를 가져가 테이프를 떼어 벽면에 붙여줬다. 그것으로 성에 차지 않는지, 다리를 절룩거리며 새 테이프를 가져와 한 번 더 포스터를 고정했다.

"보다시피 나는 다리를 다쳤고 와이프도 몸이 안 좋아서……. 간신히 숨어만 있는 처지다."

사장님은 내가 사람이던 때와 똑같이 말을 걸어왔다. 그래도 내가 제대로 된 아르바이트생이기는 했나 보다. 소매로 눈가를 한 번 더 닦고 주방을 봤다. 사모님은 열이 나는지 상기된 얼굴로 식은땀을 흘리고 있었다. 사장님도 사모님을 돌아보며 말을 이었다.

"지금은 조금 나아진 거야. 어제는 정말 다리가 부러져도 업고 달려야 하나 싶었다니까."

그 말을 들은 사모님이 괜찮다는 듯 손을 흔들어 보였다. 가게에 구급상자가 항상 준비되어 있기는 했지만 그것만으로는 사모님의 상태를 호전시키기도 어려워 보였고 통유리창도 깨져 있었다. 밤이면 쌀쌀해지는 것은 물론이고, 언제라도 좀비들이 들이닥칠 수 있는 상황이었다.

나는 사장님에게 도움이 될 만한 걸 뭐라도 주고 싶어 주머니를 뒤져 봤다. 하지만 주머니에서 나온 것은 기타 피크 두 개와 립밤 하나, 몇 번 접힌 영수증이 다였다. 쓸모없는 것들뿐이었다. 내 의중을 알아챘는지, 사장님이 내 손을 잡고 고개를 끄덕였다.

"우리는 괜찮다. 그래도 회선이 살아 있어 구조요청을 했어. 여기서 군인들이 올 때까지 버티면 돼. 너도 함께 있겠니?"

감사하게도 사장님은 어려운 제안을 해줬지만, 나는 고개를 저을 수밖에 없었다. 내가 있어 봤자 도움도 안 될 테고, 지금으로써는 군인과 최대한 마주치지 않는 것이 좋을 것 같았다. 구조하러 들어오자마자 내게 총을 쏠 게 분명했다.

'가진 거라고는 이것밖에 없는데.'

나는 사장님이 손을 거두어 드러난 내 손바닥에 남아 있는 물건들을 내려다봤다. 노란색 피크와 빨간색 피크가 며칠째 제 일을 못 하고 주머니 속에서 굴러다녔다.

"벨지야. 그럼 이제 어디로 갈 거니."

어디로 갈까. 내가 어디로 갈 수 있을까. 사장님의 착잡한 목소리에 내 시선이 저절로 포스터를 향했다. 그리고 홀린 듯이 공연장 약도를 가리켰다. 내가 갈 수 있는 곳은 저곳뿐이었다.

이렇게 된 거 총 맞아 죽거나 수류탄 맞아 죽기 전에 공연장에서 베이스 줄이라도 긁어 봐야겠다. 그래야 억울하지 않을 것 같다.

"공연장? 설마 공연하러 가겠다 이거야?"

사장님이 깜짝 놀라 되물었다. 관객도 없이 텅 빈 곳에서 혼자 베이스 줄 튕기는 것도 공연이라고 할 수 있을까. 공연을 하러 갈 생각은 아니었지만 일단 고개를 주억거렸다. 비싼 돈 들여 대관한 공연장에 못 서 보고 끝낼 수는 없었다.

"너는 좀비가 돼서도 베이스를 놓지 못하고……."

사장님의 측은한 시선에 감탄이 담겼다. 놓지 못한 게 아니라 어쩌다 보니 베이스를 멘 채 좀비가 되고 정신없이 합주실을 떠나온 건데, 사장님은 그런 사정을 몰라 기특하다며 내 등을 팍팍 두들겨댔다.

"그래. 장하다. 가야지. 어떻게 빌린 공연장인데. 너희가 얼마나 힘들게 지냈니. 공연해야지. 세상이 이 지경이 됐어도 들어주는 사람 한둘은 있을 거다. 뷀지 넌 멋진 베이시스트야."

'내 연주를 들어줄 한두 명의 사람들…….'

아마 없을 것이다. 그렇게 생각했지만, 그래도 사장님의 격려는 늘 감사했다. 속이 꼬인 누군가는 사장님의 저런 파이팅 넘치는 모습을 보고, 남의 일이니 무책임하게 부추기는 거라 했었지만 나는 그게 힘이 됐다. 사장님은 이렇게 응원해주는데 왜 우리 부모님은, 하고 투덜거린 적도 있었다.

사장님 내외는 구조를 요청했다고 했고, 나는 행선지가 정해졌으니 이제 움직일 때가 됐다. 내가 포스터를 툭툭 가리키고 허리를 꾸벅 숙여 인사하자 사장님이 아쉬운 얼굴로 한숨을 쉬었다.

"지금 가려고 그러니? 그래. 다른 놈들도 같이 공연하면 좋을 텐데, 여기에도 너 혼자 온 걸 보니 다들…… 일이 났나 보구나. 너라도 가서 잘하고. 응?"

다른 놈들! 사장님의 인사말에 눈이 번쩍 뜨였다. 나는 허둥지
둥 고개를 끄덕이고 가게를 빠져나왔다.

다른 놈들이 필요했다. 사장님 말대로 다른 놈들도 같이 공연
하면 좋겠다. 굳이 나 혼자 텅 빈 공연장에 서지 않아도 된다. 새
로운 멤버를 영입하면 된다.

'혹시 나처럼 정신이 온전한 좀비가 어딘가에 또 있지 않을까?
그게 아니더라도 악기를 칠 만한 좀비!'

나는 기대에 차서 건너편 길목을 바라봤다. 안쪽으로 줄줄이
이어진 간판들. 이곳에 널린 게 합주실이고 실용음악 학원이다.
새로운 멤버들을 구할 수 있을 거다!

* * *

그런 마음으로 들어선 실용음악 학원에는 아무도 없었다. 사
람이 있기는 했는지 여기저기 핏자국이 묻어 있고 악기 스탠드도
쓰러져 있었다.

'아깝네. 이거 드럽게 비싼 건데.'

나는 바닥에 넘어진 악기들을 성큼 넘어가 학원 안을 살펴봤
다. 벽에는 트렌드에 맞게 밴드 경연대회 포스터보다 재즈 경연대
회 포스터가 더 많이 붙어 있었다. 복도를 지나 상담실 문을 여니
책장에 실용음악 입시요강 책자들이 빼곡하게 꽂혀 있었다.

그걸 보고 있자니 처음으로 실용음악 학원에 다니던 때가 떠
올랐다. 부모님 몰래 등록한 곳이었다. 엄마에게 먼저 허락을 구하
기는 했었으나, 공부나 하라는 말로 거절당했다.

그 칼 같은 차단에도 마음을 접지 못하고 몰래 베이스를 배우러 다녔는데, 어쩔 수 없는 일이었다. 그때의 나는 이미 레드 핫 칠리 페퍼스의 노래를 들어 버렸고, 이미 너바나의 노래를, 저니와 메탈리카의 노래를 들어 버렸다. 세상에 '이런 것'이 존재한다는 사실을 알아 버린 것이다.

내가 살던 동네에는 베이스를 가르쳐주는 곳이 없어 꽤 멀리까지 학원에 다녔었다. 귀가가 늦어지다 보니 들킬 수밖에 없었는데, 지금 생각해보면 나 말고도 몰래 등록한 학생들이 몇 명 더 있었던 것 같다.

그중 제일 먼저 들켜 부모님이 쫓아온 것은 나였다. 나를 가르치던 선생님은 그런 일이 처음도 아닌지 그리 놀라지 않았었다. 그 뒤로 최소 사범대에 입학하면 밴드를 해도 내버려 두겠다는 부모님의 말씀에 공부만 했었다.

막상 사범대에 입학하니 부모님은 기왕 합격한 거 임용고시를 볼 때까지는 학업에 집중해야 하지 않겠냐고 했고, 그제야 부모님의 반대가 끝나는 날은 오지 않을 거란 것을 깨달았다.

오기가 생겨 닥치는 대로 인디밴드들을 들쑤시고 다녔다. 당시에는 그저 분해서, 밴드를 하고 싶어서 들어간 밴드라 전부 금방 나오게 된 건지도 모른다. 그때도 발만 걸치고 있던 거다.

상념에 잠긴 채 옆 건물과 그 앞 건물 그리고 뒤편 건물의 합주실과 음악학원을 뒤지고 다녔지만 별 소득이 없었다. 이곳에 있던 사람들은 어떻게 다들 잘 도망친 모양이다. 아니면 이미 좀비가 되어 거리를 돌아다니고 있거나.

나는 마지막으로 들른 합주실에 말이 통하지 않는 좀비들만 남아 있는 것을 보고 건물에서 빠져나왔다. 새로운 밴드를 만들 겠다는 것은 너무 터무니없는 꿈이었을까. 실망감에 한숨을 쉬며 거리로 나왔다. 그리고 고개를 들자 기적처럼 눈앞에 기타를 메고 있는 좀비가 서 있었다.

'이 사람!'

눈이 번쩍 뜨였다. 팔뚝에 나비와 뱀 문신을 한 이 좀비는 평소 같이 무대를 해보고 싶었던 기타리스트였다. 나는 그의 팔을 붙잡고 냅다 "우리 밴드 같이 합시다!" 하고 말했다. 하지만 그는 내 말을 알아듣지 못했다. 정신이 온전하게 남아 있는 것도 아니었다.

'그래도 기타를 멘 채 좀비가 됐으니까. 괜찮아.'

그거면 충분하다고 나 자신과 타협했다. 죽어도 타협 못 한다는 성미로 살아왔건만, 결국 죽어서 타협을 하게 됐다.

나는 기타리스트의 기타 스트랩을 붙잡고 무작정 근처를 배회했다. 역시 합주실 근처에서 멤버를 구하는 것이 정답임을 확인했으니, 여기서 다른 멤버도 더 찾고 싶었다. 그는 팔을 허우적거리며 끙얼대면서도 어쩔 도리 없이 내게 끌려다녔다. 그러는 사이 내 눈에 보물이나 다름없는 좀비가 포착됐다.

'드러머다!'

베이시스트보다 더 구하기 어렵다는 드러머 좀비가 눈앞에 있었다. 드럼 스틱을 들고 있는 것은 아니었지만 이 드러머의 실력은 익히 들어 알고 있었다. 그리고 실력이 어떠하든 일단 드러머였다.

'이제 보컬만 구하면 된다. 보컬은 구하기 쉬우니까 괜찮아.'

드러머는 뻗어오는 내 손길이 불편한지 자꾸 팔을 쳐냈지만 놓

칠 수 없었다. 그의 벨트를 확 움켜쥐고 질질 끌고 갔다. 한 손에
는 기타리스트, 다른 한 손에는 드러머. 그러면 보컬은 어떻게 데
려가야 하나 싶었지만 일단 구하기나 하는 게 먼저였다.

이 근처에 라이브 공연을 했던 술집이 있었다. 거기에 누구라
도 있길 바라며 기타리스트와 드러머를 안전해 보이는 가게 앞에
세워두고 골목으로 들어갔다. 좀비 둘을 끌고 다니다가 민간인과
마주치기라도 하면 서로 곤란한 일이었다. 그리고 아니나 다를까.

"허억!"

술집 뒷문에서 누가 나타났다. 거리가 조용해진 틈을 타 도망
치려는 생각이었나 보다.

"저, 저리 가!"

중년의 여자는 주저앉아 프라이팬을 붕붕 휘둘렀다. 나는 그
런 그녀를 탐탁지 않은 눈으로 내려다봤다. 그녀는 이 술집의 주
인으로, 우리 공연비를 떼먹은 전적이 있는 사람이었다. 밴드맨들
배곯게 만드는 주범 중 하나라는 소리였다.

겁에 질려 프라이팬을 계속 휘둘러대던 여자는 내가 공격할 생
각이 없어 보이자 의아해하며 나를 자세히 봤다. 그러다 내가 누
군지 기억났는지 갑자기 화들짝 놀라 사과를 하기 시작했다.

"그때는 미안했어! 응? 내가 나빴어. 나도 알아. 날 용서하고 얼
른 갈 길 가!"

그게 황당해서 나도 모르게 코웃음을 쳤다. 인제 와서 사과하
면 무엇 하나. 나는 이미 좀비가 되어 버렸는데. 어느 바닥이나 그
렇겠지만 인디밴드를 하고 있노라면 양아치부터 사기꾼까지, 세
상의 나쁜 놈들은 이곳에 다 있는 것만 같았다.

내가 여전히 그 자리에 가만히 서 있자 여자는 울먹이던 낯을 사르르 풀더니 안도의 한숨을 쉬었다.

"날 용서하는 거지?"

용서할 생각도 없는데 혼자 아주 큰 착각을 했다. 물어뜯지 않는다고 용서하는 게 아니라는 것을 알아줬으면 좋겠지만 말이 통하질 않으니 답답했다. 어쩌겠는가. 다른 곳에 가서 보컬이나 찾아야지. 나는 옆 건물을 확인하기 위해 발을 떼려 했다.

"이제 마음이 편하다. 나쁜 짓 많이 하고 살아서 항상 마음이 불편했거든. 너라도 용서해준 덕분에 이제 밤에 잠도 잘 잘 수 있겠어. 고마워."

하지만 저 말을 들으니 차마 그냥 갈 수가 없었다. 멋대로 사과해놓고, 용서한 적도 없는데, 마음이 편해졌다니. 잠을 잘 자겠다니. 순환이 멈춘 피가 부글부글 끓는 기분이었다. 눈 딱 감고 어디 한 군데 물어뜯어 버리고 싶은 마음이 굴뚝 같았지만 그건 어려워서 버럭 소리를 질렀다.

"마음 편히 자고 싶었으면 착하게 살았어야지!"

그러자 여자가 단숨에 사색이 되어 찢어지는 비명을 내뱉었다. 잔뜩 겁에 질려 살려달라고 외치며 눈물까지 터트렸다. 뭐라도 집어던지고 싶어 주위를 획획 둘러보던 그때, 좀비가 튀어나왔다. 골목 초입에 세워뒀던 내 멤버들이었다.

'어어?'

나는 깜짝 놀라 손을 뻗었지만 내가 붙잡을 새도 없이 기타리스트가 여자의 어깨를 콱 깨물었다. 여자가 고통스러운 소리를 내며 내게 손을 뻗었다. 이미 물린 것을 내가 도와줄 방법은 없었다.

내가 우왕좌왕하는 틈에 드러머도 여자의 손을 물었고, 큰 소리에 반응한 근방의 좀비들까지 몰려왔다. 나는 새로운 멤버들을 붙잡고 잡아끌었다. 여자는 이미 늦었으니, 둘이 좀비들 사이에 짓눌리는 것을 막고 싶었다. 기타리스트는 기타까지 메고 있어서 더 조심해야 했다.

타앙! 그 순간 골목에 갑작스러운 총성이 울리더니 드러머가 쓰러졌다. 머리에서 피가 터져 나와 주변 좀비들의 얼굴이 시뻘게졌다. 나는 어깨를 움츠린 채 골목 어귀로 고개를 돌렸다.

"발사!"

군인들이었다. 타앙, 타다당. 명령과 함께 총알이 마구 날아들었다. 좀비들은 시끄러운 총성에 골목 초입을 향해 달려들었다. 나는 그런 좀비들의 움직임에 떠밀려 넘어지고 말았다. 눈을 질끈 감았다가 뜨니 눈앞에 드러머의 공허한 눈동자가 보였다.

아비규환이었다. 좀비들의 기괴한 소리와 총성이 뒤섞여 고막이 얼얼했다. 사장님 부부가 구조를 요청해 기다리고 있다더니, 다행히 그분들을 구하러 온 모양이다.

나는 몸에 힘을 빼고 누운 채 드러머의 눈을 보고 있었다.

'망했다. 드러머를 잃다니. 가뜩이나 구하기 힘든 드러머를 이제 또 어디에서 찾지.'

제일 처음 든 생각은 그것이었다. 그러면서도 이것이 나의 아주 가까운 미래인 것 같아 드러머에게서 눈을 뗄 수 없었다.

점점 형언할 수 없는 기분이 몸을 감쌌다. 텅 빈 눈은 나를 보고 있었지만 나를 보고 있지 않았다. 그것이 내게는 세상에서 가장 쓸모없는 무언가를 보는 시선처럼 느껴졌다.

'그렇게 보지 마.'

나는 드러머의 눈을 들여다보며 속으로 말을 걸었지만 전해질 리가 없었다. 드러머가 나를 탓하는 목소리가 들리는 것 같았다.

"네가 그냥 저 여자의 목덜미를 먼저 물어뜯었더라면 난 마지막으로 무대 위에서 드럼을 칠 수 있었을 텐데. 네가 같이 군인들을 공격했더라면 우리 좀비들이 저렇게 죽어 나가지 않을 텐데. 네가 좀 더 쓸모 있는 좀비였다면! 사람을 물 줄도 모르는 형편 없는 좀비!"

드러머의 비난이 내 귀를 찌르는 듯한 착각이 들었다. 어느새 드러머와 내 주위에 쓰러져 있는 좀비들의 텅 빈 눈이 전부 그런 말을 건네는 것 같았다. 저 시선. 내가 이 사회의 구성원으로 적합하지 않다고 판단한 눈빛.

'그만 좀 해.'

나는 결국 그들의 시선을 피해 눈을 감고 말았다.

그렇게 얼마나 있었을까. 좀비들의 그르륵거리는 소리는 들려오지 않고, 조심스러운 발소리만 여럿 들려왔다.

"조용히 따라오세요. 이쪽으로 나가면 금방입니다."

군인인 듯한 남자가 민간인들을 구조해서 데려가는 중인가 보다. 저 대열에 사장님 부부도 있을까. 확인하고 싶었지만 지금 눈을 뜨면 머리로 총알이 곧장 날아들 것 같았다.

사람들의 발소리가 멀어져 들리지 않을 때쯤, 멀리서 또 한 번의 총성과 비명이 이어졌다. 그러고 보니 군인이 민간인들을 데리고 간 방향으로 좀비 대열이 향했던 것 같다. 다들 도망치라는 소리가 바람처럼 들려왔다.

사장님 내외가 걱정됐지만, 나는 그저 가만히 누워 있었다. 나도 드러머처럼 곧 머리가 날아가서 죽는 걸까. 공연장까지 가는 길이 이렇게 멀게 느껴진 적은 없었는데. 그냥 모든 게 끝날 때까지 여기에 누워 있는 게 나을까?

생각만 많아져 눈썹 사이에 힘이 들어갔다. 이내 주위가 완전히 조용해지자 가까운 곳에서 치직치직, 하는 소리가 들리더니 사람 목소리가 이어졌다. 무전기 소리 같은데 어디에 군인도 죽어서 누워 있나 보다. 현실감이 없어 막연하게 불쌍하다는 생각만 들었다.

무전기에서는 민간인을 구조하러 간 인원이 부족했고 내일 헬기를 투입하겠으니 생존한 병사가 있다면 무사하길 바란다는 식의 딱딱한 말이 흘러나왔다. 민간인 구조에 실패한 것이다. 그러면 사장님 부부는 정말로 어떻게 된 거지, 하고 생각할 때쯤.

멀쩡히 살아 있는 사람들의 발소리가 자박자박 다가왔다. 발소리의 개수가 구조대들과 함께 간 민간인들보다 적었다. 발소리는 내 바로 옆에서 멈췄다.

"아, 뭐야. 무전기 소리 들려서 아까 놓친 구조대인 줄 알았는데. 죽었잖아."

"무전기랑 총은 챙겨가자. 너 총 쏠 줄 알지?"

"군대에서 쏴 보긴 했지."

사람들의 대화도 지나치게 현실감이 없었다. 사람이 죽었는데 무섭지도 않나? 벌써 며칠 사이에 이런 상황이 익숙해져 버린 걸까?

이어서 총을 챙기자며 시체들을 뒤지는 소리가 들려왔다. 총을 챙겼다니. 이제 군인들만 조심한다고 공연장까지 갈 수 있는 게 아니었다. 멀쩡한 사람들도 조심해야 했다. 나 혼자만 긴장해서 마른침을 삼키는데 누가 "엥?" 하는 소리를 냈다.

"저 좀비들 좀 봐. 세상이 이 지경이 됐는데도 기타를 갖고 다녀."

그 소리에 긴장이고 뭐고 당장이라도 벌떡 일어나고 싶었다. 이건 기타가 아니야! 베이스라고! 잘 봐. 줄이 네 개잖아!

"그러네. 차라리 차를 갖고 다니지, 저게 뭐냐? 짐만 되게."

이건 짐이 아니야! 베이스란 말이야! 나를 비웃는 것은 괜찮지만 베이스를 기타나 짐짝 취급하는 것은 참을 수 없다. 이어지는 비웃음에 발끈했지만 총이 무서워 눈만 슬며시 떴다. 얼굴이라도 봐두려는 것이었다.

그런데 시야에 사람들이 들어오기도 전에 발소리가 다급하게 멀어지기 시작했다. 몸을 일으켜 보니 그들은 이미 등을 보이며 헐레벌떡 도망치고 있었다.

무슨 일인가 싶어 돌아보자 맞은편에서 좀비 떼가 우르르 다가오고 있는 것이 보였다. 물감 묻은 앞치마를 두른 좀비들이 내달리며 괴성을 질러댔다.

사람들이 두려워하는 것은 좀비 떼였고 그 안에 나는 없었다. 좀비들이 맹목적으로 쫓는 것도 내가 아니었다. 나는 떠나버린 사람들의 뒷모습을 보다가, 바닥에 누워 있는 드러머와 기타리스트를 보다가, 자리를 떴다.

길을 따라 터덜터덜 걸으니, 수많은 좀비가 내 옆을 스치고 지나갔다. 좀비 떼와 반대 방향으로 걸으며 수많은 눈동자를 마주하자 또 드러머의 눈빛이 떠올랐다.

내가 그렇게 쓸모없는 사람이자 좀비이자 베이시스트일까. 이렇게 감성적인 사람은 아니었는데 생각할 시간이 많아져서인지 자꾸 쓸데없는 상념에 잠겼다.

그러다 나를 비웃던 민간인의 말이 떠올라 갓길에 주차된 차들을 살폈다. 차라리 차를 갖고 다니라고 했던가. 공연무대에 자리가 나면 어느 지역이든 달려갔기에 자차는 없어도 운전은 할 수 있었다.

차를 찾아 운전해서 빨리 공연장에 도착하면 핸드폰 충전기도 찾을 수 있지 않을까. 그러면 부모님께 연락도 할 수 있고, 총에 맞아 죽기 전에 무대 위에서 베이스 줄도 튕겨 볼 수 있을 거다.

나는 바닥에 널브러진 좀비들의 품에서 차 키를 되는대로 뒤져 꺼냈다. 그리고 이 방향 저 방향으로 잠금장치 열림 버튼을 눌러 봤다. 그렇게 한참을 헤매고 다니다가 간판 떨어진 횟집 앞에서 쓸 수 있는 차를 발견했다.

'드디어!'

신이 나서 얼른 운전석에 앉았다. 망가진 곳이 없는지 시동도 잘 걸렸다. 핸들을 잡고 액셀을 밟으려는데, 선뜻 그럴 수가 없었다. 길 위에 죽은 사람들이 많았다.

'그냥 밟고 지나가면 되잖아.'

생각은 그렇게 했으나, 차마 저들을 타이어로 뭉개고 지나갈 수가 없었다. 나는 죽은 사람들이 널브러진 길을 빤히 노려보다가 창문에 머리를 한 번 쿵 박고 차에서 내렸다.

'형편없이 어설픈 새끼.'

나 자신에게 욕설을 퍼부어주고 시체들을 옆으로 치우기 시작했는데, 생각보다 무거웠다. 낑낑대며 발을 먼저 들어 옆으로 옮긴 뒤 겨드랑이 사이에 손을 집어넣어 잡아당겼다. 이게 뭐 하는 짓인가 싶었다. 이미 죽은 사람들을 차에 깔리지 않게 옮겨주는 게 무슨 의미가 있나.

그런데도 끙끙거리며 피투성이 시체들을 잡아당기고 있는 나 자신이 정말 형편없게 느껴졌다. 그러는 내내 베이스가 팔과 무릎을 쳐대며 걸리적거렸다. 온갖 방해를 다 하고 있었다.

'성가셔 죽겠네.'

도망친 생존자들의 말처럼 이건 짐짝이었다. 세상이 이 지경이 됐는데 베이스가 다 무슨 소용인가. 시체의 발을 들어 옮기는데 또 베이스가 흔들리며 열심히 방해했다. 이쯤 되니 나를 둘러싼 모든 것이 비참해졌다.

'이 짐짝 같은 게.'

나는 결국 들끓는 화를 참지 못하고 스트랩을 풀어 베이스 넥을 붙잡은 채 높이 쳐들었다. 공연 중에도 이렇게 높이 쳐든 적은 없었다. 베이스를 그대로 땅바닥에 내리쳐 부숴 버릴 것이다. 진심으로 그럴 생각이었다. 하지만 그마저도 해내질 못했다.

메탈이 세상을 구한다.

베이스 뒤판에 손수 적어둔 문구를 읽어 버린 것이다. 기가 차서 눈물이 핑 돌았다. 이번 단독 공연 때 무대에 등장하면서 들어 보일 생각으로 적어둔 것이었는데. 베이스를 번쩍 들고 있는 이 순간, 그 문구를 발견한 것은 나뿐이었다.

나는 엉거주춤하게 팔을 내려 베이스를 다시 멨다. 메탈이 세상을 구한다는데 베이스가 없으면 안 되지.

기어코 마지막 한 사람까지 옮기고 나자 해가 저물었지만 길은 트였다. 길을 닦았으니 드디어 차에 오를 수 있었다. 아까는 몰랐는데 차에 앉아 있으니 지나치게 고요했다.

라디오를 켜자 이 와중에도 광고가 나왔다. 운전을 시작하고 핸들을 꺾을 때쯤 이 사태에 관한 소식들이 들려오기 시작했다.

"일각 범고래의 주식으로 알려진 코랄 새우에서 추출한 코랄 오일 섭취를 당장 중지해주시길 바랍니다. 며칠 전 열린 건강식품 박람회를 통해 처음 소개된 코랄 오일에 건강한 인체를 좀비로 변형시키는 부작용이 있다는 연구 결과가 방금 막 전해졌습니다. 다시 한번 말씀드립니다."

메탈이 세상을 구한다는 문구보다 더 기가 찼다. 세상에 먹을 것도 많은데 왜 고래가 먹는 밥까지 빼앗아서 이런 일을 만든단 말인가. 내가 좀비가 된 원인이, 사람들이 길가에 널브러진 채 죽은 이유가 고래 밥을 빼앗아 먹은 사람들 때문이라니.

'한두 푼도 아니었을 텐데 비싼 돈 들여서 좀비가 된 거네.'

코웃음을 치며 불 꺼진 신호등 아래를 지나는데 다음 소식이 들려왔다.

"코랄 오일이 시중에 유통되지 않았기에 현재 피해지역은 서울과 경기도 두 지역이며 다른 지역에서는 좀비가 된 사람들이 발견되지 않고 있습니다. 따라서 내일 오전부터 서울과 경기지역의 생존자들을 가능한 한 모두 구조하고 이틀 뒤 서울과 경기지역을 폐

쇄하기로 결정되었음을 전해드립니다."

서울과 경기도만? 그렇다는 건 순천은 안전하다는 소리겠지. 살아 있을 때는 하지도 않던 부모님 생각에 안도의 한숨을 쉬었다. 순천은 한참 떨어져 있으니 부모님은 무사하실 거다. 그렇게 생각하며 좌회전을 하는데, 갑자기 푹푹 거리는 소리와 함께 차체가 낮아졌다.

'뭐지? 펑크가 난 건가?'

창밖으로 고개를 내밀어 보니 타이어에 뾰족하고 날카로운 쇳조각들이 잔뜩 박혀 있었다. 누군가 일부러 깔아둔 것처럼 보였다. 해가 지는 바람에 어두워서 미리 발견하지 못한 것이다.

그때 골목의 그늘에서 몽둥이를 들고 있는 사람 셋이 다가와 보닛을 툭툭 두드렸다.

"이봐. 무사히 떠나고 싶으면 내려."

사람들은 얼굴을 험악하게 구기며 살벌한 분위기를 내기 위해 노력했다. 이제 좀 공연장까지 편하게 가나 싶었는데 이런 불량배들을 만나다니. 차를 노리거나 기름을 노리는 거겠지. 하여간 되는 일이 없다. 내가 가만히 앉아 있자 누가 운전석 문을 몽둥이로 쾅 내리쳤다.

"나오라고!"

펑크가 나서 몰고 갈 수도 없는 차에 미련은 없었다. 문을 열고 차에서 내리자, 건너편 술집 앞에 사장님 부부가 서로 끌어안은 채 몸을 웅크리고 있는 것이 보였다. 맙소사. 구조에 실패한 민간인 중에 사장님 부부도 있었던 모양이다.

자세히 보니 사장님은 여기저기 상처가 났고, 이놈들의 일행은 사장님 부부에게 야구방망이를 들이밀고 있었다.

"더 다치기 싫으면 약만 내놓고 가라니까요, 거참."

놈들은 이 근처를 지나가는 사람들에게 뭐라도 빼앗으려 안달난 것 같았다. 내가 씩씩거리며 놈들에게 다가가자 히죽히죽 웃던 놈들의 표정이 서서히 이상해졌다.

"잠깐만, 저거 뭐야?"

놈들은 서로 시선을 교환하고 나를 다시 바라봤다. 내가 "물려 죽기 싫으면 다 꺼져!" 하고 달려들자 놈들은 창백하게 질린 얼굴로 사장님 부부를 남겨둔 채 혼비백산해서 도망쳤다.

"야! 좀비잖아! 튀어!"

"좀비가 왜 저기에서 나오냐고!"

나는 또 멀리 달아나는 사람들을 보다가 마른세수를 했다. 사장님과 사모님의 훌쩍거리는 소리가 들렸다. 외투도 빼앗겼는지 얇은 옷차림으로 약 봉투만 간신히 챙겨 들고 있었다. 두 분을 데리고 닭갈비 가게로 다시 가기에는 너무 위험하다.

'일단 기온이 떨어졌으니 차에 있던 담요라도 꺼내와야겠다.'

나는 사장님에게 잠시 기다리라며 손을 슬쩍 들어 보이고 조수석을 열었다. 뒷좌석도 확인하고 트렁크까지 열었다. 휴지, 동전, 먹다 만 젤리 등. 거기서 챙길 수 있는 것은 다 챙겼다.

종이가방에 되는 대로 물건들을 집어넣고 트렁크를 닫자, 가려져 있던 시야로 바들바들 떠는 사장님 부부가 들어왔다. 골목에서 기어 나온 좀비 하나가 사장님과 사모님을 향해 으르렁거리며 다가가고 있었다.

'안 돼!'

머리털이 쭈뼛 서는 기분에 종이가방을 내팽개치고 사장님에게로 황급히 달려갔다. 사장님은 사모님을 꽉 끌어안고 눈을 질끈 감았다. 좀비가 사장님의 어깨를 붙잡고 이빨을 들이대려는 순간, 나는 좀비의 머리를 베이스로 있는 힘껏 내리쳤다.

넥에 균열이 가는 게 느껴짐과 동시에 베이스가 박살이 났다. 죽어서도 안고 다니던 펜더 베이스가 박살이 났다. 좀비의 머리통과 함께.

내 손아귀에는 베이스의 부서진 넥만 남아 있었다. 가벼웠다. 항상 끌어안고 다니던 베이스의 무게가 순식간에 사라졌다. 너무 가벼워 팔이 함께 떨어져 나가 버린 건 아닐까 싶었다. 애초에 아무것도 가진 게 없었던 것처럼 느껴졌다.

사장님과 사모님이 숨을 몰아쉬며 나와 베이스 잔해를 번갈아 봤다. 그 모습에 정말로 베이스를 잃었다는 것이 실감 났다. 베이스를 잃었다. 나는 그 자리에 쪼그려 앉아 손바닥으로 얼굴을 문질렀다.

'끝났네.'

그리고 비틀비틀 몸을 일으켜 박살 난 베이스에서 스트랩만 풀어 챙겼다. 손에 꼭 쥐고 있던 넥을 툭 떨어트렸다. 베이스도 없이 스트랩만 들고 다니는 게 무슨 소용인가 싶었지만, 이것마저 두고 갈 수가 없었다.

사장님은 울먹이며 연신 고맙다고 내 어깨를 쓰다듬었다. 언제 어디서 또 좀비가 나올지 모르니 두 분을 거리에 그냥 둬선 안 됐다. 나는 떨어진 종이가방을 챙겨와 사장님의 손에 쥐여주고 함께 자리를 떴다.

사장님과 사모님은 절뚝거리고 구부정했다. 둘은 나보다 더 좀비처럼 걸었다. 내가 두 분을 데리고 들어선 곳은 근처의 막걸리 가게였다. 가게 안에는 아무도 없었고 안에서 의자를 쌓아 막으면 좀비들의 출입도 막을 수 있을 것 같았다. 무엇보다 물이 있고 화장실이 있으니 다른 곳보다 나을 거다.

나는 두 분의 수척해진 얼굴을 확인하고 돌아섰다. 뒤에서 "밸지야! 어디로 가려고!" 하고 부르는 소리가 들리기에 스트랩만 팔랑팔랑 흔들어 보였다. 드러머도 잃고 베이스도 잃었지만 몸은 가벼워졌으니 공연장까지 가는 길이 더 편할지도 모른다. 달리 갈 곳이 생각나지도 않았다.

"그동안 감사했어요."

사장님과 사모님이 알아들을 리 없는 인사를 남기고 가게를 떠났다. 밖에 나와 하늘을 올려다보자 부러진 피크 같은 달이 구름 틈새로 고개를 내밀었다. 그 아래로 어두운 골목들이 시커멓게 입을 벌리고 있었다.

그중 공연장으로 이어진 길로 들어서려는데, 놀랍게도 무서웠다. 지금 이 상황에서도, 좀비가 되어서도 어두운 골목을 혼자 걷는 게 무섭다니. 내가 무서워하고 있다는 것을 아무도 모르겠지만, 그래도 부끄러웠다. 조금 전에 베이스를 잃은 일보다 무서운 게 있다는 것이 창피했다.

두려움보다 부끄러움이 더 강하지 않을까 싶어, 애써 성큼성큼 걸어봤지만 보폭이 점점 좁아지는 것을 막을 수 없었다. 부끄러움보다 두려움이 더 강했다. 결국 이 골목을 지나면 근방을 오가며 봤던 작은 서점에서 해가 뜨길 기다리기로 했다.

골목을 걷는 동안 곳곳에서 그르륵거리는 소리가 들려오면서 더욱 공포 영화 속에 들어온 것만 같은 기분이 들었다. 베이스가 없으니 더 무서웠다. 쭈뼛쭈뼛 한 걸음씩 내딛는데, 뒤에서 인기척이 느껴졌다.

"밸지……?"

뒤에서 나타난 사람이 내 이름을 불렀다. 나는 반사적으로 휙 돌아봤고, 플래시로 내 얼굴을 확인한 남자가 "헉" 소리를 냈다. 그의 옆에 서 있던 남자는 망설임 없이 내게 총을 쐈다. 내가 좀비임을 알아채자마자 방아쇠를 당긴 것이다. 순식간에 일어난 일이었다.

깜짝 놀란 나는 총알이 뚫고 지나간 배 위로 손을 얹었다. 얼얼하고 욱신거렸다. 정말 영화 속 좀비처럼 머리 말고 다른 곳은 총에 맞아도 멀쩡했다. 분명 눈앞에 사람이 둘이나 있는데, 어두운 골목을 혼자 걷는 것보다 더 무서워서 손이 달달 떨렸다. 저 남자도 죽은 군인에게서 총을 얻은 걸까.

"뭐지? 좀비 맞지? 다시 쏴 볼까?"

"잠깐만. 밸지 안 달려드는데? 왜 저러지?"

나를 부른 남자는 우리 밴드가 자주 가던 합주실의 아르바이트생이었다. 그에게 어떻게든 나의 무해함을 알려야 했다. 생각나는 것은 단 하나였다.

'나 멀쩡해! 네가 알던 그 밸지 맞단 말이야!'

나는 그 자리에서 베이스 튕기는 시늉을 하기 시작했다. 말도 못 하는 내가 나를 증명할 방법이 이것뿐이었다. 베이스도 없이 스트랩만 쥐고 있으려니 어설프기 짝이 없었다. 그래서 머리도 흔들어댔다. 몸을 이리저리 흔들고 무릎을 접었다 폈다 하며 필사적으로 헤드뱅잉을 했다.

총 쏘지 말라고 사정하는 그 진심이 통했는지 아르바이트생은 제 친구의 팔을 붙잡아 총을 내리게 했다. 그리고 딱하다는 듯 말했다.

"저거 봐. 쟤는 좀비가 돼서도 퍼포먼스를 하잖아. 이제 저런 열정은 좀비들한테나 있는 거야. 우리처럼 그저 살아야겠는 사람들한테는 없는 거지."

나는 그 말에 허공 연주를 멈추고 남자를 바라봤다. 그는 안타까우면서도 감동한 표정으로 고개를 설설 젓고 있었다. 산발이 된 머리로 그를 바라보던 나는 불현듯 수치심이 차올랐다.

'나도 살아야겠어서 이런 되지도 않는 짓을 한 건데.'

그는 살겠다고 발악하는 내 모습마저 예술로 소비했다. 내가 가만히 서 있자 총을 들고 있는 남자가 의문스러운 듯 고개를 갸웃했다.

"근데 넌 쟤가 밸지인 줄 어떻게 알았어?"

"저 야광 스트랩. 저렇게 촌스러운 거 쓰는 사람 몇 없어."

남자의 대꾸에 얼굴이 화끈거렸다. 피가 돌지 않으니 착각이겠지만 그는 내게 수치심과 더불어 창피함을 끼얹었다. 어둠 속에서도 빛이 나는 풍뎅이가 어딜 봐서 촌스럽다는 거야?

어떻게든 반박하고 싶었지만 여기서 한 걸음이라도 다가갔다가는 또 총알이 날아올 것 같아 잠자코 서 있었다. 총을 들고 있는 남자는 아르바이트생의 어깨를 툭툭 두드리더니 다른 길을 가리켰다.

"아는 얼굴 죽이기 찝찝할 거 아냐. 그냥 가자."

"그래. 어차피 쟤는 그냥 둬도 금방 죽겠다. 저래서 이 험한 세상 어떻게 사냐."

둘은 혀를 차고 나를 떠났다. 내가 돌변해서 달려들 걱정은 한 톨도 들지 않는지 샛길로 사라질 때까지 한 번도 돌아보지 않았다. 그 무한한 신뢰에 콧등이 시큰거렸다.

시커먼 골목을 통과하니 아침을 기다리기로 한 서점이 나타났다. 셔터가 내려와 있지는 않았지만 출입구가 잠겨 있었다. 다른 곳을 찾아야 하나 주위를 둘러보니 주차금지 팻말이 박힌 돌덩이가 쓰러져 있었다.

나는 머리가 썩 잘 굴러가지 않는 상태였고, 긴 고민 없이 돌덩이를 들어 서점의 통유리창으로 힘껏 집어 던졌다. 와장창! 소리가 요란하게 들려왔다. 깨진 유리창 사이로 들어가자 오래된 책 냄새가 사방에서 풍겨왔다. 재채기가 날 것 같은 냄새였다.

서가 사이에 쪼그려 앉자 피로감이 어깨를 꾹 짓눌렀다. 야광 스트랩을 꼭 쥔 채 무릎을 끌어안았다. 며칠 밤을 새우기라도 한 것 같은 기분이었다. 눈이 뻑뻑하고 목덜미가 뻐근했다. 무릎에 고개를 파묻고 잠을 청했다.

이내 끔찍한 사실을 알게 됐다. 잠이 안 온다. 이렇게 피곤한데 잠이 안 온다.

'좀비는 잠도 못 자는 걸까?'

그러고 보니 잠자는 좀비는 본 적이 없었다. 그렇다면 나도 머리가 터질 때까지 못 자는 거다. 충격적인 깨달음에 고개를 들었다가 서가에 머리를 툭 기대었다.

'내일 오전에 구조대를 투입할 거라고 했으니 어쩌면 내일은 푹 잘 수 있을지도 모르지.'

잠시 후 바깥에서 들려오던 구르륵 소리가 점점 커졌다. 좀비들이 다가오고 있었다. 아무래도 내가 서점의 통유리창을 박살 내는 바람에 그 소리를 듣고 몰려오는 것 같았다.

어둠 속에서 듣는 좀비 소리가 유달리 끔찍하게 느껴져 더 구석진 곳으로 숨어 들어갔다. 서점 가장 깊숙한 곳의 테이블 뒤였다.

좀비들의 괴성을 피해서 더 동그랗게 웅크려 앉은 내 앞에 반짝이는 물체가 하나 놓여 있었다. 작은 턴테이블이었다. 그 옆으로는 LP판이 줄줄이 꽂혀 있었다. 그게 서점 주인의 오랜 취미였는지 테이블 안쪽이 LP판으로 가득했다. 이걸 두고 떠나야 했다니 얼마나 아쉬웠을까.

차곡차곡 꽂힌 LP판을 하나씩 꺼내 봤다. 재즈부터 올드팝까지 장르가 다양했다. 한 장 한 장 넘겨보다 보니, 본 조비의 LP판도 찾을 수 있었다. 나는 반가운 마음에 그걸 꺼내 턴테이블에 올려 작동시켜 봤다. 그리고 금세 허탈한 웃음이 튀어나왔다.

'좀비가 되더니 멍청해지기까지 했나?'

불도 안 켜지는 가게에 전기가 들어올 리 없었다. 턴테이블은 돌아가지도 않았다. 턴테이블에 올려둔 LP판을 손으로 빙빙 돌려보다가 무릎을 끌어안고 얼굴을 묻었다. 귓속으로 좀비들의 쇳소리 같은 음성이 계속해서 파고들었다.

나는 스트랩을 꽉 쥐고 LP판에 수록된 본 조비의 「it's my life」를 흥얼거렸다. 가수 이름과 제목은 몰라도 들어 보면 다들 노래는 안다는 히트곡이었다. 수십 번은 더 본 듯한 뮤직비디오가 시커멓게 감은 시야에 아른거렸다.

내 입에서 흘러나오는 허밍은 본래 노래와 거리가 아주 먼 괴성이었다. 좀비의 입을 통하면 명곡도 망가진 축음기 소리가 된다. 괴성을 읊고 있으니 바깥의 괴성이 점점 무섭지 않았다. 끔찍한 노래라도, 듣는 사람이 없다고 생각하니 계속 부를 수 있었다.

유리창 깨지는 소음에 몰려왔던 좀비들이 하나둘 서점 안으로 들어오는 소리가 들렸지만 그들은 내 노래를 들으러 온 게 아니니 괜찮다. 나는 파묻고 있던 고개를 들어 조금 더 크게 흥얼거렸다. 뭔가를 찾기라도 하는 것처럼 좀비들이 어기적어기적 돌아다니고 있었다.

'여긴 아무것도 없는데 뭘 찾겠다고 몰려왔을까.'

흥얼거리는 노래에 맞춰 머리를 까딱까딱 움직이며 좀비들을 구경했다. 좀비들의 어정쩡한 움직임이 마치 라이브 클럽에 처음 갔던 나 같다. 뭘 해야 할지 몰라 쭈뼛거리며 구석진 자리로 돌아다니던 모습이 떠올랐다. 어색하게 맥주 한 병을 들고 눈동자만 바삐 굴리면서 이곳저곳 서성거렸었다.

그땐 찾고 싶은 게 있어 어색함을 무릅쓰고 라이브 클럽에 갔다. 무작정 밴드를 구할 때라 일단 음악 하는 사람들이 몰려 있는 곳을 찾아가 본 것이었다. 거기서 만난 사람들과 잠깐이지만 밴드 활동을 하기는 했었다. 그럼 베이스도 잃은 지금은 왜 굳이 공연장에 가려고 하는 걸까.

'나는 공연장에서 뭘 찾겠다고 이 난리지.'

좀비들의 어설픈 모습에 몇 년 전의 나를 겹쳐보고 있자니 문득 베이스의 무게가 그리워졌다. 스트랩에는 이제 아무것도 달리지 않았다. 베이스를 부췄다. 다급하고 갑작스럽게 일어난 일이라, 좀비 머리를 부순 건 나인데 내 뒤통수가 얼얼했다.

여기서 공연장까지는 가까운데, 베이스도 없이 무대에 서서 뭘 해야 할지 모르겠다. 이제 정말 할 만큼 한 건지도 모른다. 매년 머릿속에 떠오르는 생각이 올해는 부쩍 빨리 찾아왔다.

'이제 진짜 음악 그만해야 하나 보다. 공연장 무대에만 서 보고 끝내자.'

같은 노래를 몇 번이고 흥얼거리는 동안 달이 지고 날이 밝았다.

아침이 된 것은 아니었지만 어둠이 가셨기에 서점에서 나왔다. 거리는 조용했다. 어느새 늘어난 좀비들이 끅끅 소리를 내고 있기는 했으나, 밤새 들었던 소리라 그런지 이 정도면 조용하다고 느껴졌다.

길을 건너고 차들이 줄줄이 주차된 내리막길을 따라 걷다 보니 공연장 건물이 보이기 시작했다. 여기까지 오는 게 이렇게나 힘든 일이 될 줄은 몰랐다. 몇 번이나 왔던 곳이라도 좀비가 돼서 오면 뭔가 새로울까 싶었는데 그렇지도 않았다.

의욕 없는 걸음으로 공연장 입구에 도착하자 실소가 튀어나왔다. 이 건물 안에서도 좀비 때문에 한바탕 난리가 났었는지, 누군가가 닫히다 만 문에 낀 채 죽어 있었다. 피투성이인 게 도망치다 실패한 모양이다. 그 모습이 우스워 실소가 튀어나온 것은 아니었다.

죽은 이의 어깨에 베이스가 메여 있었다. 좀비가 되지 못하고 죽은 베이시스트였다. 어이없는 웃음이 나온 것은 이 때문이었다. 억울함에 눈가가 시큰거렸다.

항상 이런 식이었다. 이것까지만 해보고 안 되면 진짜 그만두자고 생각할 때 꼭 약 올리듯 길이 살짝 열린다. 아직도 그동안 마지막이라 생각했을 때마다 열린 좁은 길들이 행운인지 불행인지 모르겠다. 애초에 안 열어줬다면 진즉 관두고 다른 일을 했을 거다. 그 다른 일로는 제법 성공했을지도 모른다.

'죽기 전에 한 번 긁어 볼 기회는 주겠다는 거야? 이거 비싼 건데. 아깝네.'

죽은 베이시스트를 문틈에서 꺼내주고 그의 베이스를 빼내어 내 스트랩에 연결했다. 걸리적거리는 물체가 어깨에 얹어지자 성가시고 안락한 무게가 느껴졌다.

넥을 쥐고 베이스 치는 자세를 잡아 봤다. 아무래도 내 베이스가 아니라 어색했다. 손을 이리저리 옮겨보다가, 죽은 베이시스트에게 "베이스 잘 쓸게." 하고 인사를 건넸다.

그런 뒤 그를 훌쩍 넘어 건물 안으로 들어섰다. 1층에는 문구류와 소품을 파는 매장이 들어와 있었다. 그곳으로 들어가 매대를 쭉 둘러봤다. 그래도 무대 위에 들고 올라갈 베이스인데, 내 입맛대로 꾸미고 싶었다.

동그란 야광 스티커와 눈송이 스티커를 골라 포장을 뜯었다. 살살 뜯을 생각이었으나 내 손길이 너무 우악스러웠는지 비닐이 찢어져 날아가 버렸다. 베이스에 스티커를 하나둘 붙여보는데, 내가 고른 위치에 딱 맞게 붙여지는 게 하나도 없었다. 귀퉁이가 접혀 지저분하게 붙기도 했다.

'내 베이스가 아니라 어색해서 그래.'

나는 떨떠름하게 베이스를 고쳐 맸다. 스티커 몇 개 붙였다고 이게 내 것이 될 리는 없다. 그래도 상관없다. 이걸 들고 거창한 공연을 할 것도 아니니.

대기실로 연결된 계단으로 내려가는 동안 안면 있는 시체들과 좀비들을 만날 수 있었다. 입구의 문틈에 껴 있던 베이시스트와 같은 밴드인 이들이었다. 저기 기타리스트와 보컬이 쓰러져 있고, 이곳의 직원인 사람도 그 옆에 쓰러져 있다.

이윽고 무대로 이어지는 문 앞에 서자 갑자기 잊고 있던 긴장감이 스멀스멀 올라왔다. 아무도 없을 게 뻔한데, 멈춘 심장이 쿵쿵 뛰는 것만 같았다. 마치 문을 열면 어떤 장면이 펼쳐질지 모르니 기대하라고 드럼롤을 쳐주는 느낌이었다.

'진짜 기적처럼 객석이 차 있는 거 아니야? 이 베이스도 사실은 신이 내려준 마지막 선물 같은 거면 어쩌지?'

어쩌면 좀비가 나타나던 그 날, 그 시간 이곳에서 공연 중이었던 건지도 모른다. 건물 입구에서 베이시스트를 봤고, 안에서 다른 멤버들도 봤으니까 말도 안 되는 생각은 아니었다. 나는 떨리는 손으로 무대 출입문을 확 열어젖혔다.

드럼롤이 끝나고 눈앞에 펼쳐진 것은 느리게 돌아다니는 좀비 몇뿐이었다. 김빠진 맥주처럼 기대감이 픽 꺼져버렸다. 베이스 스트랩을 꼭 쥐었다. 낯 뜨거워지는 기분에 뭐라도 붙잡아야 했다.

'내가 그러면 그렇지.'

무대 위에는 악기들이 세팅되어 있기는 했으나 아무도 없었다.

좀비가 나타난 그 시간에 공연 중이었던 것이 아니라 리허설 중이었는지, 무대 조명들은 다양한 방향으로 돌아가고 있었다. 기다란 빛줄기가 비추는 객석은 황량했다.

'무대에 서 보기는 하네.'

나는 무대 위에 엎어진 내 발을 내려다보며 여기까지 오느라 고생했다고 중얼거렸다. 그런 뒤 무대 가운데로 걸어가다가 멀티탭에 꽂혀 있는 하얀 물체를 발견했다.

'핸드폰 충전기!'

내 핸드폰에 사용할 수 있는 충전기였다. 리허설하는 동안 핸드폰을 충전하려 했던 건지 주인 모를 핸드폰도 꽂혀 있었다. 원래 무대에다가 이러면 안 되는 건데, 이런 개념 없게 고마운 분이 있나. 덕분에 죽기 전에 부모님께 전화 한 통은 해볼 수 있겠다.

충전기에 내 핸드폰을 꽂아놓고 앰프에 베이스를 연결했다. 그리고 무대 한가운데로 걸어가 베이스 기타에 손을 얹고 줄을 한 번 두루룽 긁어봤다. 앰프를 통해 들려오는 낮은음이 기억하던 것보다 더 단조로웠다.

'싱겁네.'

이게 다라니. 멤버들 다 잃고 베이스도 잃고 고생해서 여기까지 왔는데, 그 결과가 이거라니. 베이스를 한 번 더 둥둥 튕겼다. 앰프에서 큰 소리가 나자 좀비들이 다가왔다. 여기에 서 있으니 오만가지 생각이 다 들었다.

사장님 부부는 다리를 다쳤으니, 아마 홍대를 빠져나가지 못할 것이다. 부모님은 내가 무대에 오른 모습을 앞으로도 절대 볼 수 없을 것이다. 지금 이 모습은 보여주고 싶지 않았다.

무대 위에 혼자 서서 베이스를 치며 텅 빈 객석을 바라보는 모습. 나름대로 록에 열정을 쏟아부었는데, 이렇게 초라하게 끝날 수가 있나. 허탈해서 고개가 저절로 떨어졌다.

바닥에 내리깔린 시야에 빨간 확성기가 들어왔다. 확성기는 인디밴드들이 공연에서 애용하는 소품 중 하나였다. 우리도 자주 사용했었다. 라이브 클럽이나 록 페스티벌의 분위기를 고조시키기에도 좋았고, 길거리 공연을 할 때 사람을 끌어모으기에도 좋았다.

이제는 다 부질없는 기억이었다. 끌어모을 사람이 없다. 거리에 사람은 없고 좀비들만 사방으로 돌아다니고 있었다.

간신히 살아남은 사람들도 구조를 기다리며 꼭꼭 숨어 있을 것이다. 구조대가 와도 멀쩡히 홍대를 벗어나기는 힘들 것이다. 이미 군인들이 여럿 죽고 좀비가 됐다. 이 공허한 공연장에서 나가 길거리 공연을 해도 관객은 좀비들뿐이겠지.

"……?"

아무도 들어주지 않는 신세 한탄이나 속으로 중얼거리던 그 순간, 앰프에 한 번 더 감전된 것처럼 머릿속에 번쩍 불이 들어왔다. 확성기가 선명한 빨간색으로 반짝반짝 빛났다. 나는 재빨리 확성기를 집어 들고 건물 바깥으로 달려 나갔다.

'어떻게 보면 정말 좀비도 관객이잖아.'

다시 살아나기라도 한 것처럼, 아니 사실 심장이 멈춘 적 없었던 것처럼 세차게 뛰는 것 같았다. 나와 생존자들을 위한 좋은 방법이 떠올랐다. 거리로 나온 나는 확성기에 입을 대고 목청껏 소리쳤다.

"메탈 공연 보러 올 사라암!"

빈 거리가 쩌렁쩌렁 울렸다. 그에 화답하듯 곳곳에서 좀비들의 구르륵거리는 소리가 들려왔다. 그 괴성 사이로 비슷하지만 다른 소리가 들려오기에 고개를 들어 보니, 멀리서 헬기가 타타타타 날아다니는 게 보였다. 헬기를 향해 손을 마구 흔들며 한 번 더 크게 외쳤다.

"메탈 좋아하는 사라암! 다 이리 모여! 무료 공연이다!"

좀비들은 크게 울리는 내 목소리를 따라 우르르 몰려왔다. 더 많은 좀비가 올 때까지 계속해서 공연을 홍보했다. 골목과 건물 구석구석에서 나타난 좀비들은 어느덧 거리를 가득 채웠다.

"공연 보러 갑시다아!"

나는 좀비들을 이끌고 라이브 홀로 앞장섰다. 대기실이 아닌 객석으로 이어진 길로 이끌었다.

그 와중에 벽을 신경질적으로 때리며 따라오는 좀비들이 있었다. 얼핏 들어도 박자 감각이 뛰어난 친구들이다. 나는 그들이 내가 그토록 찾아 헤매던 드러머임을 단번에 알아봤다. 새 멤버들로 영입하기에 충분한 연주자들이었다.

저 옆에는 유난히 머리를 잘 흔드는 좀비가 눈에 띄었다. 팔도 위아래로 역동적으로 움직이는 게 기타리스트의 자질이 보였다. 저 친구는 전생에 기타리스트였을 게 분명하다. 이렇게 된 거 이제 보컬만 구하면 된다. 목청 좋은 좀비로.

잠깐, 목청 좋은 좀비? 생각해보니 그건 나였다. 밴드의 프런트맨이었던 적은 한 번도 없었지만, 할 수 있을 것 같다. 이 밴드의 베이시스트 겸 보컬, 프런트맨은 바로 나 뻴지다!

나는 객석으로 꾸역꾸역 들어오는 좀비들을 헤치고 내 멤버들을 챙겨 무대에 올랐다. 드러머 둘은 드럼 앞에 세우고, 기타리스트에게는 무대 위에 놓여 있던 기타를 걸쳐줬다. 기타와 베이스를 앰프에 연결하자 끼이이, 하는 소리가 들리다 잦아들었다.

그리고 충전기에 꽂아뒀던 핸드폰을 켜자, 어느 정도 충전이 됐는지 전원이 들어왔다. 허겁지겁 저장된 번호로 엄마에게 전화부터 걸었다. 곧장 통화 중임을 알리는 신호음이 들려왔다.

'아, 다행이다.'

무사하시다는 거다. 이 사태에 놀라 쓰러지신 것도 아니다. 그거면 충분했다. 헬기에서도 좀비들이 몰려오는 게 보였을 테니 시간이 별로 없었다.

나는 이제 밴드의 공식 SNS 계정 관리자로서 마땅히 해야 할 일을 했다. SNS에 접속하고 라이브 방송의 시작 버튼을 누르는 일. 무대가 잘 보이도록 핸드폰을 세워놓는 것도 잊지 않았다. 충전기에 꽂혀 있으니 중간에 방전되지는 않을 것이다.

공연이 시작될 시간이었다. 우선 마이크 앞에 서서 관객들에게 인사부터 했다.

"오늘 저희 공연에 와주신 모든 관객 여러분 진심으로 환영합니다!"

내 인사에 좀비들도 저마다 다른 괴성으로 화답했다. 새로운 밴드 멤버들도 제자리를 잘 지키고 있었다. 푸르스름할 정도로 창백한 피부에 시커멓게 피가 몰린 눈가와 입술. 완벽하다. 화장도 따로 할 필요가 없었다.

어쩌면 좀비들은 이미 공연 준비를 마친 메탈 록커들인지도 모른다. 공연의 차례가 돌아오지 않았을 뿐, 갈고 닦은 것들을 보여줄 기회를 기다리고 있는 록커들 말이다.

나는 든든한 멤버들과 한 번씩 눈을 마주친 뒤 손가락을 둥둥 튕기기 시작했다. 공연하기로 했던 곡은 아니었다. 우리는 새로운 밴드니까, 즉흥적으로 베이스 리프를 만들어냈다.

공연장을 울리는 낮고 큰 울림에 좀비들이 반응했다. 내 멤버들도 마찬가지였다.

"와아아아아!"

마이크 앞에 서서 노래를 시작하자 좀비들도 괴성을 질러댔다. 좀비가 되어서도 역시 떼창의 민족임을 숨길 수 없다.

그동안 갈고 닦은 베이스 실력을 뽐내며 즉석에서 지어낸 가사를 부르자 드러머 하나가 킥 드럼을 쿵 밟았다. 뒤를 이어 다른 드러머도 드럼을 마구 두들겼다. 둘 다 야무지게 박자를 탔다. 말도 안 되는 일이었다. 내 생에 드러머가 둘이나 되는 밴드를 결성하다니. 이럴 수가 있나.

기타 스트랩을 이리저리 치고 흔들던 기타리스트가 이내 기타 줄을 긁으며 헤드뱅잉을 해댔다. 나도 머리를 신명나게 흔들며 베이스를 쳤다.

객석의 좀비들이 와악 소리를 쉼 없이 내뱉자, 기타리스트가 기우뚱하더니 왼쪽 다리를 접어 앉으며 오른쪽 다리를 옆으로 쭉 찢었다. 기가 막혔다. 저 녀석은 퍼포먼스가 좋을 줄 알았다.

공연장의 분위기가 점점 고조됐다. 조명은 화려하게 빙빙 돌았고 우리는 머리를 빙빙 돌렸다. 빙빙 돌아 어떻게든 무대에 섰다.

무대 아래가 바글바글한 게 홍대의 모든 좀비는 다 여기 모인 것 같았다. 관객들은 서로 몸이 부딪치는 것도 신경 쓰지 않고 신나게 공연을 즐겼다.

그때 객석의 열린 입구 바깥에서 총성이 울리며 소란이 일어났다. 또 다른 관객들이 찾아왔다. 내가 초대한 가장 열정적인 관객들이다.

나는 머리를 리드미컬하게 흔들며 베이스를 세로로 높게 잡아 연주했다. 그리고 목청껏 고음을 뽑아냈다. 저들은 내 공연을 보기 위해 다른 관객들을 죽이는 데 망설임이 없을 것이다. 내 밴드가 이렇게까지 성공할 줄은 몰랐다.

'엄마, 아빠. 보이세요?'

좀비들은 거의 다 여기 모여 있으니, 공연이 끝나면 사장님 내외를 포함한 홍대의 생존자들은 무사히 구조될 것이다. 부모님도 나를, 이 밴드를 언젠가는 영상으로나마 볼 수 있지 않을까. 내가 이곳에서 성황리에 공연했음을 다들 알게 될 것이다.

드디어 베이스 솔로 구간이 찾아왔다. 점점 뭉툭해지는 손으로 맛깔나는 슬랩을 연주했다. 둔한 손끝에서 나오는 슬랩은 엉망이었지만 그래도 맛깔났다. 미친 듯이 베이스를 뜯고 있으니 이제 알겠다.

나에게 남아 있는 건 양심이 아니었다. 록 스피릿이다. 이것 봐라. 역시 메탈이 세상을 구한다.

공연장 안으로 뭔가가 휙휙 날아들었다. 하여간 어딜 가나 물건을 집어 던지는 관객들이 있다. 객석에 연기가 자욱하게 깔리고, 그 사이로 불꽃이 튀었다. 너무 흥분해 피를 쏟으며 쓰러지는 좀비 관객들 사이로 군복 입은 새로운 관객들이 밀려 들어왔다.

즉흥곡인데도 총성으로 코러스를 넣어주는 훌륭한 관객들이었
다. 스모그 효과를 위해 직접 연기도 만들어줬다. 코스튬 같은 방
독면을 쓰고 들어서는 관객들에게 손을 흔들어줬다.

오늘의 공연은 완벽했고 객석은 만석이다 못 해 차고 넘쳤다.
우리 밴드의 단독 콘서트는 매진이었다.

다들 양손을 머리 위로 번쩍 들고 베이스 리프를 따라부르며
허공을 세게 때렸다. 꿈에 그리던 황홀한 무대였다. 이 광란의 무
대 중심에는 내가, 우리가, 메탈 밴드가 있었다.

드디어 메탈의 시대가 돌아왔다.

정예진

스티븐 킹과 마이클 코넬리를 좋아하며 사다코를 뛰어넘을
호러 캐릭터를 구상 중이다. 매거진 에디터였다가 현재
아이들을 가르치며 생업을 이어가고 있다.
본업인 글쓰기가 생업이 되는 날을 기다리는 중이다.

감염병이 도시를 휩쓸고 있었지만 보배의 일상은 변하지 않았다.

　"여보, 장 보러 다녀올게요. 뭐 필요한 거 없어요?"

　"대충 먹으면 될 것을, 필요하다 할 것이 있나. 조심하고. 가는 김에 생선 들어왔나 한번 보던지."

　"조심하고 말고 할 것도 없어요. 감염자들이 점점 약해지는 건지, 내가 세지는 건지. 지난번에는 팔뚝, 이 안쪽, 여기랑 여기. 놈들을 꽉 붙잡았는데 아귀에 힘이 갑자기 확 들어가는 게……"

　"누구 힘, 감염자들?"

　"아뇨, 내 힘이요 내 힘. 내가 칠십이 넘어서 이제야 내 한계를 뛰어넘는 것 같았다니까? 왜 그 있잖아요, 국가대표인데 맨날 경기 참가만 하다가 딱 은퇴 경기에서 금메달 따는 선수들. 그 사람들 기분이 이럴까 싶은 그……."

"아니, 여기서 말을 그렇게 하면 어떻게 하나. 저놈 꼴 보기 싫어서 내가 채널을 돌려야지, 어유."라며 기홍의 시선은 이미 현관에 서 있는 보배 대신 65인치 OLED TV를 향하고 있었다. 보배는 기홍의 딴소리를 듣지 못한 채, 자신의 이야기를 이어갔다.

"감염자들 뼈 부러지는 소리가 그렇게 상쾌할 수가, 어머 저 사람 살쪘네? 한동안 안 나오더니."

보배의 말은 늘 그렇듯 남은 물론이고 본인도 삼 분 이상 집중하지 못했다. 하지만 기홍의 집중력은 보배와는 달랐다. 토론 방송을 볼 때면 세 시간이고 네 시간이고 누가 말을 걸어도 못 들을 정도로 대단했다.

"백신도 다 저것들이 북한부터 갖다줘서 없는 거 아냐?"

자신의 기분에 대해 말하던 중이라는 것조차 잊어버린 보배는 현관에 서서 러닝화 끈을 조여 맸다.

"또 그러다 혈압 올라요. 드라마나 봐요. MBC에서 「대장금」 해주던데. 다녀올게요."

이처럼 그들의 일상은 변함이 없었다. 보배는 일주일에 두 번 장을 보고 하루 세끼 밥을 차렸다. 끼니의 횟수를 따지자면 하루에 세 번씩 삼백육십오 일을 총 쉰두 번, 그러니까 대략 오만 육천구백 번 중에 육천구백 번을 뺀다고 해도 오만 번쯤 끼니를 챙긴 셈이다. 그동안 헌법은 네 차례 개헌되었지만 헌정 사상 이후 집밥에 관한 법은 제정되지 않았다. 그 누구도 하루 세끼 집밥을 금지하자는 말을 꺼내지 않았다. 보배도 한때 그런 법을 상상한 적이 있긴 했다. 앞니만 남아 씹지도 못하는 시어머니를 위해 매일 점심을 차려야 했던 때였다. 누가 하루 세끼 먹는 것을 법으로 금지해 줬으면……. 하지만 시어머니가 돌아가셨을 때, 이미 보배의 마음속에는 한 끼를 거르는 일이 오히려 불법처럼 느껴졌다. 산 사람은 살아야 하고 살아야 할 사람은 삼시 세끼를 먹어야 한다. 전쟁도 나지 않았고 보릿고개도 아닌데 왜 끼니를 거른단 말인가? 사실 생각해보면 삼시 세끼를 먹을 수 있다는 것은 축복이었다. 세상에는 먹을거리들이 넘쳐나고 편리한 수도 시설과 가스시설이 내 집 안에 있다. 휴대전화를 몇 번 톡톡 두드리면 무엇이든 배달해 준다지만 어떻게 만들었는지도 모를, 입에도 안 맞는 음식을 플라스틱 통에 담아 주는 걸 나무젓가락으로 집어 먹는 건 영 내키질 않았다. 그리고 여전히 식자재가 냉장고에 남아 있는데 배달이라니. 음식 씹을 이와 소화 시킬 위장, 대소변을 내보낼 장기에 큰 이상이 없는 한 하루 세끼를 해 먹는다는 것은 숨 쉬듯 당연했다. 그러다 보니 언젠가부터 상을 차리는 일은 보배에게 기도가 되어버렸다. 힘이 들 때도, 하기 싫을 때도 있지만 손수 차린 한 상은 내 마음을, 가정을 편안하게 만들리라. 내가 우리 가족 밥상을 손수 차려내지 못하는 날이 찾아온다면 그날이 종말의 시작이리라. 보배는 그렇게 생각했다. 한 편으로 매우 적당한 비유였다. 인류 말고 삼시 세끼에 인생을 걸어온 보배 인생의 끝이라는 점에서 그랬다. 보배의 엄마도, 그 엄마의 엄마도 다르지 않았다. 가족의 중심에는 늘 밥상이 있었고 엄마들은 그 밥상을 죽기 직전까지 만들었다. 세상은 변하고 또 변하고 또 변했지만 보배에게는 그 변화가 찾아오지 않았다. 죽어도 죽지 않는 자들이 지배하는 세상이 되었을 때조차도. 감염병 정도로 세상의 종말을 운운하는 것은 분에 넘치는 생활을 하는 젊은 사람들의 호들갑이다. 밥상이 오만 번 차려지는 것을 옆에서 지켜봐 온 기홍은 요즈음 식사 때마다 이렇게 말했다.

"겪어보지도 않은 것들이 잘난 척하기는. 감염자가 1만 명 아니고 3만 명이면 대수야? 다들 셋씩만 낳으면 그 인구쯤 만회하는 것은 금방이야. 건물이 무너졌어, 입을 옷이 없어, 약이 없어?"

건물도 그대로고 입을 옷도 그대로지만 장을 보는 일은 조금 불편해졌다. 정부는 최근 퍼지고 있는 감염병에 대해 여전히 초기 대응인 '경계' 단계를 고수하였는데 감염병의 전국적인 전파 여부도, 감염 경로도 불분명하다는 것이 그 이유였다. 살았다고도, 죽었다고도 말하지 못할 것들이 사람을 물어뜯고 다니며 사람들을 전염시키고 다니는데도 선제대응은 오히려 국민의 불안감을 키우고 국가의 기반을 흔든다는 것이 이번 정부의 기조였다. 하지만 이미 많은 시민이 서울을 빠져나갔고 상점들은 스스로 문을 닫았다. 각자도생이라는 말이 그렇게나 어울리는 시기였다. 그쯤 대통령은 언론에 모습을 보이는 횟수가 급격히 줄어들었다. 감염 확산 초기에는 야당 인사들과 시위대가 광화문 일대에 모여 범국가적인 대책을 촉구하고 나서기도 했지만 언론에는 보도되지 않았다. 게다가 시위 도중 감염자가 나타나 아수라장이 되는 일이 몇 번 반복되자 시위는 구심점을 잃었고 남은 시위대는 점점 게릴라 조직이 되어갔다. 이성적인 사람들은 이것이 인류의 종말이라고 생각하지 못했다. 눈앞에 닥친 변화는 복잡하고도 미묘해 평범한 대부분은 그저 '불편'하다고 생각하며 상황이 나아지기를 기다렸다. 힘든 시기를 이겨내기 위해 자기 자리에서 묵

묵히 최선을 다하는 사람도 많았다. 1950년, 아버지에게 안긴 채 한강 다리가 폭파되는 것을 목격한 기홍에게도 특별할 것은 없었다. 그날 이후 전쟁의 폐허가 30년 만에 눈부시게 복구되는 것을 지켜본 기홍이다. 겨우 일부 몇 사람 미처 날뛰는 전염병 정도는 1, 2년 안에 완벽하게 해결되고도 남을 것이라고 믿었다. 경찰이 모자라면 군인들이, 우리 군인들이 모자라면, 미국군이, 유엔군이 우리를 구해 줄 것이다. 보배 역시 이 말에 동의했다.

불행하게도 부부의 예상은 완전히 빗나가게 된다. 훗날 역사학자들은 이 전염병의 출현을 예수 탄생에 비견하는 일로 정의 내린다. 꽤 오랜 시간에 걸쳐 바이러스는 인류를 좀 먹어 갔다. 감염, 전염, 감염, 전염, 또다시 감염……. 폭탄이 터지는 일과는 조금 달랐다. 하지만 결국 모든 것이 무너져 내리고 폐허가 된다는 점에서는 같았다. 그렇게 오랜 시간이 흘러 호모 사피엔스는 사라지고 새로운 인류가 탄생한다. 연호(年號) AZ 1년(After Za)과 함께 새로운 역사가 시작된다. 그래봤자 기홍과 보배에게 중요한 정보는 아니다. 그들은 어차피 사는 만큼만 살고 죽기 전까지의 일만 알게 되니까. 바이러스 따위가 아니라도 20년도 채 더 살지 못할 테니까. 그러니 지금 당장 보배에게 중요한 것은 하루 세끼의 소명을 지켜내는 일이다.

아직 인류에게는 시간이 남아 있다. 여전히 보배에게 끼니를 꾸려나갈 나날들이 남아 있다는 뜻이다. 아직까지는.

그렇기에 삼시 세끼는 죽을 때까지 계속된다.

내일은 동짓날. 보배는 쇼핑 목록에 팥을 올렸다. 장을 보러 갈 때는 걸어서 30분 내 거리에 있는 시장으로만 갔다. 구입하는 식료품은 배낭에 들어갈 수 있을 만큼만. 배낭에 넣고도 편하게 뛸 수 있을 무게까지 가능했다. 22층에서 계단을 이용해 502동을 빠져나왔다. 지천명에 운동을 시작한 이후, 엘리베이터를 이용해 본 적이 없다. 버튼을 누르고 기다리는 시간이, 엘리베이터를 타고 내려가는 시간이 미치도록 지루했다. 요가로 시작해서, 필라테스로, 헬스로, 복싱으로, 킥복싱으로, 주짓수로 보배는 체력을 단련해 왔다. 직접 고르고 골라 선택한 운동들은 아니었다. 처음에는 요가원이었던 곳이 유행에 따라 종목을 바꾸고 주인도 바뀌었지만 보배는 그대로 그곳을 성실히 다녔을 뿐이었다. 어떤 관장이 오던 그녀는 가장 말 잘 듣는 수강생이었다. 관장이 하루에 200개씩 크런치를 하고 10개씩 팔굽혀펴기를 하라고 하면 그녀는 1.5배 더해 300개씩, 15개씩을 해야 남들만큼 한다고 생각했다. 끝나고 발차기 연습을 10분하고 가라고 하면 15분씩 하고 가곤 했다. 그러던 보배는 언젠가부터 부엌에서 오래 일을 해도 허리도, 다리도 아프지 않았다. 22층에서 계단을 이용해 1층을 내려와도 발바닥에 느껴지는 탄성이 상쾌하게 느껴질 정도였다. 3주 전까지만 해도 주짓수로 바뀐, 한때 요가원이었던 곳에서 수련을 했다. 단지 내 상가에 있는 꽤 넓은 스튜디오였다. 그러다 관장이 지방에 있는 부모님 댁에 가야겠다면서 휴관을 하더니 문여는 일을 계속 뒤로 미루고 있다.

단지 안에서는 안내 방송이 흘러나오고 있었다. 관리비에 걸맞게 어딘가 설치된 스피커에서는 감염병 주의를 위해 아파트 입구에서부터는 마스크를 반드시 착용하고 단지 내에 외부인이 들어오지 않도록, 그리고 화단 앞 통화나 담배를 피우는 일, 그리고 배달 음식을 자제해 달라는 방송이 반복적으로 흘러나오고 있었다. 보배는 단지를 빠져나가기 전 혹시 도장이 문을 열었나 싶어 상가를 기웃댔다. 요 며칠 개미 새끼 한 마리 보이지 않더니 오늘은 10대 세 명이 주차장에서 낄낄거리고 있다. 이제 막 초등학생 티를 벗은 아이들이 무방비 상태로 돌아다니는 것이 불안해 보였다. 요즘은 어른들도 한자리에 머무는 일이 드물다. 혹시나 도움이 필요한 상황은 아닐까? 보배는 걸으면서 아이들을 훑었다. 아이들 중 한 명이 주머니에서 작은 망치같이 생긴 것을 꺼내더니 주차되어 있던 BMW 운전석 유리창을 톡톡 쳤다. 옆에 있던 아이가 망치가 닿았던 유리문을 주먹으로 내리치니 창호지가 뚫리듯 손이 차 안으로 쓱 들어갔다. 망치를 들고 있던 아이가 보배와 눈이 마주쳤다.

"눈 깔어, 할머니. 망치로 찍어 버리기 전에."

보배는 상황 파악이 되지 않았다. 누구한테 하는 소리지?

"너 말이야 너. 꺼지라고. 확 그냥 뚝배기 깨버릴까."

"야, 안돼, 씨발 하지 마. 우동사리 나와."

아이들은 자기들끼리 낄낄거렸다. 어느새 아이들은 보배보다 차 안에서 꺼낸 가죽 가방에 더 집중하고 있었다. 보배는 서둘러 그 자리를 떴다. 아무것도 보지 못하고 아무것도 듣지 못했다는 듯이.

"뭐야, 화장품밖에 없네. 씨발."

아이들의 목소리가 등 뒤에서 점점 줄어들었다. 주차장을 완전히 벗어나고 나서야 보배는 몸이 떨리면서 분한 생각이 들었다. 보배는 마트로 걸어가며 핸드폰으로 112를 눌렀다. 신호는 갔지만 연결은 되지 않았다. 서너 번 다시 해봐도 마찬가지였다. 감염되지 않았으니 저런 싹수 노란 놈들도 건강하다고 해야겠지? 세상은 이미 망했어. 장이고 뭐고 집으로 돌아가고 싶다. 그러나 내일은 동짓날이니 팥은 있어야 한다. 아파트 단지를 빠져나가 큰길로 접어들었다. 휴대폰 판매점에서는 스눕독&위즈칼리파의 「영 앤 와일드 앤 프리」가 흘러나왔다.

That's how it's supposed to be
이게 우리가 사는 삶의 방식이야
Living young and wild and free
젊고 거칠게, 그리고 자유롭게 사는 거 말이야

왕복 8차로에서 차들이 드문드문 빠른 속도로 지나갔다. 거리를 걷는 사람은 더 드물었다. 꼭 추석 당일 서울의 아침을 보는 것 같았다. 서울에 남아 있는 사람은 100만 명이 채 되지 않는 것으로 추정된다고 아침 뉴스는 보도했다.

매서운 바람이 보배의 얼굴을 때렸다. 음악은 어느새 린킨 파크의 「블리드 잇 아웃」으로 넘어갔다. 그때 흰색 제네시스 SUV 한 대가 갈 지(之)자 모양으로 텅 빈 도로를 누볐다. 제네시스는 1차로에서 2차로를 넘어오더니 그대로 속도를 올려 3, 4차로를 건너 우회전을 하듯 보배에게 달려들었다. 보배는 상황 파악에 시간이 걸렸다. 할 수 있는 일도 없었다. 그대로 서서 바라보는 것밖에는. 제네시스는 인도를 넘어 길가 파리바게뜨의 전면 유리를 그대로 들이받았다. 유리 파편 하나가 날아와 보배의 뺨에 스쳤다. 차는 절반쯤 가게 안으로 들어가 계산대를 찌그러뜨리고 멈춰 섰다. 운전석이 열렸다. 정장 차림의 남자 하나가 걸어 나왔다.

"괜찮으세요? 걷지 마세요! 제가 지금 119를……"

보배가 핸드폰을 꺼내는 동안 운전자는 뒤돌아 보배를 바라보았다. 동공이 아닌 세상에 존재할 수 있는 색 중 가장 어두워 보이는, 반짝임도 없는 검은색이 눈구멍을 메우고 있었다. 오른쪽 어깨 밑으로 있어야 할 팔이 없어 몸통은 왼쪽으로 기울었다. 남자는 비틀거리며 보배에게 다가왔다.

"어머나 세상에!"

보배가 놀라는 사이 그는 앞으로 저항 없이 고꾸라졌다. 뒤통수에는 누군가 숟가락으로 떠먹은 듯한 자국이 선명했다. 딱 애플 로고처럼. 그에게 다가가기도 전에 차에서 또 다른 사람이 기어 나왔다. 붉은 얼굴에 떨리는 어깨. 해골처럼 말라 버린 몸. 입에는 피떡 진 머리카락이 붙어 있었다. 원숭이처럼 끽끽거리는 소리. 죽어도 죽지 않는 자, 감염자였다. 그는 말려 들어간 어깨와 구부정한 허리로 턱을 든 채 보배를 노리고 있었다. 역시나 동공은 검다는 표현만으로는 부족할 정도로 이상해 보였다. 운전자는 보배를 향해 달려왔다. 둥근 등으로 팔을 늘어뜨린 채 뛰는 모습은 영락없이 원숭이의 그것이었다. 보배는 자세를 가다듬었다. 그리고 정확한 타이밍에 킥을 날렸다. 러닝화의 아웃솔이 감염자의 턱과 목 사이에 꽂혔다. 감염자의 둥근 등이 잠깐이나마 쭉 펴지는 순간이었다. 보배는 그의 멱살을 쥐는가 싶더니 벽을 차고 올라가면서 양다리로 목을 감아 쓰러뜨렸다. 감염자는 턱을 아스팔트에 박은 채 몸부림을 쳤다. 다리가 부러진 거대한 벌레 같았다. 등에 올라탄 보배는 케이블 타이로 감염자에게 재갈을 물리고 발목에도 하나 채웠다. 질병관리본부에서 안내한 번호, 1235789로 전화를 걸어 감염자들을 신고했다. 그러면 질병관리본부에서 나온 밴이 감염자들을 실어 갈 것이다. 이론적으로는 그랬다.

"네, 여기 감염자가 둘이에요. 주소는 서울시 서초구……"

처음에 쓰러졌던 운전자가 슬며시 고개를 들며 일어났다. 전화를 채 끊지도 못한 채 그녀는 감염자의 양어깨를 밟고 섰다. 무리를 제압한 정복자. 지금의 보배를 본다면 어떤 종이든 그렇게 생각할 것이다. 보배는 운전자도 똑같이 해 두었다. 감염 초기에는 크게 힘을 쓰지 못한다. 종편 뉴스가 끊임없이 발표하는 내용이었다. 감염자에게 물리면 출혈이 계속되면서 고열이 나고 결국 하루 이틀 내에 심장마비로 사망한다. 하지만 그것이 끝이 아니다. 만약 뇌에 큰 손상이 없었다면 시신처럼 보이는 그것은 몇 시간이 지난 후에 전혀 다른 것이 되어 깨어난다. 그 시간에 관해는 여전히 연구 중이지만 사람들 사이에서는 그 시간이 점점 빨라진다는 소문이 돌았다. 그들은 양팔과 다리로 나무늘보처럼 뻣뻣하고 느리게 기어 다니다가 배가 고파지면 원숭이 같은 모습으로 산 사람을 뜯어 먹었다. 그렇게 죽어도 죽지 않는 자가 되는 것이다. 뉴스는 그들에게 남은 것은 오직 식욕과 공격성이라는 점을 강조했다. 이것이 지금까지 보배가 배운 감염자들의 특징이다.

두 명을 처리한 보배는 홀가분한 마음으로 H 마트로 향했다. 얼굴의 상처는 이미 잊어버렸다. 더 이상 음악도 들리지 않았다.

한성마트의 제품들은 오픈 직전처럼 흐트러짐 없이 진열되어 있었다. 손님은 보배 한 사람뿐이다. 백화점 VIP들이 폐장 이후 쇼핑하는 것과 비슷해 보였다. 보배는 오랜만에 안경을 꺼내 제품들을 꼼꼼히 살펴보았다. 배낭이 무거워지는 것을 막기 위해 꼭 필요한 제품만 담아야 했다. 집에 얼마 남지 않은 된장과 팥죽에 곁들일 식혜, 냉동닭, 스팸, 냉동채소……. 요즈음은 신선한 채소와 과일들이 마트에 들어오지 않는다. 전염병으로 인한 가장 큰 변화였다. 보배는 물건들을 배낭에 넣다가 결국 식혜를 빼고 엿기름 티백을 담았다. 짐이 한결 가벼워졌다. 배낭을 메고 계산대를 빠져나가는데 계산대 뒤에서 누군가의 목소리가 들렸다.

"할머니, 할머니."

계산대 너머에서 누군가 힘없이 보배를 부르고 있었다. 젊은 여성 하나가 박스테이프로 손과 발이 묶인 채, 계산대 아래 서랍장 손잡이에 메여 있었다.

"아니, 이게 무슨 일이야."

"도와주세요, 할머니. 너무 아파요."

보배가 손을 뻗어 여자의 손을 잡았다.

"그냥 두이소, 할머니."

긴 총신이 보배의 얼굴 앞으로 쓱 들어왔다. 보배 몸통보다 세 배는 더 두껍고 진한 눈썹에 부리부리한 눈매를 가진, 열 살 정도 어려 보이는 여성이 보배에게 장총을 겨누고 있었다. 보배는 인상을 찌푸리며 뒤로 물러섰다. 총이라니. 보배는 놀라움보다 누군가의 총부리가 자신을 향했다는 데에서 마음이 조금 상했다. 보배의 나이쯤 되면 세상에 깜짝 놀랄 만한 일이 별로 없어진다. 총을 든 여인은 총 끝으로 배낭을 툭툭 치더니 말했다.

"계산은 하고 가야지?"

"아우, 사장님. 여기 계셨네. 오늘은 웬일로 직접 나와 계세요?"

"십일만 사천 원입니다."

총을 내려놓고 무심하게 바코드를 찍던 사장이 말했다.

계산대 아래에 묶여있던 젊은 여성은 도와달라며 흐느꼈다.

"아니 근데, 저 학생은 무슨 일이에요? 여기 직원 아니었어요? "

"딱 보면 모르소? 감염자예요, 감염자."

"아니, 그래도 그렇지 아직 멀쩡한데, 신고는 안 하셨어요?"

"신고? 진즉에 했는데 이게 벌써 몇 시간쨴데 오지를 않고. 내도 뭐 별수 있습니까. 일단 붙잡아 둬야지."

"에그그, 불쌍해서 어쩨."

묶여있던 여성에 목에선 그르렁 소리가 나기 시작했다.

"내가 풀어줬으면 큰일 날 뻔했어요. 근데 얼마라고요? 카드도 되나?"

조심하고, 또 오이소 하는 소리를 뒤로 보배는 배낭을 다시 한 번 단단히 조였다. 5시 30분. 먹구름까지 끼어 공기 중에는 빛이 거의 남아 있지 않았다. 집까지는 뛰어가는 것이 좋을 것이다. 어두우면 감염자들의 활동량이 늘어나는 것이 아닐까 하는 보도가 최근 있었다. 스마트폰으로 집까지의 거리를 최단 거리로 설정하고 머릿속으로 익힌다. 준비하시고, 출발.

보배는 현관 앞에 짐을 내려놓고 서서 러닝화와 트렌치코트를 벗었다. 러닝화는 나이키, 짧은 트렌치코트는 발수성이 뛰어난 버버리 제품이었다. 전신과 신발에 소독약을 한 번 뿌리고 집으로 들어섰다. 기흥은 여전히 거실 소파에서 TV를 보고 있었다. 보배의 기척에 기흥은 "왔어? 빨리 왔네? 소파가 이제 한쪽 스프링이 주저앉아서 앉아 있는데 어찌나 힘들던지. 생선 있었어?" 하며 소파에 붙어 있던 것 같은 몸을 일으켰다. TV에서는 하나둘씩 정규 방송이 지연되거나 취소되고 있었다. 대부분 생방송으로 보도 방송이 나오거나 드라마와 예능 프로그램들이 끊임없이 재방송되었다. MBC에서는 「대장금」이, KBS에서는 「태양의 후예」가 그랬다. SBS의 선택은 「런닝맨」이었다. 종편은 토론 프로그램과 뉴스가 번갈아 나왔다. 송출을 멈춘 채널도 있었다. 도대체 누가 방송국에 남아서 일을 하는 것일까? 보배의 머릿속에는 이어 마이크를 끼고 시스템 조종실에서 성실히 일하고 있을 대한민국의 아들들이 그려졌다. 기특한 녀석들.

"이게 국가야, 지금? 나라가 뒤집히고 있는데 군사 원조도 제대로 못 받고. 말하자면 수도가 함락된 상황인데. 미국에서 인천 통해서 와주면 이게 끝나거든. 이승만 같은 사람이 있어야 하는 건데 이거 원 어디든 빨갱이 천지니."

보배는 고개를 끄덕이며 사 온 것들을 꺼내 정리했다.

"그래, 저 김준호 판사가 옳은 소리 하네. 아무렴. 감염자 1만 명에 뭘 그렇게 떨어? 6.25 때 민간인 피해자가 100만 명인데 지금 보라고. 세상에서 서울처럼 잘 사는 나라도 없어. 요즘 젊은 사람들이 고생을 안 해 봐서 그러지. 고작 이런 전염병으로 서울을 떠나는 게 말이 되냐고."

TV 볼륨은 누군가와 기 싸움을 하듯 한껏 키워져 있었다. 기홍의 귀가 어두워지기 시작한 탓이다. 최신형 TV의 빵빵한 음향 시스템 덕분에 부엌에서는 TV 출연자들이 마치 거실에 와있는 것처럼 느껴졌다. 그중 김준호 판사의 카랑카랑한 목소리는 유독 두드러졌다.

　—서울 떠나면 또 어디로 가겠습니까? 이 좁은 땅덩어리에서. 방역이라는 것이 꼭 물리적인 거리로 해결되는 문제는 아니거든요—

"자네도 그렇게 생각하지?"
　기홍은 습관처럼 또 TV 채널을 돌렸다. 채널을 돌리다 마땅치 않았는지 4분할 된 화면을 시청하기 시작했다. 방금까지 보고 있던 토론 프로그램과 「대장금」, 「뉴스 라이브」, 그리고 랜덤으로 선택된 유튜브 채널이 나오고 있었다. 만약 기홍이 4개의 채널 중 이 유튜브 채널을 선택해 65인치 화면으로 방송을 봤다면 화면 속에 등장하는 인물이 보배라는 사실을 눈치챌 수 있었을 것이다. 하지만 기홍은 TV를 틀어놓은 채 핸드폰을 만지작거리며 목 스트레칭을 했다. 보배가 등장하는 영상은 누군가가 휴대전화로 촬영한 것으로 H 마트 가는 길에 찍힌 것이었다. 보배의 얼굴은 제대로 보이지 않았지만 트렌치코트나 배낭을 보면 그녀가 확실했다. 동영상의 제목은 '고수 할머니'. 동영상을 올린 사람의 설명은 이랬다.

imnotyongpal: 우리 가게 앞에서 원숭이 생퀴들 때려잡는 할매.

첨에 원생퀴들 맞닥뜨렸을 때 내가 할매 도와줄려고 막 권총 꺼내고 있는데 할매가 다 때려잡음. 무슨 무협지 보는 줄. 이 할매 요즘에도 가끔 나타나서 다 때려잡음. 보니까 장 보고 오는 것 같던데 ㅋㅋㅋㅋ 생활형 고수.

댓글은 이랬다.

울집무직무전유전: 권총같은 소리하네. 인증하며 100만 원 코인 증정.

악어아저씨: 나 저 할머니 알어!!! 맨날 똑같은 바바리 입고 다녀서 딱 알아봄 ㅋㅋㅋㅋㅋ 나랑 같은 무술관!!!! 참고로 나는 저정도는 안되고 점프하면서 킥 정도는 할 수 있음. 저건 플라잉 암바라고. 관장이 절대로 못 하게 하는 거. ㄷㄷㄷ. 내가 머리 하얀 사람이 체육관에서 막 날아다니길래 궁금해서 관장한테 물어봤었음. 관장이 술술 다 얘기해줌. 첨에 운동 시작할 때에는 무슨 관절염 같은 거 때문에 무릎이랑 팔꿈치랑 다 아프다고 슬슬 시작했는데. 사실 집중력이나 성실함이 우리 같은 애들이랑은 차원이 다름. 관장이 시키면 시키는 대로 다 하고, 아니 솔직히 더함. 그 맛에 관장이 슬슬 레베루를 올려버림. 우리 관장이 그러는데 쉰부터 운동 시작해서 지금 12년 동안 안 한 거 없다고 함. 관장이 맨날 자기랑 대적해도 될 정도라고 하는데 저 할마씨가 자기 실력을 안믿음.

주울래요: 그냥 뭔가 존나 아름답다

장미요정호텔: 나도 저 사람 본 것 같음. 저렇게 묶어두면
질병센터에서 와서 집어감. ㅋㅋㅋ. 원생퀴들 막 빠개진 뇌로 어이털림.
암튼 좆같은 세상 평정하게 하고 여왕으로 모시고 싶다.

주인없음: 내 생각에는 아마도 스트릿에서 실전하다가 실력 떡상했을
것 같다. 실전해본 사람 못 이김.

기홍은 스트레칭을 하다 말고 TV에 눈을 고정했다. 그러다 유
튜브를 의심스러운 눈으로 한참을 쳐다보았다. 그러더니 한마디
했다.
"여자가 어딜 돌아다녀, 이런 시국에."
기홍은 다시 뉴스 라이브로 채널을 돌렸다. 장 본 것들을 정리
한 보배는 욕실로 갔다. 욕실 구석에 마련해 놓은, 히노키 욕조에
물을 받고 몸을 담갔다. 온기가 추위와 격투로 잔뜩 긴장해 있던
근육을 아이스크림 녹이듯 풀어주었다.
"아이고, 아이고, 좋네."
세상은 멸망해 가는 중이었지만 보배는 사실 기분이 최고였다.
살면서 이제껏 누군가를 해쳐 본 적이 없는 그녀였다. 비록 감염
자이기는 했지만 누군가를 때려잡으며 느끼는 강렬한 쾌감은 진
짜 살아있다는 것이 뭔지 느끼게 해주었다. 처음 감염자들을 마
주쳤을 때는 살기 위해 반사적으로 몸을 움직였다. 하지만 한 번
제압해본 이후에는 감염자들을 만날 일이 기다려졌다. 보배는 아
주 힘이 세진 기분이었다. 권력이라는 것이 이런 것인가? 보배는
입맛을 다셨다. 언제 찾아올지 모르는 죽음의 공포를 뚫고 적들

을 물리친다는 것. 어떤 취미도 이보다 좋을 수는 없다. 보배는 죽어도 죽지 않는 자의 목을 감아올린 왼팔의 근육을 만지며 다시 한번 강렬하게 솟아오르는 아드레날린을 느꼈다. 당장 발가벗은 그대로 물 밖으로 뛰쳐나가 20층에서 뛰어내린 다음 세상의 모든 감염자들을 처단해 버리고 싶은 마음이었다.

"그런 걸로는 되지가 않지. 저것들 그냥 잠실 경기장 같은 데다 몰아넣고 아파치 같은 걸로 끝내 버리면 되는 거 아냐?"

물을 잠그자 기홍의 목소리가 들렸다. 보배는 물 온도를 조금 높이고 다시 물을 틀었다. 기홍의 목소리가 물소리에 흐려졌다. 솟구쳤던 아드레날린이 이제야 조금씩 정상 수치로 돌아오는 것 같았다. 내일은 동짓날, 1년 중 밤이 가장 긴 날이 그녀를 기다리고 있었다.

보배는 팥죽을 끓이기 위해 평소보다 30분 더 일찍 일어났다. 12월의 태양이 깨기도 전이었다. 보배가 이것저것 손을 대기 시작하자 어둡고 고요했던 부엌이 깨어났다. 햇살보다도 더 강력한 기운이 부엌을 휘감았다. 냄비에서는 물이 끓어올랐고 수돗물은 곡식 위로 쏟아져 내렸다. 도마 위에서는 식칼이 특정한 리듬에 맞춰 도닥거렸고 전자레인지에 믹서기 같은 가전제품들도 땡땡거리며 보배와 호흡을 맞췄다. 팥죽은 쌀밥을 짓는 일보다 손이 많이 갔다. 불 조절을 하는데 어제 유리에 베인 뺨이 따끔거렸다. 이제는 아무리 얕은 상처도 흉터가 되는데 하필 얼굴을 베이다니. 짧았지만 열정적이었던 감염자와의 격투가 다시금 떠올랐다. 상처쯤은 아무렴 어떠하랴. 생각만 해도 신나는 장면이지만 넋 놓고 그 생각만 하고 있을 수는 없었다. 한눈을 팔았다간 팥죽을 망쳐버릴지도 모른다. 익숙한 동선으로 냉장고를 열어 스테인리스 볼을 꺼내고 불려뒀던 팥을 헹궈냈다. 똑같은 일을 50년간 반복하다 보면 시시한 일도 쉽게 멈출 수가 없게 된다. 부엌에만 들어오면 보배는 아주 잘 조립된 부품처럼 살림이라는 유기체 안에 스르르 녹아 들어갔다.

"오 주여, 정녕 날개 없는 사탄을 보내시어 이 땅을 쓸어버릴 작정입니까?"

기홍은 기도를 올리고 있었다. 매일 하는 기도였지만 오늘 기도는 유난히 격정적이고 다급했다. 어젯밤 자정을 기준으로 정부가 긴급 대피령을 내렸기 때문일지도 모른다. 자정이라니. 기홍은 대피령을 듣는 순간부터 불안감에 휩싸이기 시작했다. 조금 전에는 한숨도 못 잤는지 피곤해 보이는 얼굴로 침대에 앉은 채 중얼거렸다. 피난을 또 가야 한다니. 쥐새끼 같은 새끼들.

서울 내 감염자가 1만 명이 아닐 수도 있다는 얘기가 떠돈다고. 아무리 막아도 쥐새끼처럼 빠져나가는 감염자들이 생겨나 방역에 완전히 실패했다고.

"북한은 감염자들에 대한 즉결 처분이 시행 중이라는 거야. 그럼 정부에 있는 빨갱이들이 무슨 짓을 할지 모르는 거야. 옛날처럼."

"우리도 내려가야 하는 거 아니에요, 여보?"

"좀 지켜보자고. 어제 김 판사가 그러더라고. 자신의 위치를 지키면서 가만히 있는 게 제일 안전하다고. 오늘이 벌써 동짓날이지?"

"그러게 말이에요. 벌써 겨울의 한복판이에요. 아침으로 팥죽 먹으려고요."

"팥죽 좋지."

그리하여 보배와 기홍은 피난 대신 집에서 아침을 먹게 되었다. 그 아침을 차리는 동안 기홍의 기도는 멈추지 않았다. 여느 때보다 길고 격앙된 기도였다. 대피령이 내려졌다면 앞으로 팥을 구하기가 쉽지 않을지도 모른다. H 마트의 사장이 가게를 두고 쉽사리 떠날 것처럼은 보이지 않았지만, 혹시 모를 일이다. 앞으로는 식료품을 더욱 아껴야 한다. 보배는 씻어 놓은 팥 한 컵을 지퍼백에 도로 물렸다.

"모자랍니까? 정말 모자라기 때문입니까? 말씀만 하십시오. 제가 백 만인의 기도를……"

기홍이 덮어 놓은 성경을 두드리기 시작했다. 양장본의 두꺼운 가죽 위에서 둔탁한 소리가 났다. 끓어오르는 팥물에 찬물을 한 컵 부은 보배는 거실로 나갔다. 커튼을 걷고 밖을 바라보았다. 겨울 아침의 푸르스름한 햇빛이 단지 안에 스미고 있었다. 아직 꺼지지 않은 아파트 가로등이 한 사내의 실루엣을 비추고 있었다. 그는 절뚝거리며 힘없이 걷고 있었다. 감염자일까? 보배는 핸드폰을 들고 질병관리센터가 안내한 번호로 전화를 걸었다. 하지만 어제와 달리 연결이 되지 않았다. 보배는 아직 너무 이른 시간이라는 생각이 들었다. 24시간 신고 센터라고는 하지만 사람이 하는 일이다. 8시 넘어서 다시 전화해 보아야겠다고 보배는 생각했다.

"아무래도 경비보고 확인하라고 해야겠어. 관리비 받는 것들이 일 안 하고 뭐 하는 거야?"

기홍은 보배 어깨 넘어 밖을 바라보고 있었다. 노여움이 그의 얼굴 주름을 더욱 쭈글쭈글하게 만들었다.

"좀 자고 나와요. 밥 다 되려면 조금 있어야 돼요."

그는 안방으로 들어가는 대신 인터폰으로 경비실을 호출했다. 응답이 없었다. 보배는 살짝 부어오른 상처 주변을 어루만지며 창밖의 남자를 살펴봤다. 남자는 서너 걸음 걷고는 힘없이 고꾸라졌다. 그제야 그 남자를 따라 핏길이 이어지고 있는 게 보였다.

"저, 저거저거저거저거저거 피 아냐? 그 뚱뚱하고 앞머리 벗어진 경비 놈이 또 어디서 자는 게 확실해. 아파트 주민이 이렇게 불안에 떨고 있는데 응? 아무래도 다음번에 민원을 넣어야겠어, 엘리베이터에 써 붙이든가……. 근데 당신 물렸, 다쳤어요?"

기홍은 연결되지 않은 인터폰을 딸각거리다가 멈추고 보배를 바라봤다.

"어제 눈앞에서 차가 빵집을 들이받았지 뭐예요? 유리 파편이 튀었나 봐요."

기홍은 인터폰을 내려놓고 TV 아래 서랍장을 뒤졌다. 소독약을 찾는 것이다.

"아유, 암시롱 안 해요. 뭐 이 정도 갖고 애들도 아니고."

그는 그녀의 말에 아랑곳없이 달라붙어 상처에 빨간 약을 바른다. 보배는 기홍이 자신을 걱정한다고 생각했지만 실은 보배가 어디서 감염된 것은 아닌지, 의심하고 있었다. 기홍은 빨리 소독할수록 감염의 가능성을 줄일 수 있다고도 말했지만 그 감염이 상처가 아닌 전염병에 관한 것임을 보배는 생각하지 못했다. 초벌로 삶은 팥을 건져 압력솥으로 옮겨 담는 일에 더 신경을 썼기 때문에 기홍의 걱정을 감염 의심으로 생각해 볼 여력이 없기도 했다. 이 팥죽이 완성되려면 몇 가지 단계를 더 거쳐야 한다. 솥의 압력 추가 두 번 오르내리고 팥을 으깨고 껍질을 걸러내고……. 별 볼 일 없는 팥죽은 기홍이 마지막으로 먹는 평범한 아침이다. 팥죽을 떠 먹으며 다리가 튼튼해야 장수한다고 떠들던 기홍은 바람대로 죽어도 죽지 못하는 자가 되어 버린다. 보배는 수년이 지난 후에도 이 팥죽 아침을 간간이 떠올린다. 4인용 식탁 위에 놓인 참기름과 파를 다져 넣은 어리굴젓, 들기름으로 무친 도라지, 살얼음이 떠 있는 동치미, 맛있게 익은 김장김치, 그리고 도시락 김이 있었던가? 개인용 식탁 매트를 깔고 백자 스타일의 수저받침에 은수저를 놓은 다음 유기그릇에 담긴 팥죽이 놓인다. 팥죽에서는 김이 모락모락 피어오른다. 옆에는 좁쌀을 조금 섞은 쌀밥이 놓인다. 그때 그냥 팥 두 컵 다 씻을 것을. 그래도 그때 맛있게 자셔서 다행이에요, 여보. 이런 생각이 이따금씩 보배의 머리에 맴도는 것이다. 그날 아침, 기홍이 먼저 앉고 보배가 앉았다. 기홍은 팥죽 맛을 보고 고개를 끄덕인다. 보배도 그제야 한술 뜬다.

"팥이 벌써 오래 묵어서 한참 삶았어요."

"맛이 좋네."

"아우. 한 번 하기가 힘들어. 체가 큰 게 없어져서 작은 데에다가 내리니까 더뎌서."

"새알심은 만들기 힘든가?"

"그건 찹쌀가루가 있어야 하는데."

쿵—.

크고 둔탁한 소리가 들렸다. 거실 창밖이었다. 베란다를 등지고 앉아 있던 기홍이 먼저 달려가 밖을 내다봤다.

"무슨 일이에요, 여보? 차 사고라도 난 거예요?"

"글쎄. 뭐 보이는 거는 없는데?"

"아이구, 에구머니나. 저게 누구야?"

"응? 어디 뭐가 보여요?"

기홍이 창문을 열고 고개를 내밀었다. 초겨울의 차가운 공기가 뜨듯한 집 안 공기를 비집고 들어왔다. 신선한 공기 사이로 피비린내가 보배와 기홍의 후각 세포에 닿기까지는 시간이 조금 걸렸다.

"저기요, 저기."

보배는 창문 오른쪽을 가리키며 손으로 입을 막았다.

"흐억."

보배가 가리킨 것을 보고 뒤로 물러나던 기홍은 그대로 주저앉아 버렸다. 그것은 에어컨 실외기 위에 있었다. 아마도 위층 베란다에서 떨어지다 걸린 모양이었다. 보기에 따라서는 빨래처럼 보이기도 했다. 감염자, 죽어도 죽지 않는 자였다. 그것은 창밖에서 TV라도 보는 양 보배가 앉아 있는 부엌을 바라보며 옆구리를 실외기에 걸치고 만세 자세로 누워 있었다. 이 상태로는 해부학적으로 아래로 구부러질 수 있는 관절은 없다. 하지만 그의 오른쪽 다리는 무릎에서 바깥쪽으로 꺾여 발바닥이 바닥을 향하고 있었다. 원숭이처럼 끽끽거리며 분노에 찬, 아니 시커먼 눈이 그들 부부를 바라보고 있었다.

"에그, 저게 누구야? 어머, 어떻게 해야 돼. 이거, 어, 어."

보배가 다가가려 하자 기홍이 소리쳤다.

"만지지 마, 여보. 환자다, 환자. 감염자야!"

그것은 입을 딱딱거리고 있었다.

"여보 전화기, 여보 전화기. 119, 아니 112, 아니 1339, 아니아니."

"1235789요."

보배는 휴대전화 대신 구둣주걱을 가져와 창틀을 밀어 열었다. 감염자는 보배가 다가오자 사지를 흔들며 그르렁댔다. 입김에 창문이 뿌옇게 흐려졌다. 시커멓게 죽은 눈가에 안구가 밖으로 튀어나와 깜짝 놀란 사람의 표정 같기도 했다. 보배는 열린 창틈으로 구둣주걱을 넣어 정강이를 밀쳤다. 무게가 꽤 나가 헛방을 몇 번 치긴 했지만 감염자는 조금씩 실외기 위에서 밖으로 밀려 나갔다. 감염자는 파닥거렸다. 구둣주걱이 밀어내는 힘과 감염자가 창문을 치는 힘이 합쳐지는 순간 그것은 그대로 1층으로 떨어졌다. 아주 잠깐의 틈을 두고 떨어지는 둔탁한 소리가 들렸다. 기홍과 보배는 창밖으로 고개를 빼고 아래를 바라보았다. 감염자는 엎드린 채 두 팔을 파닥거리고 있었다.

"우리 아파트에 진짜, 진짜, 진짜 감염자가 있었어."

"여보, 식어요. 일단 드시면서 생각합시다."

"누구 본 사람 없겠지?"

기홍은 팥죽을 숟가락으로 뜨며 말했다.

"감염자요?"

"아니아니, 당신이 밀어낸 거 말이야."

"내가 밀어낸 게 왜요?"

"아니야, 또 모른다고. 사태 진정되고 그러고 나면 또 이게 어떻게든 책임을 져야 하는 사태가 올지 모른다고."

"그런가?"

보배는 기홍의 팥죽 그릇을 달그락달그락 숟가락으로 긁으며 대답했다.

"혹시 또 모르는 일이야. 아까 봤지? 그놈이 떨어져서도 또 비적비적 거린 거? 혹시 그놈 가족이 봤다거나……"

"아니 내가 창밖으로 던진 것도 아닌데."

"그게 항시 우리 생각처럼 안 된다니까. 순진한 생각이야. 그, 우리 창문에서 떨어진 것만 보고 감염자를 던졌다고 생각하면…… 하, 그냥 지 혼자 떨어지게 둘 것을……"

일이 복잡하게 되었다며, 기홍은 보배에게 노기 띤 얼굴을 드러냈다.

"아휴, 그럴 것도 없어요. 근데 감염자는 진짜 다시 봐도 신기하지 않아요?"

"내 말 들으라고. 우선 저 구둣주걱부터 내다 버립시다."

그렇게 부부는 아침 식사를 마쳤다. 점심은 얼려두었던 닭백숙이었다. 닭백숙은 이미 1주일 전 서울을 떠난 아래층 선미네서 가져온 것이었다. 선미 엄마가 얼려둔 닭죽도 못 먹고 간다는 말이 기억난 보배가 들고 왔다. 무슨 일이 있을지 모른다며 비밀번호를 알려주고 간 선미 엄마 덕분에 한 끼를 해결할 수 있었다. 비록 기홍은 먹던 백숙과는 조금 다르다고 하긴 했지만. TV에서는 서울을 빠져나가는 차량과 사람들의 행렬이 끊임없이 방송되었다.

아파트 관리실에서도 안내 방송이 여러 차례 나왔다.

"아르데셍 캐슬 주민 위원회에서 알려드립니다. 주민 위원회는 정부의 권고에 따라 입주민 여러분께서 대구 이남으로 피신하는 것을 권하는 바입니다. 자차를 이용하시거나 피치 못할 사정으로 자차를 이용하시지 못하는 입주민 여러분께서는 주민 위원회가 마련한 전세버스를 이용해 주시기 바랍니다. 버스는 오늘 밤 9시에 출발해 새벽 1시에 김해 공항에 도착할 예정입니다. 다시 한번 알려드립니다. 아르데셍 캐슬 주민 위원회는 입주민 모두가 전시 상황에 준하는 지금의 상황을 이겨낼 수 있도록 최대한 협조하겠습니다. 이동 계획이 없으신 분들은 관리실에 동 호수를 남겨두시기 바랍니다. 상황에 따라 다음 버스 시간을 단정할 수 없으니 이동 계획이 있으신 분들은 최대한 참고하시기 바랍니다."

기홍은 뉴스 채널과 원로들의 단체 카톡방을 예의주시했다. 카톡방에서는 김준호 교수의 인터뷰 영상이 수시로 공유되었다. 그의 말은 이랬다.

—전염병이라는 게 다른 재해와는 달라서 대피소를 만드는 게 더 위험해요. 뭉치면 사는 게 아니라 흩어져야 산다, 이겁니다. 각자 집에서 차분하게 추이를 지켜보시면서 위생을 철저히 하시는 것이 가장 좋은 방법이라고 생각합니다. 현재 세계보건기구가 미국질병통제센터와 협력해서 거의 백신을 완성한 상태고요. 정부가 이를 조속히 처리해 주기를 기대할 뿐입니다. 감염자가 적은 남부 지방

으로 대피하라는 것은 선동이나 다름없다. 이것이 제 생각입니다.

"여보, 역시 집에 있는 게 제일 낫겠죠?"

"김 교수 말이 맞지 않겠어요? 별일이 아니에요. 사람들 다 빠져 나가봐. 괜히 집 값이나 떨어지고 말면 어째? 아랫지방 사람들 흥분하는 거 봐요. 괜히 내려갔다가 푸대접이나 받지."

이 나이에 어디서 푸대접을 받기는 싫다. 집 값 떨어지는 것도 큰일이다. 보배는 고개를 절레절레 흔들었다. 뉴스에서는 선동당한 인파들의 행렬과 셔터를 내린 마트 등이 줄곧 방송되었다. 정부의 권고가 사람들을 동요 시킨 것이다. 보배는 며칠 추이를 지켜보려면 미리 장을 봐두는 것이 좋을 것 같았다. 보배는 다시 러닝화 끈을 조였다.

"얼굴 다친 건 괜찮아요?"

"뼈를 다친 게 아니라서 움직이는 건 괜찮아요. 그럼 다녀올게요."

보배는 다시 H 마트로 향했다. 어제보다 사람들이 곳곳에 많이 보였다. 다들 짐보따리를 들고 어디론가 떠날 채비를 하고 있었다. 멀리서 누군가가 다리를 절며 걸어왔다. 보배는 순간 긴장하며 방어 태세를 갖췄다. 그런데 가까이 다가올수록 얼굴이 익숙해 보였다. 진한 눈썹, 부리부리한 눈, 넓은 코, 두둑한 볼살. 백살님이었다. 백살님은 '백년 살림'이라는 유튜브 채널을 운영하는 유튜버로 6070 아이돌로 불렸다. 보배는 지인을 만난 것처럼 반가웠고 당장이라도 가서 아는 척을 하고 싶었다.

"어머나, 세상에. 백살님, 백살님. TV보다 늙어 보이네."

사인을 받거나 함께 사진을 찍기에는 상황이 좋지 않아 보였다. 피가 머리에서부터 흘러내려 구레나룻을 타고 내려오고 있었고 다리에서도 피가 흘러내리고 있었다. 보배는 그에게 달려가 말을 걸었다.

"아휴, 이게 웬일이야. 괜찮으세요? 이런 곳에 왜 혼자 있으세요? 유명하신 분이."

백살님은 말없이 보배를 지나쳤다. 화가 나고 피곤한 표정이었다.

"아유 피 좀 봐. 좀 도와드릴게요."

그는 다가오는 보배에게 눈길로 주지 않은 채 손사래를 치며 몸을 부르르 떨었다.

"궁금하고 물어보고 싶은 거 있으면 제 유튜브, 유튜브 찾아봐유. 제 모든 것이 그곳에 남았슈."

보배는 더 이상 그를 따라갈 수 없었다. 보배는 안 그래도 비빔국수 소스에 궁금했던 게 있었는데 오늘 밤은 꼭 찾아서 확인해야겠다는 생각이 들었다. H 마트는 장을 보려는 사람들이 꽤 많았다. 그뿐만 아니라 진열장도 어수선하고 창고에서 나온 물건들은 상자에서 채 나오지도 못하고 사람들의 카트로 옮겨졌다. 보배도 장을 잔뜩 봤다. 바퀴가 달린 장바구니를 2개나 끌고 나와 꽉꽉 채웠다. 사장은 오늘도 총을 들고 계산대를 지키고 있었다.

"보소, 아주메. 저어쪽에 그 아르데생 주민 맞죠? 거기는 버스도 준다 카든데."

"맞아요. 그런다고 하더라고요."

"그게 얼마예요?"

"공짜예요. 관리비로 충당하는 거라고."

"공짜? 하하. 그럼 주민이 아닌 사람은 몬 타겠네?"

"네, 저는 뭐 안타지만. 아마 그럴 거예요."

"와, 아줌마는 안 탈라꼬?"

"우리 바깥양반이 그러는데, 집에 있는 게 더 안전하데요. 왜, 그 있잖아요? 김준호 교수라고. 예전에 보건복지부 장관 나왔던 사람? 그 사람이 절대로 집에 있어야 한다고."

"그 장관 나왔다가 그만둔 사람? 그 코 넓적허니 대머리?"

"네, 그 사람, 맞아요."

"그 사람이 집에 있으라카데예? 지는 날를 준비하면서?"

"날라요? 어디로요?"

"저어기."

보배는 사장이 가리키는 곳을 보았다. 김준호 교수는 카트를 끌며 물이며 햇반 등을 쓸어 담고 있었다. 늘 슈트 입은 모습만 보다가 등산복을 입은 모습을 보니 새로워 보였다.

"아줌마, 여기 오곡밥 햇반은 더 없어요?"

"가져다 드릴께예."

교수의 질문에 사장은 총을 들고 창고로 갔다.

"직접 한 번 물어보소. 서울을 뜨는 게 좋겠는가, 남는 게 좋겠는가."

보배가 교수님, 하고 다가가자 교수는 화들짝 놀라며 챙이 있는 등산 모자를 앞으로 푹 눌러 썼다.

"교수님, 저희 남편이 진짜로 존경합니다. 어쩜 오늘 백살님도 만나고. 호호호."

"아, 예예."

"교수님도 비상식량 사러 오셨나 봐요. 저희도 교수님 말씀 듣고 집에 있으려고요."

또 다른 카트를 끌고 나타난 여자가 신경질적으로 교수를 향해 말했다.

"여보, 비행기 시간 얼마 안 남았어요. 햇반을 가지러 간 거야, 만들어 간 거야. 빨리 와요, 당신."

교수는 보배의 눈을 피하면서

"미국에 계신 저희 장모님이 편찮으셔서, 암튼 그럼 이만."

교수 부부는 서둘러 계산을 하고 마트를 빠져나갔다.

보배는 배낭에 바퀴 달린 장바구니를 양손에 하나씩 쥐고 집으로 향했다. 아까 만난 김 교수의 말이 마음에 걸렸다. 어머니를 만나 뵈러 가는 건데 사람 좋은 분이 괜한 오해를 사게 되는 건 아닐까, 걱정이다. 일몰이 만들어낸 주황색 하늘 아래에 차들이 오랜만에 4차로를 가득 메웠다. 몇 주 만에 보는 러시아워였다. 을씨년스러운 도시보다는 러시아워가 행복해 보였다. 도로는 서초IC 진입로와 이어져 있었다. 아마도 경부고속도로를 타려는 차량 행렬이리라. 거리의 사람들은 다들 여행 가방을 끌고 가고 있었다. 모두 떠나려는 것일까? 혹시 우리도 서울을 벗어나는 게 맞는 것 아닐까? 집에 돌아가면 저녁을 먹으며 남편과 상의해 보아야겠다고 보배는 생각했다. 거기까지 생각했을 때, 보배의 생각은 불이 꺼지듯 깜깜하게 꺼져버렸다.

"아주메, 정신이 좀 드는교?"

마트 사장이 보배를 흔들어 깨우고 있었다.

"아이고, 이게 무슨 일인교?"

"여기가 어디예요? 어떻게 된 거예요?"

보배가 눈을 떴을 때는 이미 한밤중이었다. 마트에서 나와 화장실을 가기 위해 마트 옆 상가 건물로 들어온 것까지는 기억이 났다.

"내 가방, 가방은요?"

장바구니는 물론 핸드폰과 지갑이 들어 있던 배낭도 사라지고 없었다. 사장은 가게를 마감하고 화장실에 들렀다가 보배를 발견했다고 했다.

"아이고마, 큰일날 뻔 했소. 내가 안 봤으면 우짤뻔 했나?"

"나 물린 거예요? 그놈들한테?"

"살펴 봤는데, 그런 거 같지는 않고 어데 찡하게 아픈데 있어예?"

사장은 총을 고쳐 매며 말했다. 보배는 다친 곳이 있어도 말하지 못할 것 같았지만 자신이 느끼기에도 피가 나는 곳은 없는 것 같다. 어깨가 뻐근하고 머리가 깨질 것 같았다. 누군가가 목 아래를 세게 내려쳤던 것 같았다.

"아까보이 쬐깐한 것들이 마트 앞을 비적비적 데고 있떠이. 좀도둑이 요 일대에서 아주 그냥 도둑고양이마냥 돌아다녀 아주 골이 빠게져뿌러. 그놈들이 그런 거 아닌가, 싶은게."

"사장님, 핸드폰 좀 씁시다. 우리 남편이 걱정하고 있겠어요."

"그건 그렇고, 사모님예, 그 버스 안 탈꺼믄 내가 대신 타면 안 될까예?"

사장은 핸드폰을 내주기 전에 보배에게 물었다. 고향으로 돌아가고 싶다고 했다. 지금 가지 않으면 영원히 가지 못할 것 같은 예감이 든다고. 가게를 지키느니 그편이 좋을 것 같다고 했다. 자신의 차는 어제 교통사고로 반파되었다는 말을 덧붙였다. 아들 녀석이 몰래 몰고 나갔는데 그 차가 지금 빵집에 박혀 있다고. 보배는 시계를 보았다. 밤 8시 40분. 출발 전까지 20분의 시간이 남아 있었다.

"남는 자리가 있다면 혹시 태워줄지도 몰라요. 시간이 없으니 일단 같이 가봅시다."

"난 영희요, 성님. 강영희."

사장과 보배는 아파트를 향해 뛰었다. 날렵한 몸의 일흔두 살 이보배와 장총을 멘 동네 마트 사장 강영희가 달리는 모습은 며칠 뒤 유튜브에 또 공개된다. 동영상의 제목은 '배트맨과 로빈'. 달리는 차 안에서 찍힌 이 영상은 20여 초였지만 사람들에게 강렬한 인상을 주었다. 할머니들이 함께 뛰는 일은 그만큼 흔하지 않은 일이었다. 그렇게 달리던 보배는 오직 남편 생각뿐이었다. 지금쯤 얼마나 걱정을 하고 있을까? 얼마나 전화를 많이 했을까? 혹시나 나를 찾아 위험한 동네를 헤매는 것은 아닐까? 저녁도 못먹었을 텐데. 왜 나에게 이런 일이 벌어져 남편이 힘들어진 걸까? 옆에서 뛰던 강영희는 오직 하나만 생각했다. 지금이야말로 쉽게 부산으로 내려갈 수 있는 절호의 기회라고.

아파트 단지 정문 안쪽으로 전세버스 5대가 일렬로 서 있었다. 버스를 쫓으려는 승용차들도 길게 늘어서 있었다. 사람들은 웅성거리며 서너 그룹으로 나뉘어 있었다. 우리만 남게 되는 것은 아닐까, 보배는 사람들을 보자 마음이 초조해졌다. 형광색 조끼를 입은 주민 위원회가 버스 탑승자들을 확인하고 있었다. 동과 호수를 얘기하면 위원회는 들고 있던 명단을 확인했다. 누군가는 관리비 연체를 이유로 탈락하기도 했다. 명단 확인이 끝난 사람들은 신체검사를 받았다. 체온을 재고 감염자에게 물린 상처는 없는지 옷을 들쳐가며 확인했다. 이 과정에서 누군가는 감염자로 의심을 샀고 다툼이 일어나기도 했다. 무사히 신체검사를 마친 사람들은 주먹밥과 버스표를 받았다. 표를 나눠주고 있는 위원회의 얼굴은 누군가에게 언어맞은 상처로 팅팅 붓고 멍투성이였다.

"승용차보다 버스가 공항에 먼저 들어갈 수 있대요."

모여 있는 사람들은 수군거렸다. 어디에서 발표된 이야기인지는 아무도 몰랐다. 하지만 불안함을 느낀 사람들은 자가용을 두고 버스 타기를 원했다. 애초에 주민 위원회가 버스를 마련한 것도 이 때문이었다. 물론 위원회 대부분은 좌석을 절반도 채우지 않은 채 선발대라는 이름으로 버스 한 대에 자신들의 짐을 싣고 떠난 지 오래였다. 여기 남아 일을 하는 사람들은 아마도 잘못된 제비를 뽑았거나 사명감이 투철하다거나 아니면 다른 이유로 아직 떠나지 못했을 것이다.

보배는 남편에게 결단을 요구하기 위해 전화를 걸었다. 상황이 심각하다면 지금이라도, 맨몸으로라도 떠나야 한다. 하지만 남편은 계속 전화를 받지 않았다. 영희는 마음이 다급해져 말했다.

"여보 성님. 가지 않을 거라메요. 싸게 저부터 티켓 받아주신 다음에 가요. 사모님, 제발요."

영희는 총을 들고 있었을 때와는 사뭇 다른 모습으로 보배에게 애원했다. 보배는 쉽사리 결정을 내리지 못했다.

"어차피 성님은 그런 얼굴 상처론 버스 못 타소. 남편도 없고."

"그럼 내가 집에 가서 얼른 남편한테 허락받고 줄게요. 조금만 기다리고 있어요."

"아유, 엘리베이터 올라가기도 전에 버스 출발한다 — 제발. 내가 이렇게 부탁 안 해요? 남편이 집에 있으라면 했다카이? 애꿎은 나만 못 타게 하지 말고 어서. 어서. 성님."

어차피 기홍이 내려오려면 시간이 걸린다. 결정한 것도 없다. 이 버스가 아니라도 공항에 내려갈 방법은 또 있지 않을까? 아니, 굳이 내려갈 필요가 없을지도 모른다.

"5분 후에 버스 출발합니다."

"그럼 주먹밥은 나 줘요."

관리자의 외침에 보배는 하는 수 없이 영희에게 동과 호수를 내줬다. 남편과 둘이 사는 것으로 되어 있다는 것도. 대신 얻은 주먹밥은 보배가 가져가기로 했다. 장 본 것이 사라졌으니 최대한 간단하고 빨리 저녁을 해결하려면 저 주먹밥이 필요했다. 영희는 관리자에게 동 호수를 말했다.

"할머니, 거기 사시는 것 맞아요? 아까 벌써 이 주소로 할아버지가 가져가셨는데요?"

영희가 그럴 리 없다는 말을 반복하는 동안 보배는 멀찍이 떨어져 있었다. 한시라도 빨리 주먹밥을 가지고 집으로 돌아가고 싶었다. 그러면서 혹시나 아는 얼굴이 있나 사람들을 천천히 둘러보았다. 오렌지색 등산 점퍼를 입은 남자가 버스를 타기 위해 기다리고 있는 것이 보였다. 우리 남편 옷이랑 똑같네, 하고 보배는 생각했다. 오렌지색 등산 점퍼를 입은 남자는 특별한 것이 없는데도 보배의 주의를 끌었다. 그것이 점퍼의 색깔 때문이라고 생각했다. 남자는 버스에 올라 앞에서 두 번째 줄 창가에 앉았다. 그리고 주먹밥을 꺼내 입에 물었다. 그러자 보배의 눈에서 눈물이 흘러나왔다.

'여보, 이 양반. 얼마나 배가 고팠으면……'

탕!

총성이었다. 영희는 버스표를 나눠주는 사람의 옆에 서서 공중을 향해 총을 쏘았다.

"제가 지금, 저 버스를 꼭 타야 않겠나, 싶거든요?"

버스의 문이 닫혔다. 영희는 필사적으로 버스에 매달려 소동을 부렸다. 혼비백산한 사람들은 흩어졌다. 보배는 넋을 잃고 버스에 탄 사람들을 보았다. 모두가 살기 위해 주먹밥, 핸드폰, 버스 손잡이 등을 꼭 쥐고 있었다. 그래봤자 언젠가는 죽을 사람들……. 보배의 눈에는 그들이 이미 시체로 보였다. 먹고 마시고 싸고 생각하며 살아있다고 느끼겠지만 그들은 언젠가는 어떤 이유로든 곧 죽을 사람들이었다. 그런데 조금 더 오래 살겠다고 저 틈바구니에 끼어 살아있음을 증명하려 드는 것이다. 기홍이 들여다보는 핸드폰의 빛이 그의 얼굴을 환하게 비추고 있었다. 보배는 창문 밖에서 흥미로운 듯이 영희를 보며 주먹밥을 씹고 있는 기홍을 바라보았다. 그는 언제나처럼 밖에 서 있는 보배를 보지 못한다. 그때 버스 안에서 누군가가 비적비적 기홍에게 다가왔다. 그는 잠시 기홍을 바라보더니 갑작스레 기홍의 머리를 깨물었다. 기홍의 머리

에서 피가 솟구쳤고 기홍 뒤에 앉아 있던 젊은 여자는 피를 뒤집
어썼다.

"꺄악!"

순식간에 버스 안은 버스 밖보다 더 아수라장이 되었다. 사방
으로 튀기는 피, 사람들의 비명 소리, 닫힌 버스 문. 몇 개의 창문
이 열리고 상처 입은 사람들이 뛰어내렸다. 뛰어내린 사람들을 보
며 사람들은 비명을 질렀다. 다른 버스들과 승용차는 서둘러 떠
나고 미처 자리를 뜨지 못한 사람들은 펄쩍 뛰었다. 기홍을 물어
뜯은 남자는 여전히 버스 안에서 사람들을 공격하고 있었다. 보
배는 열린 창문으로 버스에 올라타 뒤쪽에서 그의 목을 비틀었
다. 목이 부러지는 소리가 났다. 이어 무릎 뒤를 가격했다. 감염자
는 힘없이 무릎을 꿇으며 쓰러졌다. 보배는 주머니에 있던 케이
블 타이로 그의 손목과 버스 손잡이를 연결했다. 기사는 손잡이
에 매달린 채 부들부들 떨며 입만 딱딱거렸다. 보배는 피를 흘리
는 기홍의 멱살을 붙잡고 창문에서 끌어 내렸다. 기홍은 비뚤어
진 안경을 걸친 채 넋이 나가 있었다. 보배는 주저앉은 기홍을 보
며 말했다.

"여보, 집에 갑시다. 식사도 제대로 못 하고 이게 무슨 꼴이에
요. 대체 왜 여기 있는 거예요?"

기홍은 피를 토하며 대답하지 못했다. 그러다가 보배를 알아보
고는 손을 올려 보배의 얼굴을 쓰다듬었다. 기홍의 손가락은 보
배의 얼굴에 난 상처에 머물렀다.

"너도 감염자, 너도 감염자."

기홍은 피눈물을 흘리며 중얼거렸다. 보배도 눈물이 났다.

동지는 1년 중 밤이 가장 긴 날이다.

서울시 서초구 아르데생로7 502-1506. 보배와 기홍은 여전히 이곳에 살고 있다. 이들과 함께 서울에는 20만여 명의 시민들이 남았다. 감염자는 늘어나고 있지만 달라진 것은 없다. 방송국에는 여전히 누군가가 출근을 하고 SNS는 어느 때보다 뜨거우며 유튜브의 콘텐츠는 늘어나고 있다. 오랜 세월에 걸쳐 만들어진 습관은 고쳐지지 않는다. 그렇기에 삼시세끼는 계속된다. 보배는 잘 살고 있다. 다만 달라진 기홍의 식성을 반영해 약간의 변화가 있었다.

내일은 설날. 보배는 오늘 쇼핑 목록에 떡처럼 하얀 놈을 올렸다. 장을 보러 갈 때는 걸어서 30분 내 거리에 있는 골목으로만 갔다. 식사가 될 인간들은 바퀴 달린 마트 카트에 들어갈 수 있을 만큼만. 카트에 넣고도 편하게 뛸 수 있을 무게까지 가능했다. 보배는 늘 안경을 끼고 먹을 만한 인간들을 꼼꼼히 살핀다. 약탈하는 자, 강간하는 자, 말보다 주먹이 먼저 나가는 자, 살아서는 이롭지 않은 자들. 그들을 잘 골라내는 것이 보배의 장보기 방법이다. 기홍은 소파에 묶여 여전히 온종일 TV를 보고 있다. 이해하고 있는지는 중요하지 않다. 그게 기홍의 방식이었으니까. 다만 보배는 기홍과 대화다운 대화를 하지 못하는 것이 아쉬웠다. 하지만 아쉬움은 3분을 넘지 못했다. 살아있을 때도 대화다운 대화의 즐거움이 3분을 넘지 못했던 것처럼. 살아도 사는 것 같지 않은 자들은 죽어 마땅했고 죽어도 죽지 않는 자는 이렇게 해서라도 살아야 했다. 보배는 그렇게 생각했다. 전쟁도 나지 않았고 보릿고개도 아닌데 왜 끼니를 거른단 말인가? 세상에는 먹을 것이 넘쳐나고 편리한 수도 시설과 가스 시설이 내 집 안에 있다. 음식을 씹을 이와 소화할 위장, 대소변을 내보낼 장기가 남아 있다. 세끼를 먹는다는 것은 숨 쉬듯 당연한 것이다. 상을 차리는 일은 기도와 같다. 힘들 때도, 하기 싫을 때도 있지만 이렇게 하는 것이 내 마음도, 가정도 편해지리라. 그렇게 되지 못하는 날이 도래한다면 그것이 바로 종말의 시작이다. 보배는 기홍의 식사를 차려야 살아도 사는 것 같았고 기홍은 살아있을 때와 마찬가지로 죽어도 죽지 못한 지금 아침 점심 저녁을 얻어먹고 있으니 크게 달라진 것이 없다. 보배는 잘살고 있다. 다른 사람은 어떻게 살고 있는가? 살아도 살지 못하고 있는 기분이 든다면 보배를 찾아가라. 인터폰을 누르면 문이 열릴 것이다. 그리고 나면 죽어도 죽지 않거나 혹은 영원히 사라지게 될 것이다.

화촌(火村)

경민선

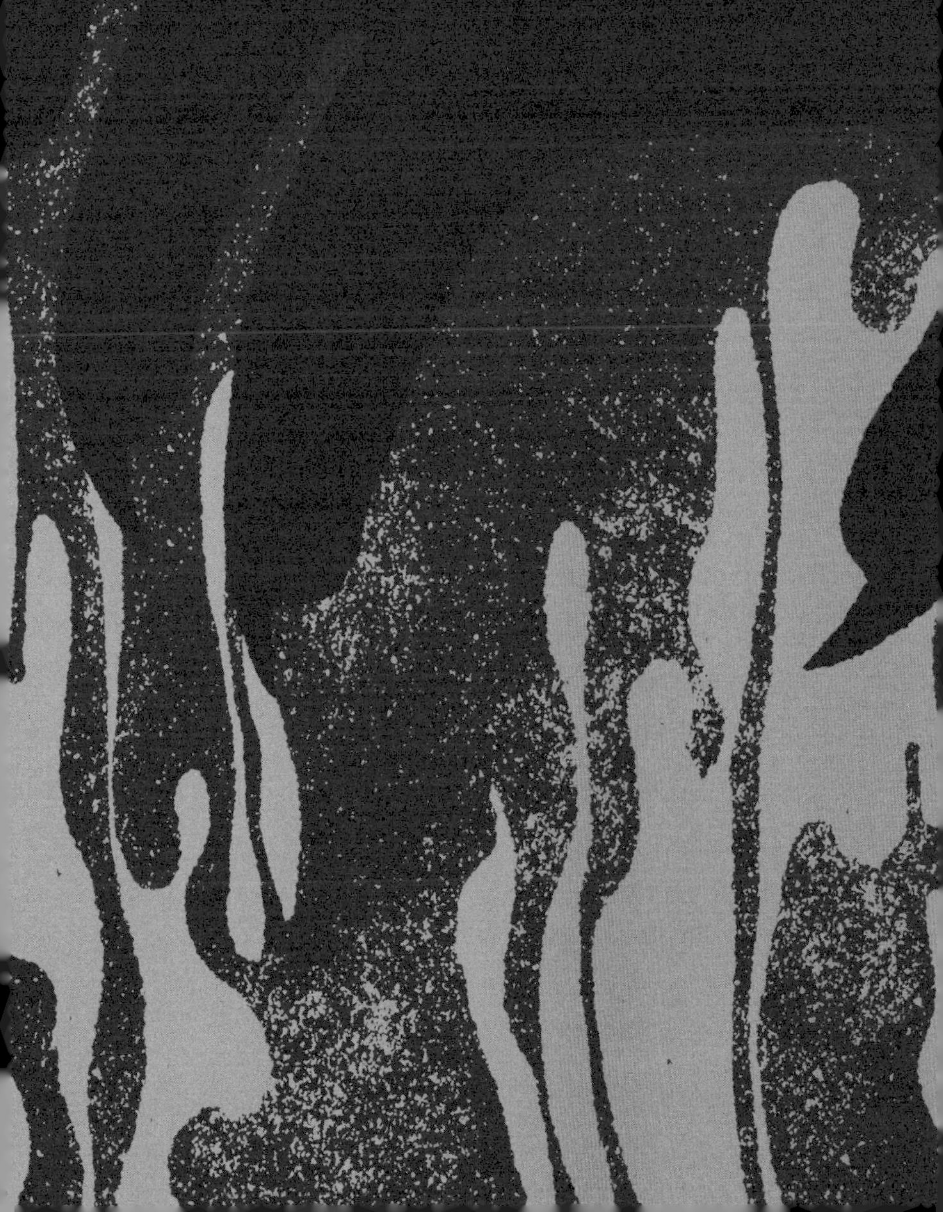

경민선

소설을 비롯해 영화, 드라마, 웹툰 등 다양한 분야에서
글을 쓰고 있다. 대학에 다닐 때부터 이야기를 만드는 사람
이 되고 싶었으나 여러 사정 때문에 전공을 바꿨다. 일 년치
공모전 일정을 저장해두고 때마다 응모작을 쓰는 세월을
오래 보냈고, 30대가 되어서야 비로소 본업이 작가라는 것
이 실감나기 시작했다. 「화촌」은 단편 소설로써는 처음
수상한 작품으로, 내겐 소설을 써도 좋다는 허락과도 같았
던 작품이다.

냉장고 밖에선 사나운 들개 소리가 들리고 있었다. 이미 주방까지 점령해 온 저 '들개'들은 인간의 성대를 가지고도 짐승소리밖에 낼 줄 몰랐다. 사람이 죽을 때가 되면 이미 저지른 일에 대한 후회보다 못 해본 일에 대한 후회가 더 크게 든다는 얘기를 들은 적이 있다. 들숨과 날숨을 쉴 때마다 온갖 후회가 들어찼다 다시 빠져나갔다. 다진 마늘만 그득한 이 업소용 냉장고 대신 생수가 들어있는 냉장고에 숨었더라면. 저 인간 들개들이 들이닥치기 전에 미리 산으로 도망쳤더라면. 아니, 애초에 화촌이라는 불길한 이름을 가진 이 휴게소를 그냥 지나쳐 갔더라면.

*　*　*

이 어이없는 일의 시작은 3일 전으로 거슬러 올라간다. 체감상
으로는 몇 달이나 지난 것 같지만. 7월 둘째 주 토요일. 입사 후
3년간 쓰지 못했던 연차를 몰아서 만든 첫 휴가 날이었다. 갓 배
달 온 치킨 군과 축구 결승을 볼 저녁 계획이 있었는데 입사 6개
월 후배인 빌어먹을 장 대리의 전화가 망쳐버렸다.

"구 대리님, 화가산 있지 않습니까. 월요일부터 공사 들어가려
고 보는데 무슨 구조물이 나왔다는데요?"

"구조물?"

"네, 구조물이요."

"구조물이 뭔데 대체?"

"뭐랄까 기다란 것이 가늘기도 하고. 아 몰라요. 작업반장이 낮
에 가보니까 이상한 게 있더래요. 아무래도 가보셔야겠어요."

장 대리가 보내온 사진에는 엉뚱하게 생긴 물체가 찍혀 있었다.
무너져 내린 산비탈 토사 위로 20센티가량 삐죽 솟아난 십여 개
의 얇고 뾰족한 기둥들이었다. 못 보던 식물이라고 하기에는 이파
리나 분지가 없이 곧기만 했고, 이전 작업팀이 박았다가 덮은 철
근이라고 하기에는 색깔이 달랐다. 혹시 유물일까. 그럼 골치 아
픈 일이다. 문화재청 놈들이 조사한다고 몇 달이나 잡아먹을 것
이 뻔했다. 보상 한 푼 없이 손가락 빨며 기다리는 상황이 온다면
발주처가 사장을 쪼아댈 테고 사장은 직원들을 잡아먹으려 할
것이다. 밤에 몰래 가서 죄다 뽑아버리는 편이 나았다.

이 작은 토목회사에 그런 궂은일을 할 사람은 나밖에 없었다.

빌어먹을 장 대리는 이런 일을 빠릿하게 처리하기엔 나태하고 입이 싼데다가 결정적으로는 사장의 아들이기 때문이다. 공무원 시험을 한 번만 더 응시해볼걸. 식상한 후회를 하며 오후 8시에 시동을 걸었다.

목적지인 화가산까지 가는 길은 무려 11개의 터널을 주파해야 하는 200킬로미터의 직선 코스였다. 졸음운전을 피하라고 만든 터널의 기묘한 조명들과 음향 장치는 밤에 마주치니 섬뜩하게만 느껴졌다. 터널을 9개쯤 지날 때였을까, 문득 오른쪽을 보니 터널 갓길의 대피로에 작업복을 입은 젊은 남자가 쓸쓸히 걸어가는 것이 보였다. 불쌍한 인간. 보나 마나 무슨무슨 협력업체의 계약직이겠지. 순간 부아가 치밀어 올라 터널을 빠져나오자마자 휴게소 쪽으로 차를 몰았다. '화촌 휴게소'라고 적힌 어두운 간판이 나를 맞았다.

이 길을 몇 번이나 지나치는 동안 한 번도 들러보지 않은 휴게소였다. 휴게소 마트에 들어가자마자 무알코올 맥주 두 캔을 사 들고 뼈다귀해장국을 주문했다. 밤 10시가 다 되어 열어놓은 음식 코너는 하나뿐이었고, 식사를 하는 손님도 나 하나뿐이었다. 벽걸이 TV의 축구 중계에선 한국 청소년대표팀이 3대 2라는 드라마틱한 스코어의 역전승을 거뒀다는 소식이 전해졌다. 빌어먹을 장 대리. 맥주에선 술맛도 나지 않았다.

볼 것도 없는 작은 휴게소에서 재빨리 차를 몰아 다음 터널에 들어섰다. 국대 경기는 놓쳤어도 오늘 새벽의 프리미어 리그 중계를 놓칠 수는 없다. 그 산속에 수수께끼 뮤 대륙의 숨겨진 유적이 삐져나왔다 할지라도 나는 트렁크 속 야전삽과 손도끼로 말끔히 까부숴버리고 1시간 내로 돌아올 계획이었다. 옛 세대가 후대에 자양분이 되어주진 못할망정 발목을 잡는 건 용서할 수 없는 일이다. 파괴의 손맛을 상상해보던 순간 전방에서 상향등을 켜고 클랙슨을 울리며 역주행하는 차량을 마주쳤다.

"야이 미친 연놈들아!"

반사적으로 욕이 나왔다. 그때 옆 차선으로 스쳐 가는 스포츠카 속 남녀의 얼굴을 보니 소름이 끼쳐왔다. 그들은 내게 뭔가를 경고하는 표정이었다. 불안감에 속도를 줄인 나는 몇 초 뒤 그 표정의 원인을 알 수 있었다.

내 앞에 거대한 벽이 있었다.

터널이 무너져 내린 것이다. 무너진 콘크리트 자재와 흙이 천장까지 쌓여 빠져나갈 구멍은 없어 보였다. 언제 이렇게 깔끔하게 무너진 거지. 나는 생각할 틈도 없이 본능적으로 차를 돌려 아까 그 남녀가 했던 행동을 그대로 했다. 상향등을 켜고 온 힘을 다해 경적을 울리며 길을 거슬러 돌아가는 것이었다.

도대체 어떻게 역주행을 해 온 건지, 정신을 차리니 다시 휴게소 주차장에 도착해 있었다. 벨트를 풀자 흠뻑 젖은 등이 운전석 시트에서 쩍 떨어졌다. 신고해야 해. 오직 든 생각은 그것뿐이었다.

"여기 화촌 휴게소 앞에 있는 터널인데요. 터널이 무너져있다고요. 간신히 차 돌려 나왔거든요? 신고도 못 받았습니까? 나와서 현장 통제라도 해야지 뭘 하는 거야!"

제멋대로 떠들며 신고하고 나니 죽을 뻔했다는 공포감이 조금 가라앉았다. 신고를 받은 직원이 뭐라고 답했는지도 기억이 나지 않는다. 빌어먹을 장 대리. 그놈 때문에 죽으면 산재 처리는 받을 수 있는 걸까.

"아저씨! 아저씨! 다쳤어요?"

차창을 쾅쾅 두들겨대는 소리에 정신을 차렸다. 갑자기 긴장이 풀려서 그랬던 걸까. 핸들에 고개를 처박고 잠들었던 모양이다. 차창 밖에는 하얀 옷을 입은 사람이 서 있었다. 차에서 내려 보니 주방에서 쓰는 유니폼을 입은 젊은 여자였다. 동그랗게 뜬 눈에 흰자가 유독 넓어 강단 있어 보이는 인상이었다.

"다쳤어요? 아까 터널 지나갔죠?"

"예…… 그게…… 저쪽 터널이 무너져서 돌아왔는데요."

"다친 데는 없는 거죠? 아저씨 핸드폰은 돼요? 지금 다 먹통이라서."

"먹통이라뇨. 아까 여기서 신고했는데."

여자는 잠이 덜 깬 내 손에서 핸드폰을 채갔다. 어깨 너머로 핸드폰 액정을 보니 통화 신호가 잡히지 않는다는 알림이 보였다. 여자는 한숨을 내쉬며 핸드폰을 돌려줬다.

"하. 큰일 났네. 일단 들어오세요. 다들 모여 있어요."

"누가 모여 있어요?"

"여기 휴게소에 발 묶인 사람들이요."

여자의 주방 유니폼에는 마순영이라는 이름표가 붙어 있었다. 나는 낯선 이름을 가진 요리사의 뒤를 따라 휴게소로 향했다. 아까의 터널 사고는 어떻게 되어가는 중인지 잘 파악되지 않았다. 적어도 OECD 가입국의 신고체계라면 벌써 소방차 수십 대와 소방헬기가 길을 막고 복구 작업을 벌여야 정상 아닌가. 그런데 휴게소에 사람들 발이 묶였다니. 문득 고개를 돌려 터널 쪽 도로를 돌아봤다. 무너져 내린 터널 앞 도로는 거짓말처럼 텅 비어 있었다. 불길한 광경이었다.

"다 모이셨네. 아니 이 사람들 귀중한 시간은 어떡할 건가? 이 시간까지 경찰이건 소방수건 코빼기도 안 비치는 게 말이 돼!"

휴게소 식당 테이블에는 비상 반상회라도 하듯 사람들이 모여 있었다. 핏대를 세워 말하는 금테안경의 깐깐해 보이는 노인 하나와 터널에서 마주쳤던 역주행 차량의 젊은 커플, 마순영 씨처럼 주방 유니폼을 입은 두 명의 젊은 여자와 캐셔 유니폼을 입은 젊은 여자 하나. 그리고 작업복 차림의 젊은 남자 하나까지 총 아홉 명이었다. 작업복 차림의 남자는 분명 이 휴게소로 들어오기 전 터널에서 터덜터덜 걸어오던 남자였다. 이제 보니 갈색 피부에 눈이 부리부리한 외국인이었고 농구선수라 해도 믿을 만큼 덩치가 컸다. 그리고 큰 덩치에 안 어울리게 이상하리만치 주눅 든 표정을 짓고 있었다.

"이봐 거기 유니폼들 넷은 뭐 몰라요? 휴게소는 이럴 때 매뉴얼도 없나?"

"우린 여기 채용된 지 한 달도 안 됐어요."

"뭐요? 어떻게 된 데가 초짜들밖에 없는 거야? 나이 좀 든 사람도 없고?"

"전에 있던 분들이 다 나가셔서⋯⋯."

노인이 쏘아붙였지만 직원들은 서로 눈치를 보며 말을 아꼈다. 그리고 보니 으레 이런 곳에 있을 법한 중년 여성 직원이 하나도 없었다. 전부 조리 고등학교를 갓 졸업했을 것으로 보이는 어린 친구들이었다.

"핸드폰은 다 먹통이고 텔레비전도 안 나오는 거 보니까 통신 중계기 같은 게 통째로 망가진 모양이에요. 그래도 초기에 신고하신 분들이 있으니까 오래는 안 걸릴 거예요."

제법 리더 같은 말로 사람들을 안심시키는 것은 직원 중 맏언니로 보이는 마순영 씨뿐이었다. 깨진 신호만 나오는 티브이 옆의 전자시계는 벌써 자정을 가리키고 있었다. 아무리 늦었어도 내가 신고한 시간은 11시 이전일 텐데 한 시간 넘도록 소방차 한 대가 오지 않았단 말인가.

"신고가 안 들어간 거 아니에요? 우리도 통화할 때 잡음이 엄청 많았거든요. 중간에 전화가 끊어진 거면 출동 안 했을지도 몰라요."

젊은 커플 중의 여자도 나와 비슷한 생각을 했던 모양이다. 사람들은 침묵했다. 사실 이 자리에 책임감을 가지고 판단할 만한 사람은 아무도 없었다. 계약직인 게 뻔해 보이는 네 명의 유니폼들은 물론이고 얼떨결에 이 휴게소에 정차하게 된 나머지 다섯 사람도 마찬가지였다.

"새파란 사람들이 나서지 않고 뭐하고 앉았어? 반대쪽 터널로 차라도 끌고 나가면 될 거 아냐?"

"아니 할아버지. 중앙분리대가 저렇게 높은데 어떻게 넘어가요? 터널 길이만 1킬로인데 뭐 역주행이라도 하라고요?"

"맞아요. 그러다 터널 들어오는 차량 만나면 콱 박히겠네. 어우 끔찍해."

노인도, 커플 남자도, 주방 직원들도 제각기 한 마디씩 던졌다. 혼란스러웠다. 단순하게 생각해보기로 했다. 지금 믿을만한 사실은 단 두 개뿐이다. 구조대는 출동하지 않았고 전파가 안 잡히는 이곳에서는 추가적인 신고가 불가능하다는 것. 그때 불현듯 터널 대피로로 작업복 남자가 걸어오던 장면이 떠올랐다.

"터널에 대피로가 있으니까 걸어서 나가보는 건 어때요? 터널 안에 전파 잡히는 데가 있을 거예요. 1킬로미터라고 해봐야 한 시간 내로 다녀올 수 있을 거고."

난 대피로를 언급하며 슬쩍 작업복 외국인을 봤다. 한마디 거들 줄 알았던 그는 마치 낯선 이야기를 들은 듯 어리둥절한 표정으로 시선을 돌렸다. 이상한 반응이었다. 방금 그 터널에서 대피로로 걸어온 사람이 본인이면서.

"괜찮은 생각이네. 난 갈래요."

"나도 갔다 올래요."

오히려 맞장구를 친 쪽은 젊은 커플이었다. 나머지 사람들은 긍정도 부정도 안 하는 눈치였다. 목마른 놈이 우물 파는 법이라고, 원래 솔선수범해 뭔가를 하는 성격은 아니지만 이 중에 나만큼 다급해 보이는 사람도 없어 보여 직접 나서기로 했다. 어색한 곳에서 어색한 사람들과 시간을 보내며 기다리느니 한시라도 빨리 이 상황을 끝내고 돌아가 휴가를 즐기고 싶었다.

"괜찮겠어요? 비상 랜턴 있으니까 가지고 가요."

우리는 얼떨결에 마순영 씨가 챙겨주는 손전등을 하나씩 받고선 터널로 발길을 옮겼다. 생각할수록 이 화촌 휴게소는 이상한 위치에 있었다. 들어오는 길도 터널, 나가는 길도 터널로 되어 있어서 고립되기 딱 좋은 위치였다. 다행인 것은 이 전파 원정대에 함께한 커플이 그럭저럭 성격 괜찮아 보이는 사람들이었다는 것이다.

"아깐 깜짝 놀라셨죠? 역주행하면 충돌할까 봐 막 요란스럽게 운전한 건데. 하마터면 우리 셋 다 세상 하직할 뻔했네요."

커플 중 남자는 통통하고 볼살 넉넉한 인상 그대로 붙임성이 좋았다. 작고 동글동글한 얼굴에 뿔테안경을 낀 여자도 성격이 좋긴 마찬가지였다.

"어우 나 그때 진짜 무서웠다니깐. 저희는 강원도에 서핑하러 가는 길인데 아저씨는 어디 가는 길이셨어요?"

"회사 일이 급하다고 해서 잠깐 보러 가는 길이었습니다."

공사 현장에 유물이 발굴될까 두려워 몰래 흔적을 제거하러 가는 길이라고는 차마 말할 수 없었다. 두 발로 걸어가며 본 터널은 실로 섬뜩했다. 지나가는 차 한 대 없는데도 연신 안전거리 유지를 외치는 기계 음성과 사이렌 소리만 기괴할 정도로 크게 울렸다.

"아저씨 이 화촌 휴게소 화장실 괴담 알아요? 예전부터 유명한 건데."

"괴담이요?"

"네. 남자 화장실 네 번째 칸 벽에 이상한 낙서가 있는데 아무리 지워도 조금씩 다른 위치에 다시 생겨난대요."

"거기에 뭐라고 적혀 있는데요?"

"이 휴게소에 한 시간 이상 머무르면 살아서 못 돌아간댔나."

"장난치곤 단수가 낮네요."

"그렇죠? 하하. 저도 아까 가서 확인했는데 그런 낙서 없더라고요."

공포를 잊기 위해서인지 커플은 있는 말 없는 말을 꺼내며 대화를 이어가려 했다. 하지만 수다는 오래가지 않았다. 얼마나 걸었을까. 말 없는 행진을 십여 분간 했을 무렵, 드디어 전파가 잡힌 건지 부르르르— 하는 격한 진동 소리가 우리 세 사람의 주머니에서 동시에 울려댔다. 핸드폰을 보니 놀라운 일이 벌어졌다. 부재중 전화 55통, 확인하지 않은 메시지 190건. 그러고도 핸드폰은 쉴 새 없이 정보를 받으며 연신 울려대더니 순식간에 배터리가 방전되어 꺼져버렸다. 이 놀라운 광경은 나뿐만 아니라 두 커플에게도 일어났다. 모두의 핸드폰이 방전된 것이다. 거기에 놀란 가슴을 진정시킬 틈도 없이 우리는 눈앞에 또 하나의 거대한 벽을 봤다. 이쪽 터널도 무너져 있었다. 화촌 휴게소로 진입하는 9번 터널과 화촌 휴게소에서 나가는 10번 터널이 모두 중간지점에 붕괴되어 있다니. 듣도 보도 못한 종류의 재난이었다.

"이, 이쪽도 무너졌어!"

우리는 누가 먼저랄 것도 없이 우리가 들어온 방향으로 뛰기 시작했다. 혹시나 닥쳐올 추가 붕괴가 두려웠다. 숨차게 뛰고, 뛰다가 멈춰서 숨을 고르고, 그러다가 다시 뛰기를 반복하며 냉정하게 다시 생각했다. 짧은 시간 안에 부재중 통화와 메시지가 그토록 많이 도착한 것은 분명 바깥에서도 이 일이 크게 보도되었기 때문일 것이다. 인간관계가 넓은 편은 아니었지만 날 걱정해서 연락해 줄 사람은 얼마든 있었다. 불과 몇 시간 전에 내게 업무를 떠넘긴 장 대리는 물론이고 내 주요한 공사들이 이곳 강원도 인근에서 이루어진다는 것은 친구놈들과 엄마아빠도 뻔히 아는 사실이다. 그럼 얼마나 큰 사고가 있기에 뉴스 보도에 난 것일까. 휴게소에서 무알코올 맥주를 마시는 동안 일대에 큰 지진이라도 난 것인가. 지진이라면 내가 못 느꼈을 수는 없는 노릇인데. 머릿속에서 온갖 생각이 꼬여갈 동안 커플과 나는 가까스로 터널 밖으로 나왔다. 살았다는 안도감이 들자 우린 누가 먼저랄 것도 없이 각자 주저앉았다.

"하아…… 하아…… 밖에서 난리 났나 봐 지금. 민재. 민재한테 연락 없었어? 하 씨 좆됐네. 다 들키겠다 이거."

"오빠 마누라나 걱정해! 뭔 일 났으면 집사람부터 연락 갈 거 아냐!"

터질 듯한 숨을 몰아쉬며 남녀가 하는 말을 들어 보니 둘은 보통 커플이 아닌 모양이다. 겉모습이 다가 아니라더니 불륜 커플일 줄이야. 하지만 놀라움은 거기서 끝이 아니었다. 숨차게 뛴 덕분에 구역질이 나는 듯 남자는 갓길 옆 수풀에 상체를 숙였다. 그리고 잠시 후, 거친 숨을 내쉬던 남자의 숨소리가 갑자기 기묘하게 뒤틀렸다. 끕. 꾹. 꽥! 하는 이상한 소리를 내더니 남자는 풀썩 쓰러졌다.

"오빠!"

여자가 외마디 비명을 지르며 다가갔는데, 남자는 갑자기 수풀 속으로 쑥 기어들어 갔다. 아니, 수풀 속으로 끌려 들어갔다는 표현이 맞을 것이다. 조명이 없어 형체가 제대로 보이지 않았다. 랜턴. 마순영이 준 랜턴이 생각났다. 손에 들고 있던 손전등을 켜고 그쪽을 비추었을 때 나는 믿지 못할 광경을 보고 말았다. 수풀에 가려져 윤곽만 보이는 커다란 짐승이 남자의 몸 위에 올라타 그의 목덜미에 고개를 파묻고 있었다. 물어뜯는 것인지, 먹는 것인지, 아니면 침을 흘리는 것인지. 짐승의 입에서는 열흘 굶은 아귀 같은 추접한 소리가 났다. 여자는 정신없이 비명을 지르고, 나는 비명도 안 나올 만큼 놀라 숨이 막혔다. 도망쳐야 하나, 쫓아버려야 하나. 판단을 내리지 못하고 있을 때 여자가 먼저 바닥에서 돌 덩이를 주워 던졌다. 정신이 퍼뜩 들어 나도 얼른 돌을 주워 던졌다. 여자와 내가 괴성을 지르며 큰 돌이든 작은 돌이든 던져대자 수풀 속의 그 짐승은 잽싸게 사라졌다. 나와 여자는 쓰러진 남자에게 다가갔다. 남자는 다행히 의식이 있었지만 얼마나 피를 흘린 건지 목과 어깨 전체가 붉은빛으로 흥건했다.

"오빠 괜찮아? 오빠오빠……!"

"만지지 마. 만지지 마……!"

여자는 남자의 목덜미에 손을 가져다 대려 했지만 남자는 아직 힘이 남아도는 듯 벌떡 일어나며 여자를 밀어냈다. 놀라서 쳐다보는 여자를 내버려 두고 한참 자기 목덜미를 만지던 남자는 이내 앞장서서 휴게소를 향해 걸어갔다. 여자는 삐친 듯한 얼굴로 따라가기 시작했다.

"젊은 사람 셋이 가서 신고도 못 했단 거요? 시원찮기는."

"신고가 중요한 게 아니라니깐요. 까딱하다간 터널에 깔릴 뻔했어요."

배려라곤 없는 노인네의 말에 여자는 벌컥 화를 냈다. 돌아온 전파 원정대에게 영광의 박수 따윈 없었다. 기다리고 있던 여섯 명의 사람들도 우리만큼 지치고 초조했다. 부상당한 남자는 화장실에서 한참 목을 씻은 뒤 다시 돌아왔다. 둘둘 만 휴지를 목에 대고 있어 상처 부위는 보이지 않았지만 상태만은 괜찮은 것 같왔다. 여자는 방금 전 밀친 남자의 행동에 대해서 여전히 화가 난 듯 둘은 대화를 나누지 않았다.

"양쪽 터널이 다 막힌 상황이란 거죠? 근데 괜찮으세요? 뭐에 물리신 거예요?"

상황을 제대로 정리하는 이는 역시 마순영밖에 없었다. 남자는 생각하기도 싫다는 듯 고개를 절레절레 저었다.

"난 깜깜해서 아무것도 못 봤어요. 그냥 뭐가 뒤에서 끌어당기더니 확 무는데."

"늑대 아냐? 아니면 멧돼지! 여기 산이 워낙 험하잖아."

"늑대가 요새 어딨냐? 그 개 아냐? 왜 몇 달 전에 여기다가 누가 큰 유기견 버리고 갔다며."

"그 개가 아직 살아있을까……."

커플 남자의 습격 사건을 두고 유니폼 입은 직원들은 저마다 다른 해석을 내놓았지만 그럴듯해 보이는 얘기는 하나도 없었다. 그 순간을 제대로 목격한 나로선 멧돼지나 승냥이, 사냥개 어느 쪽도 아니었다고 단언할 수 있었다. 그럼 남자의 목을 물어뜯은 게 무엇이었냐고 누군가 반문한다면 사실 할 말은 없었다. 너무나 순식간에 지나갔기 때문이다. 단지 기억을 맴도는 것은 그 게걸스러운 소리뿐이었다.

"터널이 두 개나 무너졌으면 밖에서도 분명히 알고 있을 테니까 금방 구조대가 올 거예요. 밖은 위험하고 지금 연락도 안 되니까 한 분도 나가지 마시고 여기서 아침까지 기다려 봐요. 직원 휴게실에서 담요 나눠드릴게요."

마순영과 직원들은 주방 안쪽 공간에서 담요를 가져와 사람들에게 두 장씩 나눠줬다. 얼떨결에 휴게소에서 노숙을 하게 된 것이다. 각자가 바닥에 몸을 누이고 휴식을 취했다. 이 뒤죽박죽인 밤에도 잠을 청할 수 있는 것은 그래도 문명국가에 사는 국민의 특권 같은 거였다. 시스템이 어떻게든 우리를 구원해주리라는 믿음과 안심이 마음 한편에는 있었다. 걱정보다는 짜증이 앞섰다. 3년 만에 받은 휴가 첫날부터 휴게소 바닥에서 노숙하고 싶은 사람은 없을 것이다.

"이봐 자네. 직업이 뭔가? 학교는 어디 나왔고?"

잠이 살짝 들려는 순간 갑자기 등 뒤에서 소리가 들렸다. 돌아누워 보니 금테안경을 쓴 노인이 내 뒤쪽에 바싹 붙어 누워있었다. 소름이 끼쳤다.

"무슨 소리예요? 갑자기?"

"가늠해보는 걸세. 구할 가치가 있는 사람들인지."

"구할 가치라뇨?"

"자네 이 재난이 설마 우연이라고 생각하나? 지금 무슨 일이 벌어진 건지 생각해보라고. 산이 두 개가 무너지고 네 시간째 통신이 죄다 먹통이지? 내 생각엔 자기장에 영향을 미치는 인위적인 공격이 있었던 걸세. 내 들으니 강한 전자기파에 영향을 받으면 산짐승들도 광견병 걸린 개처럼 미쳐버린다더군."

"공격이라뇨? 누가 누구한테?"

"그걸 알 필요가 있나? 사방에 이 나라를 잡아먹으려는 놈들이 한둘이야? 침착해야 해. 지금 바깥은 통제 불능 상황일 거라고. 구할 가치가 없으면 이 산골짜기까지 아무도 안 와. 말해봐. 부모님이나 친척 중에 요직에 앉은 사람이라도 없는지."

"엄마아빠는 경기도에서 하우스 농장 하시고 나는 작은 산림 토목회사 직원이에요. 됐습니까?"

"뭐 하긴, 별 볼 일 있는 인간들이었으면 이 새벽에 휴게소를 왜 들르겠어."

"할아버지는 뭐 하는 사람인데요?"

"자식새끼만 아니었으면 난 여기 있을 사람 아냐. 그놈이 사업 망해 먹더니 내 사학연금까지 저당 잡아갔다고. 여하간 우린 틀려먹었구먼그래."

책깨나 읽은 듯한 말투의 노인네는 자기 얼굴만큼이나 재수 없는 소리를 실컷 지껄인 뒤 돌아누웠다. 군 복무 시절 들은 적은 있었다. 통신을 무력화시켜서 순식간에 적의 중추를 마비 시킨다는 EMP인가 뭐시기인가 하는 무기들. 하지만 서울 한복판도 아니고 강원도 산골짜기에 그런 걸 터트릴 이유가 있을까? 별 볼 일 없는 아홉 명의 행인들을 골탕 먹이려고? 말도 안 되는 소리라며 한 대 쏘아주고 싶었지만 노인네는 이미 코를 골고 있었다.

몸은 피곤했지만 잠은 깊게 들지 않았다. 타일 바닥에서 올라오는 한기 때문인지 한여름인데도 오한이 느껴졌다. 비몽사몽 하던 중 낯선 소리에 잠이 깼다. 여자가 흐느끼는 소리였다. 나는 몸을 일으켜 소리 나는 쪽을 봤다. 불륜 커플 여자가 휴게소 문 앞에 서서 안절부절못하며 발만 동동 구르고 있었다. 내가 다가서자 여자는 우는 목소리로 말했다.

"아저씨…… 아까 그 손전등 있어요?"

"손전등은 왜요?"

"우리 오빠가 나갔어요…… 아까부터 머리 아프다고 못 자다가 갑자기 확 나가버렸어요."

나는 휴게소 의자에 아무렇게나 던져 놨던 비상용 손전등을 여자에게 건네줬다. 냉큼 받아 나가는 여자의 뒷모습이 불안해 보였다. 휴게소 문밖까지 따라 나와서야 여자가 어디를 향해 가는지 알 수 있었다. 여자가 손전등 불빛을 비추는 곳에 남자의 뒷모습이 보였다. 남자는 바지에 오줌이라도 지린 사람처럼 어기적대며 서두르고 있었다. 여자가 아무리 불러도 돌아보지 않고 맹렬히 주차장을 가로지르더니 남자는 도로로 나가버렸다. 그 이상한 모습에 홀린 듯 나도 손전등을 켜고 그 둘을 쫓아갔다. 남자는 한 치의 망설임도 없이 도로를 가로질러 중앙분리대를 밟고 저쪽 편으로 훌쩍 넘어갔다. 몸매에 어울리지 않게 날쌘 동작이었다. 여자는 잠깐 망설이더니 분리대 위에 허리를 대고 기어가듯 넘어갔다.

"이봐요! 지금 거길 왜 넘어가는 거야……!"

난 그 둘을 말리려다 말문이 막혔다. 불륜 커플을 쫓던 내 시야로 건물 하나가 들어왔다. 이렇게 다가와서 보니 중앙분리대 건너편에도 휴게소가 있었다. 아니, 애초에 휴게소란 상행과 하행 모두에 있는 법인데 난데없는 재난에 놀라 그 당연한 사실을 잊어버리고 있었다. 강원도 방향으로 가던 우리가 터널 사이에 고립되어 있다면 저쪽 서울행 휴게소에도 고립된 사람들이 분명 있을 것이고 그들은 연락 수단이나 더 좋은 정보를 가지고 있을지도 모른다. 왠지 모를 기대감과 함께 나도 커플을 따라 중앙분리대를 넘어갔다.

하지만 몇 발자국 떼기도 전에 기대는 불안으로 바뀌었다. 휴게소의 불이 모두 꺼져 있어 버려진 건물 같았다. 분명 주차장에는 차가 대여섯 대 주차되어 있기는 한데 건물에는 이상하리만치 인기척이 없었다. 다행히 정문은 닫혀있지 않았다.

"누구 없어요? 저쪽 휴게소에서 왔는데요!"

휴게소 건물에 들어서며 컴컴한 실내에 외쳤다. 내 말에 대답하는 이는 없었다. 손전등으로 주변을 비춰봤지만 아무도 보이지 않았다. 방문객은 그렇다 치고 직원들조차 없단 말인가. 그리고 방금 휴게소로 들어온 커플은 어디로 간 거지. 그때 단말마 같은 비명이 들렸다.

"오빠—!"

불륜 커플 여자의 목소리였다. 목소리가 들려오는 쪽은 입구 바로 오른쪽 마트. 난 곧장 뛰어갔다. 비명은 점차 괴로운 신음으로 바뀌었고, 그 끔찍한 소리는 가장 안쪽의 진열대 뒤쪽에서 들리고 있었다. 여자를 물어뜯는 것 같은 소름 끼치는 짐승의 소리. 그것이 다시 들려왔다. 승냥이인지 사냥개인지 알 수 없는 그 짐승에게 여자가 습격당한 게 분명했다. 하지만 내 예상은 진열대를 돌아서는 순간 산산조각이 났다.

여자의 위에 올라타 목덜미를 물고 있는 것은 불륜 커플 중 남자였다. 남자는 걸신들린 사람처럼 얼굴에 온통 피를 뒤집어쓴 채 여자의 목을 파고들고 있었고, 채 감지 못한 여자의 동공에는 이미 초점이 없었다. 나는 멍하니 그 이상한 광경을 보고 있었다. 이런 순간에 어떤 대응을 해야 하는지 배운 적이 없었다. 남자가 고개를 들어 나를 쳐다봤다. 그 눈빛은 이미 사람의 눈이 아니었다. 맛이 가버린 그 남자는 또 다른 먹잇감을 찾은 양 내게 달려

들었고, 나는 반사적으로 들고 있던 손전등을 쭉 뻗어 그놈에게 휘둘렀다. 둔탁하면서도 물컹한 느낌. 남자는 손전등을 눈에 맞고 나뒹굴었다. 터널에서 그랬듯이 나는 생각을 미루고 일단 뛰었다.

마트에서 나와 휴게소 입구를 향해 왼쪽으로 돌던 찰나 미끄러운 바닥에 그만 발을 헛디뎌 버렸다. 마음과 달리 몸은 둔하기 짝이 없었다. 그리고 그때 나는 곱절로 놀라운 광경을 보게 되었다. 안쪽 복도를 향해 쭉 뻗어있는 푸드코트의 주방들. 그 주방에서 족히 수십 개는 되어 보이는 짐승의 눈동자들이 나를 노려보고 있었다. 쿠와아악—! 하는 괴성과 함께 놈들은 일제히 뛰쳐나왔다. 실오라기 하나 걸치지 않은 알몸에, 하나같이 비쩍 마른 괴수들이었다. 인간의 얼굴을 하고 있었지만 도저히 인간으로 부를 수는 없는 놈들을 보는 순간 내 머릿속엔 한 가지 생각밖에 안 들었다. 다리를 움직여 놈들로부터 최대한 멀어져야 한다는 생각.

정신을 차렸을 때 난 이미 중앙분리대를 넘어와 전속력으로 뛰고 있었다. 목구멍에선 진한 피 냄새가 올라왔다. 휴게소 주차장에 들어선 순간 차 트렁크에 넣어놓은 손도끼와 야전삽이 생각났다. 남은 힘으로 휴게소로 달려가면 됐을 것. 급할수록 머리는 안 돌아가는 법이다. 차 트렁크를 열고 무기들을 챙기는 사이 그 짐승들이 따라잡을 거라는 사실을 간과한 것이 큰 패착이었다. 무기를 꺼내고 트렁크를 닫는 순간 이미 거칠게 컹컹대는 놈들의 숨소리가 아주 가까이에서 들렸다. 불과 몇 미터 거리에서 두세 마리의 짐승들이 나를 찾고 있었다. 놈들은 시각보다는 후각이 발달한 놈들 같았다. 나는 제일 안전하면서도 제일 위험한 곳, 내 차 운전석으로 도피했다. 최대한 몸을 낮춘 채 차량 방향제를 내 몸에 문지르며 차창 밖의 그 짐승들을 지켜봤다. 뒤따라온 놈들은 느릿느릿한 속도로 걸어서 차도를 건너 주차장에 들어섰다. 대충 세어도 놈들의 숫자는 서른 마리 정도. 놈들의 움직임에는 뚜렷한 방향성이 없었다. 대부분은 느릿느릿 걷다가 때론 기었고, 몇 놈들은 갑작스럽게 전속력으로 달리다가 멈추기도 했다. 두려웠다. 놈들의 얼굴은 분명 인간의 것이 맞는데, 표정은 이미 죽은 사람처럼 핏기가 없어 섬뜩했다. 죽었지만 살아 움직이는 인간. 그런 걸 좀비라고 하던가. 게다가 몇 미터나 떨어져 있는데도 놈들에게선 고기가 썩은 것 같은 악취가 풍겨왔다. 조수석 시트에 뺨을 댄 채 최대한 이성적으로 생각을 정리해 보려 했다. 굶주린 북한 간첩인가? 아니면 마약을 한 광신도들일까? 아니면 정신병원에서 탈출한 중증 환자들? 그 어느 쪽도 이들의 행색을 설명해줄 수는 없었다. 놈들은 옷가지를 하나도 걸치지 않았고 비쩍 마른 몸에 키는 평균적으로 190센티미터는 되어 보일 정도로 컸다.

오른손에 쥐고 있던 손도끼에 더욱 힘이 들어가는 것을 느꼈다. 이래 봬도 산에서 일하는 놈이라 늘 가지고 다니던 건데, 나뭇가지나 쳐낼 줄 알았지 살아있는 짐승에 휘둘러본 적은 없었다. 각오를 다질 새도 없이 뭔가가 운전석 차창에 퉁 — 하고 부딪쳤다. 심장이 쪼그라들 것 같았다. 짐승 중 한 놈이 그 섬뜩한 얼굴을 차창에 대고 나를 노려보고 있었다. 눈을 마주친 순간 알 수 있었다. 놈도 나를 알아봤다는 것을. 짐승은 차창 안으로 손을 밀어 넣으려 양손으로 유리를 힘껏 밀다가 이내 팔을 들어 차창을 내리쳤다. 내가 겁에 질려 벌벌 떠는 사이 놈은 더욱 높이 팔을 들어 더욱 센 힘으로 차창을 두드려댔다. 쿵 — 쿵 — 하며 차 전체가 울렸다.

내가 할 일은 분명했다. 차에 시동을 거는 것. 어떻게든 휴게소 문 앞까지 차를 끌고 가서 안으로 대피하는 것. 시동을 걸고 엑셀을 힘껏 밟았다. 앞에 서 있던 커다란 짐승 한 놈을 치며 휴게소를 향해 차를 몰았다. 치인 놈은 공중에 붕 뜨더니 보닛 위로 떨어졌다. 놈은 보닛을 찌그러트린 채 그대로 매달려 있었다.

"비켜 이 개새끼야!"

놈에게는 들리지도 않을 괴성을 질러대는 동안 차는 휴게소 앞에 다다랐다. 급브레이크를 밟자 보닛에 누워있던 짐승의 몸은 다시 떠올라 휴게소 앞 기둥에 처박혔다. 차 키를 뺄 틈도 없이 차 문을 열고 나오는데 방금 차에 치인 짐승은 놀랍게도 몸을 다시 일으켜 세웠다.

"크워얼!"

짐승 같은 단말마와 함께 놈의 긴 팔이 나를 향해 쭉 뻗어왔다. 나도 비명과 함께 양손에 든 야삽과 도끼를 연달아 휘둘러 그 팔을 떨쳐냈다. 휴게소 문을 열고 들어오자마자 나는 잠금장치를 걸어버렸다. 자동문이 아닌 게 천만다행이었다. 창밖에선 그 짐승놈이 벌떡 일어서 나를 노려보고 있었다. 손목 하나가 잘려 땅에 떨어져 있었지만 놈은 피를 흘리지도, 아픈 기색을 내지도 않았다.

"괴물들이야! 문 다 잠가!"

잠들어 있는 사람들을 깨우며 나는 반대편 출입구로 달려갔다. 휴게소의 두 출입구를 잠그고, 창문까지도 모두 잠그는 동안 나는 어둠 속에서 헤매는 놈들의 형체를 살필 수 있었다. 알몸에 기괴한 모습을 한 짐승들 사이에 비교적 평범한 체구와 복장을 갖춘 이들도 있었다. 시체 같은 표정을 짓기는 매한가지였지만 그들은 방금 전까지만 해도 멀쩡한 사람이었다는 것을 알 수 있었다. 배회하는 짐승들 사이에 불륜 커플 남자와, 그 남자에게 물린 여자도 볼 수 있었다. 한 번 물리면 시체 같은 몰골로 다른 먹이를 공격하게 된다니. 이건 익히 알려진 좀비가 분명했다. 아마 알몸의 짐승들은 어디선가 나타난 놈들일 테고, 옷을 입은 쪽은 맞은편 휴게소에서 습격을 당한 사람들일 것이다.

"뭐, 뭡니까? 저 사람들 살려달라고 온 거예요?"

내 뒤에 다가온 마순영은 잠이 덜 깼는지 태평한 소리를 해 댔다.

"살려달라는 게 아니라 죽이러 온 거라고요! 몸 숙여요!"

나는 마순영에게 쏘아주듯 말했다. 불륜 커플이 빠진 일곱 명의 사람들은 모두 창가에 어정쩡하게 몸을 숙인 채 꿈이라도 꾸는 얼굴을 하고 있었다. 주방에서 일하는 직원들이 겨우 입을 열었다.

"아유 뭐야. 저놈들이 뭘 누굴 죽인다는 건지 말 좀 해봐요!"

"뚱뚱한 남자가 먼저 물렸고, 저 여자친구가 그다음에 물렸어요. 우리도 물리면 저렇게 되는 거라고요. 어디서 튀어나왔는지는 몰라도 저놈들 좀비예요, 좀비!"

사람들은 쉽사리 믿지 않으려는 눈치였다. 노인네는 아예 코웃음을 쳤다.

"자네 문과 나왔지?"

"못 믿겠으면 할배가 나가서 몸으로 시험해봐요. 늙어 뒤지는 거랑 차이도 없을 텐데."

노인네가 눈을 흘겼지만 나는 그때 작업복 외국인을 살폈다. 놈의 표정이 제일 궁금했다. 외국인은 그 커다랗고 튀어나온 눈을 굴리다가 나와 눈이 마주쳤다. 내 시선을 느끼자 외국인은 뭔가를 들킨 사람처럼 눈동자를 획 돌렸다. 다른 사람들이 창밖에 시선이 팔려있는 동안에도 놈은 창밖보다는 휴게소 안 사람들의 반응을 체크하고 있었다. 내 눈에는 그의 모든 행동이 어색해 보였다.

창밖의 좀비들이 더 가까워진 것이 보였다. 놈들의 움직임은 여전히 불규칙했지만 확실히 이쪽을 향해 스멀스멀 가까워지는 것이다.

"휴게소에는 직원용 뒷길이 있다고 들었는데…… 여기는 그런 거 없어요?"

"산골짜기 터널 사이에 그런 게 어딨어요. 셔틀버스가 터널 넘어가서 내려주면 거기서 집에 가지."

"그럼 직원분들은 차가 없는 거고, 다른 분들은 다 차가 있는 거죠? 어디 세워놨어요?"

나는 자연스럽게 차 얘기로 화제를 돌렸다. 직원이 아닌 다른 분들이라고 해봐야 나와 노인, 작업복 외국인밖에 없었다. 노인은 주차장 입구 쪽을 가리켰고, 외국인은 그 옆쪽을 가리켰다. 놈은 내가 놓은 덫에 정확히 걸려버렸다. 터널에서 걸어오던 놈을 본 순간부터 이 휴게소에 갇힌 지금까지 저 외국인에 대한 이상한 느낌은 거둘 수 없었다. 생각해보면 이 늦은 시간에 작업조도 없이 외국인 혼자 터널에서 일한다는 상황부터가 의심스럽기 짝이 없는 일이다. 애초에 이 자가 간첩이나 테러리스트가 아니라는 보장도 없는 것이다.

"당신 차가 저기 있다고요? 뭘 숨기고 있길래 거짓말하는 거죠?"

"제가 무엇을 숨겼다는 말입니까?"

놈은 이 휴게소에 온 후로 처음으로 입을 열었다. 어학당에서 말을 배운 사람처럼 또박또박하고 정확한 한국말이었다.

"아까 터널에서 걸어 들어온 걸 내가 봤거든요! 왜 차가 있다고 거짓말하냐고요?"

"나 데려갈 차 있습니다. 저쪽에서 오기로 했습니다."

외국인은 갑자기 어눌한 척 말하며 위기를 모면하려 했다.

"터널에서 무슨 일 하고 있었는데요? 소속이랑 이름 말해 볼래요?"

"김, 김 사리완. 싸우전 일렉트로닉스 소속입니다."

"싸우전? 그런 회사 못 들어봤는데. 그리고 김사리완이 이름이에요? 이민 온 겁니까?"

"원래 제 이름입니다. 왜 그러세요?"

"당신 뭔가 알고 있지? 이 터널 무너진 것도, 저 밖에 있는 괴물들도."

"잠깐만요. 왜 가만히 있는 분을 몰아가세요? 지금 그게 중요해요?"

"급할 때 희생양을 찾는 건 대중의 습성이지."

마순영이 나를 제지했고 재수 없는 노인네도 거들었다. 나는 여론을 몰아 김사리완이라는 자의 진실을 파헤치려 했지만 사람들은 크게 호응해주지 않았다. 오히려 졸지에 외국인 노동자를 괄

시하는 인종차별주의자가 된 것 같아 속이 쓰렸다.

"아직 밖이랑 연락된 분은 없는 거죠?"

마순영은 자신의 핸드폰을 확인하며 사람들을 둘러봤다. 내 핸드폰은 이미 어젯밤에 방전되어 확인할 길이 없었지만 남들도 어제와 비슷한 상황인 것 같았다. 답답하다는 듯 노인이 나섰다.

"바보 같은 소릴 하고 있구먼. 지금 이게 전화 한 통으로 해결될 일처럼 보여? 구조대가 올 거였으면 진즉에 왔지. 전쟁이 난 거야!"

"전쟁이라고요? 저 밖에 있는 괴물들이 북한군처럼 보여요?"

"생화학병기로 얼마든지 가능해. 남태평양 식인종들한테 유행하는 쿠루병이라고 들어봤나? 근육을 자기 맘대로 통제 못 해서 발광하는 병인데 인육을 먹으면서 옮아간다네. 저놈들을 보라고. 똑같지 않나!"

"언니 저기 화가산 입구에 정신병원 있다고 하지 않았어요? 거기서 탈출한 사람들 아냐? 아주 처치 곤란 중환자들만 가둬놨다고 하던데."

나와 노인과 주방 직원들이 저마다 떠들어대는 사이 꺄악—! 하는 비명소리가 들렸다. 마순영이 창밖을 손가락으로 가리키며 뒷걸음치고 있었다. 주차장을 배회하던 좀비 놈들이 어느새 휴게소 창가에 다닥다닥 붙어 멍하니 이쪽을 보고 있었다. 성냥 대가리처럼 일렬로 선 시체 같은 얼굴들은 실로 소름이 돋았다. 산만한 꼬맹이들처럼 떠돌던 놈들이 일제히 동작을 멈춘 것은 단 하나의 이유겠지. 놈들은 우릴 통조림 속 고기를 보듯 바라보는 것이다. 그들 무리에서 나는 불륜 커플의 얼굴도 확인할 수 있었다.

우리는 모두 할 말을 잃고 침조차 못 삼켰다.

기괴한 일은 여기서 끝이 아니었다. 쿵 — 하는 소리가 들려다. 내가 차로 치어버린 그 좀비놈이 출입구 유리문을 자신의 잘린 팔로 두드리기 시작했다. 쿵 — 쿵 — 두드릴 때마다 잘린 단면에서 삐져나온 뼈가 돋보였다. 뒤이어 쿵쿵쿵쿵쿵 — 하는 소리가 들리며 다른 좀비들도 일제히 창을 두드려댔다. 우리에게 보내는 경고신호인지, 이 유리창들을 모두 박살 내겠다는 의지인지, 놈들은 이 휴게소를 거대한 북으로 삼아 미친 듯이 두들겼다. 사방 모든 창이 포위되었다. 씩씩하던 마순영도, 식당 직원들도 창백하게 질렸다. 줄곧 말이 없던 캐셔 직원은 귀를 막은 채 식탁 밑에 주저앉았다. 나는 다시 김사리완를 봤다. 이 와중에 놈도 나를 쳐다보고 있었다. 뭔가를 책망하는 듯한 표정으로.

"칼! 주방에 칼 있죠! 손 놓고 있을 거예요? 그래봤자 발가벗은 정신병자들 무리라고요!"

내 말을 들은 마순영과 직원들이 칼을 가지러 주방에 갔다. 나는 그사이 의자들을 하나씩 옮겼다. 원인을 따지는 건 나중 일이다. 지금은 일단 내 몸을 지키고 볼 때였다. 놈들의 수는 얼핏 세어도 서른 마리는 되어 보였지만 맞부딪쳐 본 경험상 지능이나 몸의 민첩성은 멍청한 짐승 수준이었다. 도구와 지형지물을 잘 사용하면 승산은 있다는 것이 내 결론이었다.

"이 식탁들 엎어서 문이랑 창 앞에 세웁시다. 창이 깨져도 저놈들이 함부로 못 들어오게!"

나는 문 가까이 있는 식탁을 거꾸로 세워 출입구를 가렸고, 설거지 바구니에 식칼들을 잔뜩 싣고 나온 마순영과 주방 직원들

도 나를 도왔다. 우리가 갇힌 곳이 넓은 식탁이 잔뜩 있는 푸드
코트 건물이라 다행이었다. 말없이 동참한 사람들은 땀이 흐르는
줄도 모르고 방어진지를 구축했다. 사사건건 얄미운 훈수만 놓던
노인은 이럴 때는 뒤로 빠져 있었다. 험한 일은 젊은이들이나 하
라는 태도였다.

삼십 분쯤 지나자 테이블과 의자로 쌓아 올린 성벽이 완성되었
다. 시야가 가려지자 놈들도 창을 두드리는 행위를 멈췄다. 공포
는 자잘한 갈등들을 잠재우는 법이었다. 사람들은 창밖에 있는
공동의 적에 맞서기 위해 힘을 합치고 있었다.

"아저씨 저놈들이랑 싸울 방법이 있어요? 그 도끼는 뭐고 칼은
왜 가져오라고 한 거예요?"

"내가 밖에서 저놈들이랑 부딪쳐 봤는데 힘이 좀 센 들개들 이
상도 이하도 아니에요. 칼은 호신용으로 바지춤에 넣어놔요. 제일
좋은 무기는 칼이 아니라 의자라는 거 잊지 말고. 호신술로 배운
건데 의자로 밀어내기만 해도 함부로 접근 못 해요. 그리고 위험
하다 싶으면 무조건 눈을 찔러요."

마순영의 물음에 나는 훈련 교관처럼 모두에게 말했다. 물론
호신술을 배운 적은 없었지만 우리 중 그나마 싸움을 해볼 수 있
는 사람은 나밖에 없어 보였다.

"이제 생각났네. 이 휴게소에서 무슨 일 있었는지."

뒷짐만 지고 있던 노인이 갑자기 입을 열었다. 휴게소 직원들은
모두가 말없이 서로를 돌아봤다.

"여기 휴게소 아줌마들이 띠 두르고 몇 달 데모한 적이 있었어.
회사에서 다 무시하고 새로 채용공고 냈다는데 그때 들어온 애들

이지?"

노인의 말을 듣자 토막뉴스로 흘려들은 내용이 얼핏 떠올랐다. 늘상 있는 공공시설 현장 노동자들의 파업 소식. 직접고용이나 정규직화나, 최소한 인간답게라도 살게 해달라는 무의미한 외침과 그 뒤에 따라오는 신규인력 대체로 문제를 해결했다는 류의 우스갯소리들. 이곳 휴게소에도 그런 소식이 스쳐 갔던 기억이 났다.

"할아버지, 저희도 먹고살려고 들어온 겁니다. 그런 일 있었는지 몰랐던 사람도 많고요."

"누가 뭐랬나? 연장자들 자리 뺏고 들어온 만큼 위기상황에서 사명을 다 하란 말이지."

마순영의 대답에 노인은 말을 흐렸다. 사람 기분 나쁘게 만드는 데는 도가 튼 노인이었다.

그새 동이 튼 건지 창가를 막아놓은 테이블 사이로 햇살이 새어 들어오고 있었다. 고립 2일 차로 접어들고 있었다. 밤새 터널 두 개가 무너지고 사람들이 광견병 걸린 것처럼 날뛰는 지경인데도 외부의 도움은 도착하지 않았다. 상황이 만만치는 않은 게 분명했다. 이 들개들이 갑자기 도시에 나타났다면 어떻게 됐을 것인가. 한 마리의 들개가 두 사람을 물고, 전염된 두 마리의 들개들은 다시 두 사람을 물고. 서울시 경찰은 이들에 대항할 무기가 없을 게 분명하다. 군이 나서기까지 놈들의 수는 걷잡을 수 없이 불어날 것이다. 게다가 군이 출동해도 함부로 총을 발사하긴 힘들 것이다. 들개로 변해버린 이들의 가족들이 그렇게 두지 않을 테니까. 노인의 말처럼 이미 국가 전체가 통제 불능의 상황에 들어선 걸지도 모를 일이다.

"그놈들. 그놈들이 없어졌어!"

걱정이 엄습해오는 사이 노인이 외쳤다. 노인은 테이블 사이에 눈을 대고 창밖을 살피고 있었다. 나도 다가가서 밖을 봤다. 조금 전까지도 미친 듯이 창문을 두드리던 놈들이 감쪽같이 사라진 상태였다. 테이블에 가려진 시야 때문에 놈들이 어디로 갔는지는 볼 수 없었지만.

"빛에 반응하는 것 같아요. 해가 뜨니까 없어졌잖아요."

내 옆에서 보던 마순영이 말했다. 그 추측이 사실이라면 희소식이었다. 놈들이 빛을 겁내는 거라면 이곳은 안전할 테니까. 지난밤에 놈들이 밝은 휴게소 안으로 진입을 시도하지 못한 채 창만 두드리던 이유도 설명이 됐다. 약간은 안심이 되자 놈들의 지문이 묻은 유리가 눈에 들어오기 시작했다. 몇몇 곳은 금이 가 있었고 창틀은 헐거워 한눈에 보기에도 불안했다.

나는 휴게소 마트에서 청테이프를 있는 대로 들고나와 창에 보수공사를 시작했다. 태풍이 불 때 창이 깨지는 걸 방지하기 위해 창틀 사이와 유리 한가운데에 X 모양으로 테이프를 붙이는 것을 뉴스에서 본 기억이 있다. 그것이 효과가 없다는 뉴스였던 것 같기도 한데 아무래도 상관없었다. 그사이 갇힌 사람들은 각자 마트에서 빵과 음료를 꺼내 먹으며 허기를 달랬다. 통신장애로 포스기가 고장 난 상황에서 캐셔 직원은 연습장에 외상 장부를 적게 했다.

창틀을 보수하며 줄곧 나를 경계하던 김사리완이라는 외국인 옆에 다가갔다. 그는 여전히 불만스러운 표정으로 날 피하려는 눈치였다. 어떻게든 부드럽게 먼저 말을 건네고 싶었다. 그는 살살

구슬려야 중요한 걸 알려줄 사람 같았기 때문이다.

"아깐 미안했어요. 당신한테 무슨 잘못이 있다는 건 아니었어요."

"괘, 괜찮습니다."

"난 불안하고 궁금해서 그랬던 거예요. 솔직히만 말해주세요. 저 터널에 전기공사하러 간 거 아니죠?"

김사리완은 대답하지 않았지만 시선을 회피하지도 않았다. 시인한다는 뜻 같았다. 예상대로 김사리완은 자신만 아는 정보들을 털어놓기 시작했다.

"전 국책연구소에서 나왔습니다. 자세한 직책은 밝힐 수 없습니다."

"역시 그럴 줄 알았지. 뭡니까 저거? 무슨 일이 벌어진 거예요, 여기서?"

"전 견습 직원이라 잘 모릅니다. 규정을 어기고 일행에 떨어져서 고립됐어요."

"밖에다 떠들지 않을 테니 사실만 말해줘요. 어차피 여기 사람들 말 믿어줄 곳도 없으니까. 터널은 일부러 무너뜨린 거예요?"

김사리완은 그 큰 눈을 가늘게 만들더니 고개를 끄덕였다. 다음 대답을 기다리며 잠시의 침묵이 흘렀지만 더 이상 말해줄 낌새가 안 보였다. 나는 마지막 창문 테이프 작업을 마치려고 돌아섰다. 그때 김사리완이 힘겹게 입을 열었다.

"이건…… 질병입니다. 국가에서 비밀리에 관리하고 있었습니다."

"뭐요?"

더 자세히 캐묻고 싶었지만 김사리완은 대답을 회피하듯 멀리 가버렸다. 질병 연구소들이 지방 곳곳에 있다는 얘기는 들은 적이 있었다. 사고로 병원균이 퍼질 경우 인구가 밀집된 도시는 취약할 테니까. 그렇다고는 해도 세상에 저런 질병이 있다는 건 금시초문이다. 김사리완이 소속된 연구소가 산속에서 몰래 실험이라도 했던 걸까? 그 실험 실패를 감추기 위해 터널을 막아놓고 이 사태를 방치하고 있다는 거라면 사태는 심각해진다. 국가가 뭔가를 은폐하기 위해 구조를 막고 있다는 얘기가 된다.

테이블로 창문을 다시 막으며 조금 허탈해졌다. 누군가가 도우러 오지 않는다면 이 농성전이 무슨 의미란 말인가. 식량을 축내다가 미쳐버리는 수밖에.

"으아악!"

그때였다. 고통스러운 비명이 주방 안쪽에서 들려왔다. 소름이 돋고 몸이 굳었다. 휴게소 여기저기에 퍼져 있던 사람들도 마찬가지였을 것이다. 주방 바로 앞에 서 있던 마순영도 하얗게 질린 채 입을 가릴 뿐이었다. 쿠오오 하는 소리. 쿠웨엑 하는 소리. 들개들 소리가 실내에 쩌렁쩌렁 울렸다. 그리고 이내 그 인간 들개들이 주방 밖으로 쏟아져 내려왔다. 입가에는 주방 직원의 것으로 보이는 피를 흥건히 묻힌 놈들이. 마순영은 제일 먼저 달려오는 놈의 눈을 칼로 찔렀다. 역시 리더 자질이 있는 사람이었다. 하지만 뒤이어 달려든 놈들이 마순영의 몸을 물어뜯기까지는 채 몇 초도 걸리지 않았다. 마순영도 단말마와 함께 쓰러지는 꼴을 보고 나서야 내 다리가 움직여졌다. 의자, 의자가 있어야 해!

"의자 들고 밀어붙여요!"

중세의 기마병처럼 의자의 뾰족한 다리를 앞세워 좀비 떼를 밀어내는 내 모습을 머릿속으로 상상했건만, 실제로 나온 내 행동은 실망스러운 것이었다. 나는 옆쪽 주방으로 쥐새끼처럼 달려 들어가 냉장고 뒤에 숨어 몸을 웅크렸다. 참혹한 광경을 똑똑히 엿볼 수 있었다. 사람들의 반응은 극명히 갈렸다. 유니폼을 입은 직원들은 어설픈 동작으로 의자를 들고 통하지도 않을 저항을 했고, 노인은 이 야단이 시작되자마자 테이블에 막힌 문으로 도망쳤다. 하지만 그들 모두는 인간 들개들에게 물어뜯기고 쓰러져 갔다. 이건 장벽이 아니라 우리 스스로 정성껏 만든 감옥이었다. 놈들은 빛에 숨은 게 아니었다. 이 휴게소를 효과적으로 침투하러 뒷길로 간 것뿐이었다. 대여섯 명의 좀비 놈들이 비명을 지르는 사람들 위에 올라타 머리와 몸통을, 팔다리를 뜯어댔다. 시체로 변한 마순영은 피를 철철 흘리며 바닥에 엎어져 있었고, 식당 이모님들의 처절한 비명도 들렸다. 노인을 붙잡은 좀비가 귀를 물어뜯자 노인이 쓰고 있던 금테안경이 머리에서 분리되어 바닥에 떨어졌다. 지옥이었다. 그리고 곧이어 그 지옥을 뚫고 한 사람이 내가 숨은 주방 쪽으로 포복해 들어왔다. 이 상황에서 가장 반가우면서도 제일 마주치기 싫은 인간. 김사리완이었다.

"칼! 칼 주세요!"

나는 양손에 들고 있던 칼 중 하나를 그에게 넘겼다. 김사리완도 내 뒤쪽에 웅크려 숨었다.

"주방 환풍구를 뜯고 들어온 것 같아요! 돌아간 게 아니었어요!"

"빌어먹을…… 이제 어떡해? 니가 말해 봐! 저놈들을 어떻게 해!"

나는 대응할 방법도 생각하지 못한 채 끔찍한 살육극을 계속 보고 있었다. 그러다 문득 김사리완의 숨소리가 이상해진 것을 느꼈다. 내가 놈을 돌아봤을 때 김사리완은 내게 받은 칼로 자신의 가슴팍을 힘껏 찔렀다. 하지만 칼날은 제대로 들어가지 않아 놈은 자신의 혀를 씹으면서도 안간힘으로 심장을 찌르려 했다. 당근을 써는 식칼로 자살이 가능할 거라 생각한 건가. 김사리완의 어두운 눈동자가 파르르 떨렸다.

"무슨 짓이야! 괜찮아? 어?"

내가 말리려는 찰나 김사리완은 손에 더욱 힘을 줬고, 몇 센티 들어가지 않았던 칼날이 길을 열 듯 푹 하고 깊숙이 꽂혔다. 놈의 갈비뼈 사이로. 독한 놈이었다. 선홍색 피가 칼날을 타고 콸콸 쏟아져 내렸다. 김사리완은 그제야 안도한 얼굴로 나를 봤다.

"시간을 되돌릴 순 없어. 당신들 아무것도 이해하지 못해."

그는 숨이 꺼져가며 이상한 말을 던졌다. 말뜻을 생각해보기도 전에 등 뒤쪽에서 들개 울음소리가 들렸다. 입가에 피를 묻힌 좀비 한 놈이 불과 몇 걸음 떨어진 주방 입구에 서 있었다. 피와 고기 냄새를 맡고 온 것이다. 나는 김사리완의 힘 빠진 몸뚱이를 내려려 둔 채 주방 안쪽으로 도망쳤다. 주방 안에는 작은 덧문 같은 것도 없었고, 창문도 열리지 않았다. 좀비들은 이미 의식이 없어진 김사리완의 몸을 물어뜯기 시작했다. 퇴로는 없었다. 유일한 방법은 주방 냉장고를 열고 들어가는 것뿐이었다. 다진 마늘 봉지들을 닥치는 대로 끄집어내니 다행히 냉장고에는 쪼그려 들어갈 공간이 나왔다. 쾅—문을 닫자 김사리완의 살점이 뜯기는 소리만이 남았다. 용감한 자도, 비관적인 자도, 늙은 자도, 젊은 자도 결국 뭉친 고기 완자일 뿐이었다. 모두가 그렇게 죽은 것이다.

김사리완을 포식한 것 같은 좀비들은 한참이나 주방에서 추접스러운 소리를 냈다. 크르르 — 크르르 — 하며 들리는 들개들의 소리가 사람을 미치게 하기 직전이었다. 내 앞에 선택지는 두 가지밖에 없었다. 밖은 재빠른 죽음이고 안은 좀 더 느린 죽음이었다. 냉장고 안에서 나는 버틸 만큼 버티고 싶었다. 사람 이에 생살점이 뜯겨 죽는 것보다는 나아 보였으니까. 연명하는 쪽을 택한 나는 냉장고 안쪽 버튼을 조작해 내부 온도를 버틸 수 있을 만큼 높였다. 또 행여나 좀비들 코에 내 고기 냄새가 새어 들어가지 않도록 몸 이곳저곳에 다진 마늘을 펴 발랐다. 다행히 좀비들은 내가 냉장고에 들어간 것을 눈치채지 못한 것 같았다. 눈치를 챘다한들 놈들에겐 냉장고를 열 만한 지능은 없는 것 같았다. 내가 안전하다는 실감이 들자 간사한 마음이 빠르게 안정을 찾아갔다. 냉장고 안에는 어둠과 냉기만 있었다. 흉악한 좀비들의 소리도 냉장고 팬 소리와 섞여 꿈속 환청처럼 들렸다. 이 냉장고는 꼭 내가 죽어서 들어갈 관 속처럼 절망적이면서도 편안하게 느껴졌다.

그렇게 몇 달은 지난 것 같은 시간이 흘렀다. 어두운 냉장고 속에서 지치고 시달린 내 몸은 몇 번이나 잠이 들었다가 깼다. 긴장 때문에 타들어 가는 듯한 목마름을 냉장고 벽면에 낀 성에를 핥으며 견뎠고, 허기질 땐 다진 마늘도 조금씩 먹었다. 그래봤자 며칠 정도의 시간밖에 더 흐르지 않았다는 것을 알 수 있었다. 챙겨보지 못한 국가대표팀의 A매치와 프리어어 리그 중계를 생각해보려 했다. 아득히도 먼 옛날 일처럼 가물가물했다. 이곳에 무슨 일이 있었건 그들은 지구처럼 둥근 공을 차고 시합을 벌였겠지.

"빌어먹을 장 대리 그 개자식 때문에……!"

관짝 같은 냉장고 안에서 며칠이나 흘렀을까. 네 번째 잠에서 깼을 때 나는 뭔가가 달라진 것을 느꼈다. 팬 돌아가는 소리 때문에 잘은 분간되지 않았지만 분명 들개들의 소리가 잦아들었다. 먹이가 떨어졌다고 여긴 놈들이 다른 곳으로 이동했을지도 모를 일이다. 그렇다면 지금이 탈출할 기회다. 나는 웅크려 있느라 굳어버린 다리를 최대한 펴 보며 근육을 주물렀다. 그리고 상상했다. 이 주방을 벗어나 출입구 앞에 있는 테이블을 쓰러트리고, 잠가놓은 문을 연 뒤, 주차장 옆으로 빠져 산길로 도망치는 동선을. 아무리 생각해도 살 방법은 산을 통해 이 고립된 지역을 벗어나는 것뿐이었다.

"덤벼라 이 개새끼들아!"

주문처럼 혼잣말을 내뱉으며 나는 냉장고 문을 열었다. 머릿속에 그린 대로는 되지 않았다. 냉장고 밖으로 나와 일어서자마자 다리에 힘이 빠져 보기 좋게 넘어졌고, 그 바람에 옆에 서 있던 이동식 선반도 내 몸에 걸려 쓰러졌다. 식판들이 와장창 무너져 내리며 엄청난 소음이 울렸다. 나는 어쨌거나 네발로 기어가며 간신히 주방을 벗어났다. 휴게소 안은 썰렁했다. 침략을 막기 위해 쌓아놓은 테이블은 대부분 무너져있었고 창문이 깨진 곳도 보였다. 나는 기어가듯 깨진 창밖으로 벗어날 수 있었다. 밖은 컴컴한 밤이었다. 느린 포복으로 산에 올라올 때까지 누구의 방해도 없었다는 점이 놀라웠다.

몇 분이 흘렀을까. 나는 마순영이 건네줬던 랜턴에 의지해 다행히 산길에 들어섰다. 굳은 다리도 안정되어 비틀대며 걸을 수 있게 되었다.

"누구 없어요? 사람 살려!"

힘껏 외쳤지만 소용은 없어 보였다. 그래도 희망적인 것은 이 휴게소가 11개의 터널 중 9번째 터널 다음에 위치한 곳이라는 사실이다. 터널을 따라 두 개의 산만 넘으면 민가가 나올 것이고, 거기선 도움을 받을 수 있겠다는 생각을 하자 힘이 났다. 손이 까지는 것도 잊은 채 나는 정신없이 나뭇가지들을 붙잡으며 능선을 올랐다. 그런데 어느 순간 문득 낯선 느낌이 전해져 왔다. 나무를 잡던 손의 촉감이 달라진 것이다. 침엽수종이 산의 90%를 차지하는 이곳의 산과는 어울리지 않는 기름지고 미끈한 나무줄기의 감촉. 나는 그때 깨달았다. 내가 전혀 다른 곳에 와 있음을.

정신을 차리고 올려다보니 주변은 우리나라에선 볼 수도 없는 열대 활엽수로 가득 찬 숲이었다. 강원도 지역에 이런 식생이 있다는 것은 도저히 믿을 수 없는 일이었다. 그리고 곳곳에 시체 썩는 냄새가 코를 찔러왔다. 냄새의 근원을 찾아 나무 밑을 봤다. 나무 밑동에는 버섯처럼 자란 징그럽고 거대한 점박이 꽃이 있었다. 식물을 공부하던 시절 배운 기억이 어렴풋이 났다. 이 점박이 꽃은 말레이시아 열대우림에서나 자생하는 라플레시아라는 식물이다. 파리를 유혹하기 위해 라플레시아는 시체 냄새를 풍긴다고 들었다. 밤인데도 몰라보게 후덥지근해진 것이 느껴졌다. 이것은 환각일까. 내 몸은 이미 주방 바닥에 차갑게 식어있고, 영혼은 열대의 숲을 누비고 있는 걸까.

능선 하나를 넘어가며 시야가 트였다. 열대우림으로 변한 산보다 더 믿어지지 않는 풍경이 눈에 들어왔다. 능선 주변은 깜깜한 평야였고, 수 킬로미터는 떨어져 보이는 곳에 엄청나게 크고 높은 빛의 덩어리들이 보였다. 도시의 빛이라고 하기에는 너무나 높아 몇 킬로미터는 위로 솟은 듯했다. 그리고 그 빛의 기둥 주변으로 수십 개의 빛 덩어리들이 자유롭게 움직이며 날아댔다. 나는 확실히 다른 곳에 와 있었다. 그런데 여기가 어디란 말인가.

"@#$%%@!"

그때 능선 아래쪽에서 무어라 알아들을 수 없는 말소리가 들렸다. 나는 나무 뒤로 숨어 지켜봤다. 이상할 정도로 키가 큰 작업복 차림의 두 남자가 자기들끼리 대화하며 이쪽으로 걸어오고 있었다. 그들은 김사리완과 같은 작업복을 입고 있었고, 마찬가지로 둘 다 피부가 검은 외국인들 같았다. 이상한 것은 그들이 하는 말이 분명 한국어인데도 하나도 알아들을 수 없었다는 것이다. 이들이 정말 김사리완이 말했던 연구소의 연구원들일까? 그들을 자세히 볼수록 머리끝부터 발끝까지 전부 이상한 것투성이였다. 큰 신장도, 신고 있는 신발도, 각자 손에 들고 있는 막대기 같은 물건도. 웅크리고 있던 나는 갑자기 다리의 힘이 풀리고 비탈 아래로 미끄러져 아래에 핀 라플레시아꽃 위로 엉덩방아를 찧었다. 소리를 들은 놈들은 일제히 이쪽을 돌아봤다.

"@#$%!"

놈들이 또 다른 말을 외쳤지만 나는 여전히 알아들을 수 없었다. 나는 비틀거리며 손을 들고 일어섰다. 이들이 공적인 기관의 사람들이라면 나를 도와줄 수 있을지도 ─ 라는 생각이 끝나기도 전에 한 놈이 들고 있던 막대기로 슬쩍 이쪽을 가리켰다. 그 순간 갑자기 옆에 서 있던 열대 활엽수 하나가 우지끈 소리와 함께 부러졌다. 무슨 요술을 부린 건지 나무는 톱날에 잘린 것처럼 단면이 매끈했다. 놈들은 돌아가라고 손짓하는 것 같았다. 나는 비틀대는 걸음으로 최대한 놈들에게서 도망쳤다. 정찰병처럼 보이는 놈들은 이 산의 어떤 경계를 넘어오지 못하도록 지키는 것 같았다. 혹시 나를 저 좀비 떼로 착각한 걸까. 라플레시아를 깔고 앉느라 몸에서 풍겨오는 시체 냄새, 그리고 다리가 굳어 비틀거리는 걸음걸이. 놈들의 눈에 나는 영락없는 좀비일 것이다. 나는 산 곳곳에 보이는 경비병들을 피해 결국 내려올 수밖에 없었다.

다시 평지에 도착해서 보니 화촌의 양쪽 휴게소를 포식한 좀비들은 맞은편 휴게소 터에 비틀거리며 돌아다니고 있었다. 나와 함께 갇혔던 마순영과 다른 사람들도 피투성이가 된 시체 상태 그대로 그들 무리에 섞여 함께 걸었다. 우스꽝스럽고도 두려운 광경이었다. 다행인지 불행인지 후각에 민감한 좀비들도 시체 냄새가 풍기는 나를 먹이로 생각하지 않았다. 본 적도 없었던 열대의 꽃이 날 살린 셈이었다.

그 뒤로 나에게는 많은 일이 있었다. 휴게소 매점에서 될 수 있는 대로 음식을 챙겨 나와 몰래몰래 끼니를 때웠고, 시체 냄새가 없어질 즈음에는 다시 산에 올라가 라플레시아의 썩은 냄새를 온몸에 묻힌 다음 좀비 무리에 섞였다. 좀비들도 정찰병들도 날 신경 쓰지 않았다. 나만의 생존법을 터득한 것이다. 악취 나는 좀비들 사이에서 티 안 내고 살아가는 것은 괴로운 일이었다. 이들은 아무런 소통도 없이 식욕이라는 욕망만으로 움직이는 집단이었다. 나는 외로웠고 또 무서웠다. 그래도 이곳에서 몇 주를 버티며

이 재난의 실체를 조금은 알아갈 수 있었다.

경비병들이 지키는 양쪽 산 아래의 작은 공간이 인간 들개들의 공간이었다. 산 너머에는 고도로 발달한 문명사회가 펼쳐져 있는 것 같았지만 좀비들은 산의 경계를 벗어날 수 없었다. 대신 이곳에는 매번 신선한 식량들이 공급되었다. 바로 이 공간을 점유했던 과거의 사람들이었다. 일정한 시간이 지날 때마다 주기적으로 주변 풍경이 바뀌었다. 개장 초기 80년대의 화촌 휴게소, 밀레니엄에 들뜬 00년도의 화촌 휴게소, 내가 살아보지 못한 2040년의 화촌 휴게소까지. 이들은 무슨 기술을 사용했는지 한 공간에 겹쳐진 여러 시간대 중 하나를 골라 이곳에 불러올 수 있었고, 그때의 사람들로 이 좀비들을 먹였다. 좀비들이 과거에 나타난 것이 아니었다. 과거가 이 산골짜기 아래에 소환된 것이었다. 2차적으로 물려 좀비가 된 이들은 다들 며칠을 못 살고 자연사했기 때문에 좀비 개체 수가 폭발적으로 불어나는 일은 없었다. 이 안에서 보호받고 있는 것은 엄청난 신장을 가진 알몸의 좀비들뿐이었다. 한바탕 포식이 끝난 뒤 낮은 안개가 깔리면 그들 몸의 상처도 점차 회복되었다. 그 큰 좀비들은 이쪽 세계의 사람이었던 게 분명했다.

과학 저널 같은 곳에서 읽은 기억이 어렴풋이 났다. 서로 영향을 주지 않는 여러 시간대가 한 공간에 중첩되어 존재한다는 평행세계 이론과, 다중차원의 자원을 모두 활용하는 미래 문명에 대한 이야기들. 하지만 내 지식수준으로 이 일들을 다 설명할 수는 없을 것이다. 분명한 건 내가 어느 먼 미래에 소환되었고, 이곳에서 시체 냄새를 풍기며 살아남고 있다는 거다. 이 재난이 질병

때문이라고 말했던 김사리완의 말이 떠올랐다. 어쩌면 이 방법이 몹쓸 질병을 관리하는 미래 인류의 가장 합리적인 선택일지도 모른다. 휴게소가 있던 터는 이들에게 거대한 환자 보호소이자 인육 냉장고인 셈이다.

　나는 불의 마을이라는 이름을 가진 화촌에 살고 있다. 내가 알고 있던 것들이 모두 끝장나 버린 먼 미래세계에 온 이상, 기왕에 가장 멀리까지 살아서 가볼 생각이다. 내가 남길 수 있는 선에서 경고를 남길 것이다. 화장실 낙서를 통해서라도.

　천 년 전의 당신에게 알린다. 우리들은 모두 다음 세대의 먹잇감이 될 것이다. 지금껏 인류가 해온 일이 바로 그것이겠지만.

제발 조금만 천천히

전효원

전효원

잘 벼려 낸 칼을 쓰는 직업을 갖고 있으며, 손에 칼이 없을
때는 글을 쓴다. 삼라만상에 다양한 관심을 두고 있으나
어느 분야든 깊이 파지 않는 성격이라 지식은 얕은 편이다.
대자연 속에서의 휴식을 즐기지만 잠은 튼튼한 지붕 아래
에서 자야 하는 모순적인 취향의 소유자이다.

모든 것이 시작된 혹은 모든 것이 끝장난 첫날, 김채하는 세상 사람들이 전부 사라져버린 줄 알았다. 다행히 사람들이 사라진 건 아니었지만, 그렇다고 썩 다행이라 여길 만한 상황도 아니었다.

그날 아침 채하는 지독한 숙취에 눈까풀을 들어 올리는 것도 힘에 겨워서 한쪽씩 차례로 눈을 떠야 할 정도였다. 두어 번 끔벅거린 뒤에야 눈앞에 보이는 것들이 형체와 의미를 되찾기 시작했다. 그 상태로 몇 분이 지났다. 남자친구와 싸우고 과음을 한 탓이 아니라도 매사에 느리다는 핀잔을 자주 듣는 편이었다.

상체를 일으켜 침대 위에서 양반다리를 하고 앉았다. 빤스 바람이다. 원룸 현관에서 침대까지 이동 경로를 따라 컨버스 운동화, 데님 셔츠, 블랙 진, 흰 면티, 줄무늬 양말이 띄엄띄엄 이어져 있었다. 브라는 반대편 벽 쪽으로 힘껏 집어 던진 모양이다. 집에 들어온 것도 옷을 벗은 것도 기억엔 없지만, 밖에서 벗은 것만 아니면 됐지.

혀가 입천장에 달라붙었다. 냉장고엔 물도 탄산음료도 마실 거라곤 아무것도 없었다. 헐렁한 검은 티셔츠에 트레이닝 반바지를 입고 슬리퍼를 끌며 복도로 나섰다. 그런 상태로 편의점에 가는 것은, 지나고 생각해 보면 꽤 위험한 행동이었지만, 당시에는 알 도리가 없었다.

엘리베이터 버튼을 눌렀더니 곧 문이 열렸다. 1층에 있는 줄 알았는데, 11을 잘못 본 거였나. 마지막에 같은 층 사람이 타고 올라왔던 모양이다. 토요일도 없는 옆집 여자가 도서관에서 밤을 새우고 아침에 돌아온 것인지도 모르겠다. 목에 힘을 주기도 피곤해서 고개를 숙인 채로 발을 옮기며 몸을 앞으로 기울였다.

꽝! 눈앞이 번쩍했다. 뭐야? 엘리베이터 문이 왜 벌써 닫혔어? 내가 잠깐 존 건가? 술이 덜 깼나? 채하는 손바닥으로 이마를 신경질적으로 문지르며 버튼을 다시 눌렀다. 이번에는 문이 열리자마자 재빨리 타서 1층을 눌렀다. 그런데 닫혔던 문이 금세 도로 열리는 게 아닌가! 엘리베이터가 고장 났구나. 여기 갇혀서 탈수증으로 죽기 전에 탈출해야 한다. 갑자기 필사의 심정이 된 채하는 다시 닫히는 문틈에 발을 끼워 넣고 밖으로 나왔다.

뭐야? 채하는 눈을 의심하고, 다시 머리를 의심했다. 어떻게 된 일인지, 1층에 도착해 있었던 것이다. 꿈인가? 나 사실은 아직 침대에 누워 있는 건가? 채하는 좌우를 두리번거리며 거리로 나섰다. 컨디션이 최악이긴 한 듯 눈을 아무리 비벼도 낡은 액정 화면처럼 여기저기 색 번짐 현상이 나타났다.

편의점에 들어가 냉장고를 한참 들여다보다 2+1 행사 중인 생수를 찾아 세 병을 꺼냈다. 그런데 카운터가 비어 있었다. 뒤쪽 사무실에 갔나 싶어 헛기침을 해 봐도 반응이 없다. 목이 타들어 가는 것 같았다. 더 이상 기다릴 수가 없다. CCTV 카메라를 향해 천 원짜리 두 장을 펼쳐 보이고 바코드 리더기 밑에 끼워 넣은 다음 그 자리에서 생수를 벌컥벌컥 들이켰다.

남은 생수 두 병을 바지 양쪽 주머니에 찔러 넣고 다시 집으로 향했다. 뭔가 이상했다. 아무리 일요일 오전이라지만 거리에 단 한 사람도 보이지 않았다. 그제야 채하는 이상한 것은 자기가 아니라 이 세상일지도 모른다는 생각이 들었다.

딱히 혼전순결을 지켜야 한다는 신념 같은 게 있는 것은 아니었다. 다만 사귄 지 채 열흘도 안 된 남자친구가 사람도 많은 술집에서 다짜고짜 딥 키스를 하고 가슴에 손을 올리는 것은 원치 않았다. 그놈은 진도를 빠르게 빼서 진작에 모텔방에서 뒹굴고 싶었을 테지. 넌 매사에 너무 느려. 거부 의사를 표현하자 그가 투덜댔다. 조금만 더 빠르게 가자. 그러면서 엉덩이를 더듬었다. 다가오는 얼굴에 주먹을 날렸다. 바락바락 욕을 하는 놈을 뒤로하고 술집을 나섰다. 그리고 집 근처에서 혼자 술을 마셨는데, 아침에 이 지경이 된 것이다.

생수병으로 볼록한 주머니의 트레이닝 바지가 자꾸 흘러내려 허리춤을 붙잡고 원룸 건물로 돌아갔다. 주차장 한편에 채하가 설치해 둔 길냥이 급식소 그릇들이 비어 있었다. 김치통에 담아 둔 사료를 퍼 한쪽 그릇을 채우고, 다른 그릇에는 생수 한 병을 부었다.

손등이 따끔거려서 보니 얕은 상처가 있었다. 어젯밤에 남자친구, 아니 전남친을 때리다가 이에 긁혔나 보다. 엘리베이터로 걸어가 버튼을 눌렀다. 반응이 없다. 결국은 고장이 났나. 버튼을 연거푸 눌러 본다.

"쉿! 이쪽으로 오세요."

계단 쪽에서 여자 목소리가 속삭였다. 모퉁이에서 빼꼼히 얼굴을 내민 것은 단발머리에 검은 뿔테 안경을 쓴 옆집 여자였다. 늘 영어로 된 두꺼운 전공 서적을 들고 다니며, 주말에도 늦게까지 도서관에서 공부를 하다 들어오는 앳된 이목구비의 모범생. 아마 등록금도 안 내는 장학생이겠지. 어쩌다 마주치면 인사만 나누는 사이인데 나를 왜 부르는 걸까. 채하는 궁금해하며 걸음을 옮겼다.

"지금 엘리베이터 못 타요. 뭔가 이상해요."

옆집 여자는 채하의 손목을 잡고 계단참으로 끌어당겼다. 불안하고 초조해 보였다.

"그렇네요. 사실 아까도 간신히 탔어요. 내가 이상한가 싶었는데."

"아뇨. 이상해진 건 세상이에요. 새벽에 도서관에서 올 때만 해도 멀쩡했는데……."

여자는 말끝을 흐렸다. 역시 토요일 밤에도 공부를 했군. 술이나 퍼마신 나와는 달라. 인류의 미래를 이끌 인재로다. 채하는 문득 입에서 술 냄새가 나는 것이 창피해서 입을 꾹 다물고 눈에 힘을 주었다.

"일단 집으로 올라가죠. 여기는 위험할 수도 있어요."

여자는 앞장서서 계단을 올라가기 시작했다. 으어, 11층까지 걸어야 하나.

"아까 밖으로 나가시는 소리가 나길래 걱정되어 내려와 봤어요. 어디 다치신 데는 없으세요?"

"뭐, 요 앞에 편의점만 다녀온 거라……."

"다행이네요."

여자는 안심한 표정으로 다시 계단을 오르기 시작했지만, 채하는 무슨 상황인지 도통 이해가 되지 않았다.

"저기…… 밖에 무슨 일이 났나요? 테러? 전쟁?"

"저도 잘은 모르겠어요. 전부 다 이상해요. 사람들은 사라졌고, 수동으로 끌어올리는 거 아닌가 싶었던 느림보 엘리베이터가 미친 듯이 빨라졌어요. 이제는 탈 수도 없어요."

"네? 사람들이 사라져요?"

아무도 없던 텅 빈 거리. 그래, 이상하긴 했어.

"아까 창밖으로 끔찍한 걸 봤어요."

"끔, 찍, 한, 거요?"

"네."

숨이 차서 더 이상의 대화는 무리였다. 둘은 헉헉거리며 계단을 오르는 데 집중했다.

"함께 있는 편이 안전할 것 같아요."

옆집 여자는 채하의 집 앞에서 문이 열리길 기다리며 그렇게 말했다. 뭐지? 갑자기 우리 집에 들어가겠다고? 지금 이 순간 이여자가 제일 이상한데? 하지만 뿔테 안경 너머의 단호한 눈빛에 채하는 삑삑삑삑 비밀번호를 가릴 생각도 못 하고 문을 열었다.

"오늘따라 방이 좀 지저분……."

주워 넘기는 채하의 변명에는 아랑곳하지 않고, 여자가 채하의 셔츠와 바지와 면티와 양말을 차례로 밟고 달려가 창문의 블라인드를 내렸다. 뭐가 저렇게 불안한 거람.

"원래는 깨끗이 정리하고 사는데 어제 과음을 하는 바람에 이 모양이에요."

채하가 바닥의 옷가지를 주우며 변명을 이었다.

"네, 많이 취하신 것 같더라고요."

아, 새벽에 집에 올 때 마주쳤나. 순간 끊겨 있던 기억의 장면들이 영화 예고편처럼 번쩍이며 돌아왔다. 긴장을 고조시키는 한스 짐머의 음악이 들리는 것 같기도 했다.

새벽에 집에 올 때, 엘리베이터를 이 여자와 함께 탔다. 11층을 누르는 손을 보고, 여자의 얼굴을 봤다. 왠지 모르겠지만, 아마도 술기운에, 엄청 반갑게 인사를 한 것 같다. 가볍게 고개를 끄덕여 답례하는 얼굴이 귀엽다고 생각했다. 아니, '귀여워!'라고 소리를 친 것 같다. 으아악! 새벽의 나놈아, 대체 무슨 짓을 한 거냐? 그게 다가 아니었다. 두 손으로 여자의 얼굴을 붙들었다. 그리고……. 충격과 공포에 빠진 채하가 옆집 여자를 살폈다. 아랫입술에 작은 상처가 있었다. 저 도톰한 입술을 깨물었던 감촉이 기억났다.

"그거…… 혹시 제, 제가?"

"아, 괜찮아요."

여자가 손가락을 입술에 갖다 대며 얼굴을 붉혔다.

"으악! 정말 죄송해요!"

"괜찮다니까요. 그보다 저기 좀 보세요."

여자는 블라인드를 살짝 벌린 틈을 가리켰다. 창은 상수역과 합정역 사이의 곧게 뻗은 도로를 향해 나 있었다. 합정역 방향으로는 늘 차들이 길게 줄을 서는 길이다. 그런데 그날은 까만 아스팔트 위에 노란 실선과 하얀 점선뿐, 자동차가 단 한 대도 없었다.

그때 그것이 채하의 눈에 띄었다. 횡단보도 중간에 사람이 하나 쓰러져 있었다. 자세히 보니 머리가 몸에서 분리되어 따로 구르고 있었다. 마네킹인가? 설마 대로에 시체가 저렇게 방치되어 있을 리가 없지.

"저 사람이 죽는 장면을 봤어요."

"진짜 사람이에요?"

채하의 목소리가 높게 갈라졌다.

"네, 길을 건너다가 쓰러지더니 머리가 잘렸어요."

"그, 그럼, 경찰에 신고를……!"

"폰이 먹통이에요."

허둥지둥 주머니에서 휴대폰을 꺼내는 채하에게 여자는 고개를 저으며 말했다. 과연 112에 통화 버튼을 눌러도 신호가 곧바로 끊겨버렸다. 휴대폰을 침대에 던지고 TV를 켰다. 총천연색의 점들이 자글자글한 화면에 들릴 듯 말 듯 신경을 긁는 고음의 노이즈만 나왔다. 채널을 두어 번 바꾸다 전원을 껐다.

"전화가 안 되는 걸 확인하고 나니 그쪽이 밖에 나가는 소리가 들렸던 게 생각나더라고요. 그래서 내려가 본 거였어요."

"아…… 감사합니다."

채하는 창밖으로 보이는 시체와 눈앞에 있는 여자의 입술에 난 상처 중 어디에 더 신경을 써야 할지 혼란스러웠다. 어색하고 긴장된 분위기에 뭐라도 말을 해야겠다 싶었다.

"저는 김채하예요."

"한지원입니다. 스물두 살이에요."

뜬금없이 이름을 말한 게 바보 같다고 생각했는데, 상대는 이름에다 나이까지 얘기했다. 어떤 의미에서는 죽이 잘 맞는 것 같기도 하고.

"저도 스물둘인데."

채하의 말에 지원은 어쩐지 부끄러워하는 표정으로 살짝 미소를 지으며 고개를 돌렸다. 그러더니 창에 코를 대고 침을 꼴깍 삼키면서 밖을 주시했다.

"뭐가 있어요?"

한가하게 통성명이나 하고 있을 때가 아니지. 저기 큰길에 시체가 있는데. 채하도 창가로 다가가 나란히 서서 밖을 내다봤다.

편의점에 갈 때 느꼈던 색 번짐 현상이 여기저기 눈에 띄었다. 어른거리며 일그러지는 것이 마치 반투명한 형체가 공간 속을 움직이는 것 같기도 했다. 그 희미한 형체들이 도로 위의 시체를 향해 빠르게 이동했다. 다음 순간 시체가 눈앞에서 사라져버렸다.

채하와 지원은 놀란 눈으로 서로 마주 봤다.

"뭐죠?"

"외, 외계인 같은 걸까요?"

"어쩌죠?"

"모르겠어요. 어쨌든 당분간은 밖에 나가면 안 될 것 같아요. 집 안에 머물면서 바깥 상황을 지켜보죠."

아무것도 할 수 있는 게 없었다. 어딜 가서 확인할 수도 없고,

누구에게 연락을 할 수도 없었다. 둘은 의자를 끌어다 창가에 나란히 앉았다. 매일 보던 거리였는데도, 움직이는 것이 전혀 없으니 처음 보는 곳처럼 낯설었다. 평소 우리가 보는 것은 고정된 풍경이 아니라 그 속에서 벌어지는 시간의 움직임이었기 때문일 것이다.

채하는 나갈 수 없다고 생각하니 얼큰한 짬뽕이 미치도록 당겼다. 통통한 오징어 다리를 입에 물고 고추기름이 뜬 국물을 말랑하게 익은 양파와 함께 후룩 마시면 울렁거리는 속이 싸악 내려갈 것 같았다.

"중국집 배달 안 되겠죠? 짬뽕……."

"지금요? 이 상황에?"

"그냥 한번 얘기해 봤어요."

"라면이라도 끓여 드시죠?"

"집에 먹을 게 하나도 없어요. 이럴 줄 알았으면 아까 편의점에 갔을 때 사발면이라도 사 올걸."

시무룩한 채하의 표정에 지원은 피식 미소를 지었다.

"집에 좀 다녀올게요. 문 잘 잠그고, 저 외엔 열어 주지 마세요."

채하는 '뭘 그렇게까지'라는 생각이 들었지만, 검은 뿔테 안경 너머 지원의 진지한 눈빛에 입을 다물고 고개를 끄덕였다. 그런데 막상 혼자가 되니 갑자기 밑도 끝도 없는 불안감이 몰려왔다. 마치 발밑에 얇은 유리판을 두고 그림자 크기의 구멍이 뚫린 것 같았다. 괜히 주먹을 쥐었다 폈다 하다가 숨을 죽이고 옆집에서 나는 소리에 귀를 기울였다. 부스럭거리는 움직임이 부산했다. 삐빅 도어락이 열리는 신호음에 이어 문이 열리고, 닫히고, 복도를 걸는 발걸음 소리, 그리고 채하의 현관문을 똑똑똑 두드리는 소리가 들렸다. 문 앞에서 기다리다 세 번째 노크가 끝나자마자 문을 열었다.

"저인지 확인하고 열라니깐요."

"에이, 달리 누가 오겠어요."

"그래도요. 이상한 사람일 수도 있잖아요."

"그렇게 따지면 지원 씨가 이상한 사람이 아니란 보장도 딱히 없는걸요."

"음…… 채하 씨는 좀 이상한 사람 같긴 해요."

"뭐라고요?"

둘은 마주 보며 키득거렸다. 생각해 보면 참 이상했다. 서로를 믿을 근거는 전혀 없었지만, 이름을 나눈 지 한 시간도 지나지 않아 어느새 이 세상에서 가장 의지하는 사람이 되어 있었다.

지원은 집에서 햇반이니 참치캔이니 먹을 것들을 바리바리 싸 들고 왔다. 장바구니에서 오징어짬뽕 봉지를 꺼내 흔드니 채하의 눈이 하트로 변했다.

"냄비는 있죠?"

"있긴 한데, 두 개를 끓일 수 있을지 모르겠네요. 차라리 지원 씨 집으로 갈 걸 그랬나 봐요."

"전 여기가 좋아요."

지원의 대답은 어쩐지 고백처럼 들렸다. 그 말을 하고 나서 얼굴을 살짝 붉혔기 때문에 더욱 그랬다.

"라, 라디오라도 들을까요?"

"좋아요. 라디오 있는 건 어떻게 아셨지?"

"집에 계실 때는 거의 틀어 두시잖아요."

"아, 시끄러웠다면 죄송합니다. 이 건물이 방음이 좀⋯⋯."

"괜찮습니다."

지원이 냄비에 물을 올리는 동안 채하는 책장에 놓인 빈티지 디자인의 라디오를 켰다. 자주 듣던 주파수에 다이얼이 맞춰져 있었는데 스피커에서는 잡음만 들렸다. 재난 영화 같은 데서 보면 TV는 안 나와도 라디오 방송은 나오던데, 고증 안 된 내용이었나. 소용없을 것 같다고 생각하면서도 채하는 다이얼을 계속 돌렸다.

"⋯⋯원에서⋯⋯."

잡음 사이로 얼핏 사람 목소리가 들려서 다이얼을 반대 방향으로 천천히 돌렸다. 다시 찾아낸 주파수에서 예수천국 불신지옥 톤의 목소리가 안내방송을 하고 있었다.

"⋯⋯시다. 이 방송이 들리신다면, 당신은 완인입니다. 낯선 환경에 외롭고 겁이 나실 겁니다. 하지만 당신은 혼자가 아닙니다. 함께 힘과 지혜를 모아야 합니다. 일요일 정오 당인리 공원에서 만납시다. 이 방송이 들리신다면, 당신은 완인입니다. 낯선 환⋯⋯."

"누가 방송을 하는 걸까요? 완인은 또 뭐고?"

채하가 물었는데 아무리 뿔테 안경을 썼다지만, 지원도 답을 알 리가 없다. 냄비의 물이 보글보글 소리를 내며 끓었다. 지원이 라면 포장 비닐을 뜯으며 물었다.

"저는 건더기 스프를 안 넣는데, 괜찮아요?"

"엥? 그럼 오징어짬뽕의 의미가 없어지지 않아요?"

"이 마른 당근이 싫어서요."

"싫다면 빼야죠. 최소한 싫은 건 하지 않아도 괜찮아야 한다고 생각해요."

채하가 바로 수긍했다. 건더기 스프 봉지를 보며 지원이 다시 물었다.

"오징어 살이라도 골라서 넣을까요?"

"아니에요. 귀찮게스리. 그런데 외계인이라면 오징어처럼 생겼으려나요?"

"채하 씨는 역시 좀 이상한 사람 같아요."

국물까지 싹 비운 후, 한결 속이 편해진 채하는 곧바로 설거지를 하고 싱크대 주변을 꼼꼼하게 닦아 냈다. 행주도 깨끗이 빨아서 물기를 꼭 짠 후 펼쳐 널었다. 채하가 곁으로 돌아오길 기다리던 지원이 조심스레 입을 뗐다.

"우리…… 이제 라면도 같이 먹은 사이니까 말을 놓을까요?"

채하는 피식 웃으며 대답했다.

"라면 먹고 갈래의 의미가 이렇게까지 확장된 건가? 좋아."

그러고 보니 라면만 같이 먹은 게 아니라, 이미 입술도 깨물었구나. 채하는 지원의 입술에 난 상처를 보며 다시금 미안한 마음이 들었다. 술이 웬수지. 뭔가 다른 걸로 화제를 돌리자.

"아까 그 방송 어떻게 생각해?"

"언제까지 이렇게만 있을 순 없으니까 가 보긴 해야 할 것 같아. 그나마 누군가 다른 사람이 있는 걸 보면 안심이 될 것 같기도 하고."

지원은 다행히 채하에 비해 결단력이 있는 편이었다. 채하 혼자였다면 고민만 하다 방 안에서 천천히 말라 죽었을지도 모를 일이었다.

"완인이 뭘까? 그 사람 말 대로라면 우리가 완인이라는데, 내가 뭔지를 내가 모른다는 게 참……."

"어차피 나는 평생 내가 뭔지 모르고 살았는걸."

"지원이 너도 나 못지않게 이상한 듯."

"뭐어?"

당인리 공원까지는 걸어서 10분이면 충분할 터였다. 계단을 걸어 내려가는 시간을 포함해서 말이다. 벽에 걸린 시계를 흘깃한 채하는 의자에서 일어나 기지개를 켜고는 그대로 침대에 드러누웠다.

"조금만 누울게. 아직도 골이 띵해."

"정오에 모이랬는데."

"아직 시간 좀 있잖아."

시간을 분 단위, 초 단위로 나눠서 치열하게 사는 삶. 그것은 채하에겐 다른 세상의 이야기였다. 채하는 느긋했고, 꼼꼼했으며, 충분한 거리에서 찬찬히 상황을 조망했다. 주변 사람들은 그런 채하에게 느리고, 비효율적이며, 현실에 무관심하다고 비난했지만 말이다.

당인리 화력발전소 옆 공원 잔디밭에는 얼추 200명 정도의 사람들이 모였다. 이 근방에 남은 사람은 이게 전부인 걸까? 바로 앞 아파트 창문에서 내려다보는 사람이 있는 걸 보면 불안해서 집 밖에 못 나온 사람들도 많은 것 같았다. 하긴 라디오 방송을 못 들었을 수도 있다. 요즘은 집에 라디오가 있는 사람이 별로 없기도 하니까.

빨간 야구모자를 쓴 남자가 미끄럼틀 위에 올라가더니 손을 들어 사람들의 주의를 집중시켰다. 덩치도 크고 험상궂은 얼굴이었는데, 어디서 싸움박질이라도 했는지 광대 근처에 피딱지가 앉아 있었다. 그가 격앙된 표정으로 연설을 시작하자 라디오에서 나왔던 목소리라는 걸 알 수 있었다.

"불안한 상황에서도 이렇게 모여 주신 완인 여러분 감사합니다. 오늘 우리의 용감한 행동이 숨어 있는 다른 동지들에게도 용기를 불어넣을 수 있을 것입니다. 이렇게 모인 것은……."

"완인이 대체 뭐요?"

누군가 참지 못하고 물었다. 빨간 모자의 대답은 궁금증을 해소하는 수준을 넘어 충격적이었다.

"완인(緩人)은 여러분과 저를 포함한 우리들입니다. 우리를 제외한 다른 이들은 빠른 사람 즉 속인(速人)이 되었습니다. 그들은 점점 빨라지더니 이제 우리의 눈에는 보이지도 않는 수준이 되었습니다."

사람들이 너무 빨라져서 눈에 보이지 않게 되다니 어떻게 이런 일이 가능하단 말인가. 하지만 채하와 지원은 빠르게 움직이던 투명한 형체들을 떠올리며 그의 말이 사실이라고 믿을 수밖에 없었다.

"상대성이론을 어설프게 적용시킨 세계관 같은데."

새로 론칭한 웹소설에 댓글을 다는 듯한 지원의 말에 채하도 고개를 끄덕였다. 정말 말도 안 되는 설정이었지만, 문제는 그게 현실이라는 점이었다.

빨간 모자의 설명에 따르면, 세상은 다수의 속인과 일부 완인으로 나뉘었다. 우리의 눈에 그들이 안 보이는 것과 반대로, 속인들의 눈에는 우리가 거의 멈춰 있거나 속 터질 정도로 느리게 움직이는 상태라고 한다. 속인들은 움직임뿐만 아니라 말과 생각까지도 엄청나게 빨라졌기 때문에 이제 우리 완인들과는 의사소통이 불가능한 지경이 되었다.

여기까지가 빨간 모자가 속인이 된 자신의 아들과 필담을 통해 알아낸 내용이다. 점점 빨라지던 아들 녀석은 글을 써서 대화를 나누던 중 답답함을 참지 못해 펜을 집어 던지고 떠나버렸다고 한다.

"그런데 오늘 아침에 있어서는 안 되는 일이 벌어졌습니다. 어쩌면 보신 분도 계실 텐데, 합정대로에서 길을 건너던 완인 한 분이 누군가에게 살해를 당한 것입니다."

채하는 도로 한가운데에 쓰러져 있던 목 잘린 시체를 떠올렸다. 지원의 팔이 감겨 왔다. 지원 역시 잔뜩 긴장한 표정이었다.

"사건 자체도 참혹하지만, 더욱 끔찍한 것은 이 사건에 대한 속인들의 태도입니다. 그들은 시체를 치워버리고 아무 일도 없었던 것처럼 행동하고 있습니다. 단지 빠르게 생각하고 빠르게 행동할 수 있다는 사실만으로 이런 짓을 저지르는 것을 묵과해서는 안 됩니다! 이대로는 우리도 모르는 사이에 우리의 삶이 유린당하게 될 것입니다."

아무리 그래도 같은 사람에게 어떻게 그럴 수가 있지? 채하는 화가 치밀었다. 하지만 동시에 무력할 수밖에 없는 현실에 공포와 불안감이 엄습했다. 당인리 공원에 모인 사람 모두가 같은 생각인 듯 탄식과 웅성거리는 소리가 낮게 깔렸다.

"우리 모두 힘을 모아 합정동 살인 사건에 대한 엄정한 수사와 완인들의 안전한 삶에 대한 보장을 요구합시다!"

"다 좋은데, 의사소통이 불가능한 마당에 그걸 어떻게 요구합니까?"

군중 속에서 누군가가 물었다.

"우선은 피켓과 현수막으로 우리의 뜻을 전하고, 주요 시설에 대한 실력 행사를 해야 합니다. 그래서 이곳 당인리 공원에서 모이자고 한 것입니다. 화력발전소가 위치하고 있으니까요. 현재 우리 동지들이 청와대, 국회의사당, 방송국 등지에 집결해 있습니다."

다소 급진적이긴 했지만, 당장은 완인들이 할 수 있는 최선의 행동인 것 같았다. 하지만 채하는 지금 이 모습이 속인들에게 어떻게 보일지 생각하니 쓴웃음이 나왔다. 느릿느릿한 굼벵이들이 모여서 알아들을 수도 없는 말을 웅얼거리고 있는 꼴일 테다.

가뜩이나 약자나 소수자에 대한 차별이 만연하던 최근의 사회 분위기를 감안하면 이 하찮은 버러지들을 짓밟아버리자고 주장하는 패거리가 몰려와도 이상할 것 없는 상황이었다. 대부분은 온라인에서 그런 혐오 발언들을 접할 때면 혀를 차며 뒤로가기를 누르거나 계정을 차단하고 넘겨 왔다. 물론 일부는 낄낄대기도 했을 것이다. 그러나 이제 생전 처음으로 몸소 그 버러지의 입장이 된 사람들이 분노와 공포에 사로잡혀 당인리 화력발전소 앞마당에 어둡고 습한 기운이 소용돌이쳤다.

"우리가 나아가야 할 방향에는 모두 동의하신 것으로 믿고, 내일부터는 본격적으로 행동에 옮기기로 합시다. 각자 피켓과 현수막에 필요한 재료들을 준비해 오시기 바랍니다. 매일 정오에 이곳에서 집회를 열도록 하지요."

"정오요?"

"왜요? 다른 약속이라도 있으십니까?"

누군가 불평하듯 묻자 빨간 모자가 질문으로 답했다. 그의 재치에 와하하 한바탕 웃어젖힌 완인들은 해산하여 각자 집으로 돌아갔다. 벌써 해가 뉘엿뉘엿 지고 있었다.

다음날 당인리 공원에는 조금 더 많은 완인들이 집결했다. 사람들은 집에서 커튼이나 침대보 따위를 가져와서 현수막을 만들었다. 딱히 준비물을 챙겨 가지 못한 채하와 지원은 한쪽에 서서 사람들이 빨간 페인트로 '살인자를 처벌하라', '완인도 사람이다' 등의 문구를 적는 것을 멀뚱히 쳐다봤다. 속인들 시점에서는 저 문구 하나를 적는 것도 하세월이겠지.

그때 공원 입구 쪽이 소란스러웠다. 웅성웅성하던 소리는 이내 귀청을 찢는 비명으로 바뀌었고, 사람들이 잔디밭을 향해 내달리기 시작했다. 사람들의 비명 사이로 인간의 것이 아닌 날카로운 소리가 섞여 들렸다. 입구로부터 멀리로 달아나는 사람들에게 떠밀리면서 채하는 지원의 손을 꼭 잡았다. 시선은 멀리 사람들의 뒤를 살폈다. 지원이 사람들을 따라 달리자는 뜻으로 손을 잡아 끌던 순간 채하의 눈에 처참하게 폭행당하는 완인들이 보였다.

상대는 보이지 않았다. 속인의 움직임은 완인의 시력으로 감지할 수 있는 수준을 넘어섰기 때문이다. 수없이 많은 완인들이 보이지 않는 적의 공격을 받아 피를 토하고 쓰러졌으며, 팔다리가 잘려 나갔다. 배가 터지고, 머리가 으깨졌다. 채하의 눈에 그렁그

렁 눈물이 고였다. 저들은 인간이 아니다.

"살려주세요!"

"왜 우리를 공격하는 겁니까?"

완인들이 울부짖었지만, 속인들은 날카로운 파열음을 내며 공격을 멈추지 않았다. 완인들의 호소는 그들에게 늘어진 카세트테이프처럼 웅얼거리는 소리로만 들렸을 것이다. 완인들은 전속력으로 현장을 벗어나려 했지만, 속인들이 보기엔 차례를 기다리는 허수아비들이나 다름없었을 것이다.

그들은 완인의 나뭇가지 같은 팔을 꺾고 뽑았다. 낡은 헝겊 같은 피부를 찢어발겼다. 지푸라기 같은 내장을 끄집어냈다. 늙은 호박 같은 머리를 발로 찼다.

지원이 계속해서 손을 잡아끄는데도 채하는 다리가 움직이질 않았다. 속인들은 점점 가까이 다가왔다. 거리 문제가 아니라 어차피 뛰어서는 저들에게서 도망칠 수 없다. 눈을 굴리던 지원이 작은 연못으로 가는 계단 아래 청소도구함을 기억해 냈다. 채하의 손을 잡고 계단을 내려가 청소도구들이 보관된 캐비닛 안에 몸을 숨겼다.

어둠 속에서 둘은 서로를 꼭 끌어안았다. 밖에서는 사람들의 비명 소리와 속인들의 날카로운 괴성이 끊임없이 들려왔다. 공포로 인해 심장이 금방이라도 터질 것처럼 펄떡거렸다. 좁은 공간에서 가쁜 숨소리가 크게 울렸다. 점차 어둠에 시야가 익숙해졌다. 채하의 뺨에 흐르는 눈물을 더 이상 감출 수 없었다. 지원이 손을 뻗어 채하의 눈물을 닦아 주고, 어깨와 등을 쓰다듬으며 안심시키려 애썼다.

얼마나 지났을까. 완인들의 비명이 점점 멀어지는가 싶더니 이내 밖이 잠잠해졌다. 속인들의 소름 끼치는 괴성도 이제 들리지 않았다. 그래도 둘은 선뜻 밖으로 나갈 용기가 나지 않았다. 옷장 속에 괴물이 산다는 괴담은 많이 들어 봤지만, 지금은 그 괴물들이 밖에 있었다.

"근데 지원이 넌 별로 겁이 없는 것 같다."

"무섭기야 하지."

"그래도. 난 완전히 얼어붙었는데."

지원은 잠깐 뜸을 들이다 입을 열었다.

"난 지금껏 재미없고 힘에 겨운 인생을 살았거든. 물론 지금 이 상황이 막 재미있다는 얘기는 아니지만, 암튼. 매일이 멀리 위에 보이는 목표로 향하는 오르막의 연속이었어. 정해진 수순대로 차근차근 계단을 쌓아가며 올라야 했지. 그런데 그 모든 게 하루아침에 전복된 거야. 이렇게 말해도 될지 모르겠지만, 왠지 후련해. 먼 미래가 아니라 눈앞의 일에만 집중하면 된다는 사실이 약간은 마음이 편한 것 같기도 해."

"옆집에 나 같은 애가 살아서 그동안 짜증 났겠다."

"아냐. 신선해서 자꾸 눈이 갔달까."

둘은 소리 죽여 키득거렸다. 지원이 문을 살짝 열고 밖을 내다봤다. 어느새 해가 지고 사방이 어둑해져 있었다. 조심스레 밖으로 나선 두 사람은 공원에 널브러진 완인들의 시체를 지나 서둘러 집으로 돌아가 문을 잠갔다. 지원도 당연하다는 듯이 채하의 집에 함께였다.

"대체 왜 우리를 죽이는 걸까?"

"글쎄, 그게 일부 폭도들인 건지, 전체 속인들의 의견이 반영된 공격인지를 모르겠네. 전자라면 아직 희망이 있지만, 후자라면 문제가 더 커져. 주요 시설들에 집결한 것이 위협으로 여겨졌나? 저들의 생각을 알 수가 없으니……. 반대로 저들도 우리의 생각을 알 수가 없겠지."

"언어가 다르다는 게 이렇게 무서운 거였구나. 바벨탑 뭐 그런 건가?"

"어쩌다 이런 현상이 벌어졌는지는 몰라도 사람이 사람을 죽이는 걸 두고 신을 탓할 순 없지."

"하긴 원주민 학살은 인류의 유구한 역사이기도 하고."

상황 업데이트를 알 수 있을까 싶어 라디오를 켰지만, 백색소음만 들릴 뿐 방송은 중단된 모양이었다. 잠깐 사이에 밤이 깊었고, 둘은 서로를 끌어안고 잠을 청했다.

달리 할 수 있는 일이 없었다.

늘 그렇듯 몸과 마음의 피로가 풀리기 전에 아침이 찾아왔다. 한참을 끙끙대다 눈을 뜬 채하와 달리 지원은 진작에 일어난 듯 창가에 앉아 밖을 내다보고 있었다. 계단이 무너져도 습관을 버리지는 못했네.

"사람들이 어디론가 가고 있어."

겨우 몸을 일으킨 채하가 창밖을 보니 과연 백여 명의 완인들이 차도를 따라 걷고 있었다. 그들은 각자 손에 피켓을 들고 함께 소리를 모아 구호를 외치고 있었다.

"어제 그런 일이 있었는데 오늘도 집회를 이어가는 건가 봐. 다들 용감하다."

어깨를 움츠리는 채하의 팔을 지원이 잡아끌었다.

"그게 아니야. 잘 봐."

그 사람들은 모두 이마에 하얀 띠를 두르고 있었다. 거기에 적힌 글귀는 잘 보이지 않았지만, 피켓에 쓴 문구는 11층 높이에서도 충분히 읽을 수 있었다. 창문을 살짝 열었더니 한목소리로 외치는 구호도 똑똑히 들렸다. 피켓에 적힌 문구와 일맥상통하는 그들의 외침에 채하와 지원은 마주 보고 미간을 찌푸렸다.

"구원받고 속인 되자! 구원받고 속인 되자!"

구원이라는 단어를 쓴 시점에 이미 사이비 종교적인 냄새가 물씬 풍겼다. 게다가 우리 완인들도 속인이 될 수 있는 거였나? 아니, 그보다, 속인이 좋은 것인 게 맞긴 한가?

물론 속인은 매우 위협적이고 완인들로선 그들의 공격에 속수무책으로 당할 수밖에 없는 처지인 것은 주지하는 바였다. 하지만 그것은 자신들의 힘을 과시하려는 일부 몰지각한 자들일 테고, 완인도 며칠 전까지 함께 살아가던 사람들인데 어제의 미친 살육이 계속 이어지지는 않을 것이다. 곧 속인 내부에서 자정의 목소리가 나오고, 통제가 시작되겠지. 그리고 머지않아 속인들 모두가 원래의 속도로 돌아오겠지. 채하는 그렇게 생각했다.

완인보다 백 배쯤 빠르다고 가정한다면 속인들은 하루를 2400시간으로 나누어 쓰고 있는 셈인데, 채하는 단 하루라도 그런 삶을 원치 않았다. 하루가 백 일간 이어진다니 상상만 해도 끔찍했다. 저기 가두행진을 하는 광신도들은 생각이 다른 것 같지만.

그때 밖에서 와아, 하는 함성이 들렸다. 뒤이어 못으로 녹슨 철판을 긁는 듯한 괴성도 들려 왔다. 속인들이 온 것이다.

"오셨다!"

"구원이다!"

광신도들은 성령을 받아들이기라도 하려는 듯이 두 손을 앞으로 뻗고 걸었다. 그들은 환희에 찬 목소리로 구원을 외치며……죽어 가고 있었다. 행렬의 앞쪽에서부터 사람들이 라즈베리 파이처럼 짓뭉개지고 있었다. 근육이 힘없이 뜯어졌고, 관절들은 아무렇게나 꺾이다 빠졌다. 앞사람들이 쏟아낸 피에 행렬의 뒤쪽에서는 미끄러져 넘어지는 사람들도 많았다. 그들은 피범벅이 된 채로 바닥을 구르며 하얀 이를 드러내고 구원자들을 환영했다.

채하는 욕지기가 치밀어 더 이상 그 지옥도 같은 광경을 지켜볼 수가 없었다. 벽에 등을 기대고 주저앉아 눈물을 닦았다. 저런 게 구원이라고? 세상이 다 미쳐 돌아가는 걸까? 결국엔 나와 지원이도 저런 죽음을 맞이하게 될까?

밖을 계속 내다보고 있던 지원이 채하의 어깨를 움켜쥐었다. 광신도들의 구호가 바뀌었다.

"아이를! 바쳐라! 아이를! 바쳐라!"

목덜미가 차갑게 얼어붙는 느낌에 채하가 벌떡 일어나 블라인드를 거칠게 제치고 창밖을 살폈다. 광신도들이 향하는 곳으로 시선을 옮겼다. 부모는 속인이 되어버렸는지 아니면 어제오늘 사이에 죽었는지, 혼자 남겨진 다섯 살 정도로 보이는 꼬마 아이가 길가에서 행진을 구경하고 있었다. 행렬의 끝 쪽에서 이마에 하얀 띠를 묶은 완인들이 그 아이에게 접근하는 중이었다.

"저런 미친놈들이!"

채하는 앞뒤를 생각할 틈도 없이 달렸다. 어떤 결정은 과거의 자신이 미리 내려 주기도 한다. 한 사람이 살면서 행한 수많은 선택과 그 결과에 대한 만족 또는 후회가 그의 사람됨을 구성하고, 어떤 일에 대해서는 반사적으로 반응을 하게 되는 것이다. 채하는 운동화에 발을 꿰고, 현관문을 열고, 복도를 지나, 계단을 두세 개씩 뛰었다. 건물을 나가서 큰길 쪽으로 모퉁이를 돌다 속도를 못 이겨 미끄러져 넘어질 정도로 정신없이 내달렸다.

"죽고 싶으면 당신들이나 죽어! 구원을 받든 말든 내 알 바 아니니까. 하지만 당신들의 선택을 이 아이에게 강요하지는 마! 인간이라면 그래선 안 되는 거잖아!"

광신도들의 손에 끌려가던 꼬마를 겨우 빼냈다. 위에서 봤을 때보다 훨씬 작고 마른 여자아이였다. 행렬의 앞쪽에서는 속인들의 괴성 속에 사람들이 계속 해체되고 있었다. 잠깐 멈칫했던 광신도들이 꼬마를 안아 든 채하를 향해 서서히 다가왔다. 행진에 참여한 사람들의 숫자는 그새 더 불어나 있었다. 채하는 떨리는 눈동자로 주변을 살피며 뒷걸음질을 쳤다. 집으로 돌아가는 길은 머리에 흰 띠를 두른 사람들로 이미 막혀 있었다.

"이쪽이야!"

좁은 골목에서 지원이 외쳤다. 꼬마를 꼭 끌어안고 골목 안으로 달렸다. 지원이 뒤를 따르며 골목에 세워져 있던 쓰레기통이며 박스 같은 것들을 넘어뜨려 추격자들을 방해했다. 정신없이 쫓아오던 광신도들은 걸려 넘어져 바닥을 구르는 앞사람에게 재차 걸려 넘어졌다. 그러면 또 그 뒷사람이 그들을 밟고 달려왔다. 그들을 구원에 이르게 할 유일한 희망을 채하가 가로챘다고 믿는 것 같았다.

주택가 골목을 이리저리 빠져나가는 동안 집에서는 점점 멀어져 갔다. 수년째 사는 동네의 골목길이었는데, 익숙한 느낌이라곤 눈곱만큼도 느껴지지 않았다. 실제로는 멀쩡한 건물들이었지만, 전쟁의 포화가 휩쓸고 간 폐허처럼 삭막했다. 평소 길냥이들이 쉬고 있었을 것 같던 모퉁이 그늘은 이제 광신도들이 잠복해 있을 듯이 불길했다. 그나마 다행인 것은 속인들이 합정역에서 수백 명의 추종자와 피의 잔치를 벌이느라 열댓 명의 추격전에는 신경을 쓰지 않았다는 점이다.

"근데 얘 아는 애야?"

"아니."

"얘, 너 이름이 뭐니?"

지원은 목숨을 걸고 아이의 생명을 구하는 이유가 꼭 아는 사이일 필요는 없다는 대화는 건너뛰고, 곧장 꼬마의 이름을 물었다.

"예빈."

"언니들한테는 요자를 붙여야지."

"요."

무릎에 있는 생채기나 꼬질꼬질한 옷차림 등, 길에서 노숙한 것이 분명한 예빈이의 상태를 보니 엄마 아빠에 대해서는 묻지 않는 편이 나을 것 같았다. 채하나 지원과는 비교도 할 수 없을 정도로 많이 무섭고 외로웠을 테다. 예빈이는 채하의 목을 꼭 끌어안았다.

어느덧 추격자들은 보이지 않았지만, 셋은 멈추지 않고 계속해서 달렸다. 집 근처는 이미 광신도들이 에워싸고 있었기에 그들은 절두산 성지로 향했다. 성당에 숨을 생각이었다. 그곳은 흥선대원군의 병인박해 당시 1만 명이 넘는 천주교 신자들이 처형을 당해 절두산(切頭山)이라는 이름을 얻은 곳이다. 다름을 혐오하는 인류의 역사는 유구하다.

성당으로 향하는 긴 계단을 다 오른 채하는 얼른 자세를 낮추며 예빈의 눈을 가렸다. 그곳은 침묵과 죽음으로 가득했다. 장소의 의미를 비웃기라도 하는 듯이 참수당한 완인들의 시체가 산처럼 쌓여 있었다. 그 옆으로 낯익은 빨간 모자가 바닥에 떨어져 있었다. 셋은 나무 뒤에 몸을 감추고 숨을 죽였다. 속인들의 기척은 느껴지지 않았다. 지독히 고요해서 양화대교 아래로 한강이 흐르는 소리가 들릴 정도였다.

벌써 해가 졌다. 집을 나설 때는 이른 아침이었는데, 시간이 왜 이렇게 빠른 걸까. 채하는 머리가 어지러웠다. 생각을 똑바로 할 수가 없었다. 그냥 다 포기할까? 아등바등 도망 다니는 게 의미가 있나? 어차피 희망이 없지 않나? 이제 그만 편해지고 싶다.

채하가 절망의 늪으로 점점 빠져들던 그때, 예빈이 고사리 같은 두 손으로 채하의 손을 꼭 쥐었다. 따뜻했다. 생의 반대편을 보던 시선을 거두어 예빈의 반짝이는 눈동자를 보았다. 이유는 모르겠지만, 미소가 지어졌다. 아이에게 웃어 보이고 싶었나 보다. 손을 뻗어 지원의 손을 잡았다. 지원은 말없이 고개를 끄덕였다. 그래. 힘이 없고, 느리면 좀 어때. 할 수 있는 만큼은 해 보자.

"배고파."

예빈의 말에 채하와 지원은 웃음이 터졌다. 둘의 정답 없는 고민을 시원하게 날려버리는 원초적 한방이었다.

"요자 붙이랬지."

"요."

"킥킥. 편의점은 위험할 것 같고, 속인들이 없을 만한 데가 어디 있나?"

"이 시간이면 대형마트는 문 닫았을 거야. 홈플러스로 가자."

셋은 늘 인적이 드문 샛길을 지나 양화대교 아래를 통과해서 홀트아동복지회 방향으로 이동했다. 넓고 좁은 도로들이 불가사리처럼 교차해 있는 합정역의 광경이 보였다. 도로 한가운데에 커다란 캠프파이어같이 활활 타오르는 불길이 있었다. 시커먼 연기를 흐트러뜨리는 바람이 속인들의 소름 끼치는 괴성을 싣고 날아와 채하의 뺨을 긁었다. 저들이 태우고 있는 것이 나뭇가지는 아닐 거라는 생각에 다리가 후들거렸다.

가로등이 없는 골목으로, 폐업해서 임대 안내가 붙은 상점가를 지나, 소변 냄새가 나는 지하도를 통해 홈플러스에 들어갔다. 입구가 쇼핑 카트로 막혀 있었지만, 진입에 어려움은 없었다. 나란히 서 있는 진열대 사이로 푸른 비상구 불빛이 흐르는 매장 안을 둘러보니 새삼 보안 카메라가 셀 수 없이 많았다. 보안팀이 전부 속인이 되어 저 광란의 축제에 참여했길 빌었다.

"예빈이 뭐 먹고 싶어?"

지원의 물음에 예빈은 아이스크림 진열장을 가리켰다.

"야, 배고프다며! 저건 밥 먹고 후식으로 먹자."

예빈이는 입을 비죽이더니 정육 코너로 걸음을 옮겼다. 채하와 지원은 신경을 곤두세우고 주변을 살피며 예빈이를 뒤따랐다. 속인은 그 모습은 잘 보이지 않았지만, 박쥐 비슷한 특유의 소리로 알아차릴 수는 있었다. 정육 코너에 도착한 예빈이는 한우 1++등급 꽃등심 팩을 꺼냈다.

"어유, 비싼 걸로 골랐네! 시식 코너에 가면 전기 그릴이 있으려나?"

그런데 예빈이는 그 자리에서 랩을 벗기더니 생고기를 입에 물었다. 조그만 입 주변과 손은 물론이고 옷에도 검붉은 피가 뚝뚝 떨어졌다.

"아무리 배가 고파도 그렇지, 그걸 그냥 먹으면 어떡해?"

채하가 손을 뻗어 고기를 빼앗으려 했지만, 예빈이는 상체를 뒤로 젖혀 피하고는 두 손으로 고깃덩이를 꼭 쥔 채 질겅질겅 씹었다. 헛웃음이 났다.

"맛있니?"

예빈이가 육즙을 꼴깍 삼키고는 고개를 끄덕이며 씩 웃었다. 그 모습에 어이가 없으면서도 어쩔 수 없는 호기심이 일었다. 정말 맛이 있을까? 반사적으로 입에 침이 고였다. 시뻘건 고기들이 진열되어 있는 냉장고로 시선이 향했다.

"어디 그럼 나도 한번……."

순간 지원이 채하의 어깨를 붙잡았다. 굳은 표정으로 검지를 세워 입술에 갖다 댔다. 채하의 얼굴에도 웃음기가 사라졌다. 좁은 틈으로 겨울바람이 들어오는 소리 같기도 하고, 날카로운 칼로 유리창을 긁는 소리 같기도 하고, 기타를 앰프에 갖다 대고 드라이버로 기타 줄을 마구 문지르는 것 같기도 한 소음.

속인이다.

채하는 재빨리 예빈이를 안아 들고 수입 과자 진열대 뒤에 몸을 숨겼다. 지원이 구두를 벗는 것을 보고 채하도 운동화에서 발을 조심스레 빼냈다. 손에 끈적한 것이 묻어 살펴보니 운동화 밑창에 피가 묻어 있었다. 고기 냉장고에서 지금 위치까지 군데군데 핏물이 떨어져 있었다. 속인이 내는 끽끽 소리가 점점 다가왔다. 운동화를 버터 쿠키 상자 위에 올려놓고 예빈이의 손에서 한우 등심을 빼앗았다. 피가 뚝뚝 떨어지는 고깃덩이를 생선 코너 쪽으로 힘껏 던졌다. 덫에 다리가 끼인 쥐의 비명 같기도 한 속인의 음성이 더욱 날카롭게 울려 퍼지며 생선 코너를 향해 빠르게 이동했다.

셋은 살금살금 고양이걸음으로 이동해서 만 원에 네 캔을 골라 담는 맥주 판매대 뒤로 숨었다. 속인이 랜턴을 들고 흔드는지 밝은 섬광이 이리저리 번쩍였다. 아무리 속인이라도 설마 눈에서 빛을 발하는 괴물로 변한 건 아니겠지. 생선 코너와 정육 코너에 머무르던 속인은 이내 잠잠해졌다. 돌아간 걸까? 보안 카메라를 확인하러 통제실에 갔을 수도 있겠다. 벌써 자리를 떴을 리가 없지 않나 싶었는데, 생각해 보면 속인 입장에서는 꽤 오랫동안 두리번거리다 간 것일 테다.

"지금 빨리 나가자."

본인 귀에도 안 들일 정도로 작게 속삭인 채하는 손에 잡히는 대로 초코바, 와사비 아몬드, 육포 따위를 주머니에 욱여넣었다. 평소에는 꽤 즐겨 먹던 것들인데, 입 안에 침이 돌기는커녕 까끌한 먼지 맛만 느껴졌다. 너무 긴장해서 입맛이 달아난 탓이리라.

순간 번개가 친 듯 눈앞이 번쩍했다. 목이 답답하게 졸리는 느낌이 드나 싶더니 무슨 일이 벌어지는지도 모르는 채로 몸이 붕

떠서 맥주 매대에 날아가 나동그라졌다. 마트 직원이 정성 들여 쌓아 올렸을 맥주 캔들이 요란한 소리를 내며 무너져 내렸다. 워낙 갑작스러워서인지 통증도 느껴지지 않았다.

"속인이야! 도망쳐!"

큰 소리로 주의를 주었지만, 이미 지원도 와인 셀러에 부딪쳐 와장창 쏟아진 와인병 파편들과 함께 쓰러져 있었다. 레드 와인이 지원의 몸을 온통 뒤덮고 바닥에도 흥건히 흘렀다.

이제 끝인가.

절망하던 채하의 눈에 예빈이가 들어왔다. 조그만 말라깽이 꼬마가 공중에 떠서 바둥거리고 있었다. 예빈이를 들고 있는 희미한 형체도 눈에 들어왔다. 속인이다. 움직임이 적으니 그나마 흐릿하게라도 그 모습이 보였다.

정확히 무슨 생각이었는지는 모르겠다. 채하는 그냥 무작정 달려들었다. 아마도 목이라고 생각되는 곳에 매달려 힘을 썼다. 예빈이가 바닥에 떨어졌다. 속인이 몸을 흔들자 채하의 몸이 크게 요동쳤다. 놈의 목에 감은 팔이 뜯겨 나가는 느낌이었다. 다리를 놈의 허리에 감았다. 최대한 몸을 밀착시켰다. 눈을 질끈 감았다.

놈의 목을 물어뜯었다.

왈칵 피를 쏟으며 최후의 힘을 쥐어짠 속인의 거센 저항에 채하가 떨어져 나갔다. 거칠게 뜯어낸 팔목이 부러진 것 같았다. 여전히 통증은 없었다. 다리도 문제가 있는 듯 제대로 걷기가 힘들었다. 비틀거리며 지원과 예빈이가 있는 곳으로 갔다. 셋은 서로를 껴안고 속인을 지켜봤다.

투명에 가까웠던 속인의 형체는 허공에 띄워진 영상처럼 희미하게 보이다가 점차 선명해졌다. 마침내 완전히 또렷이 보이게 된 속인은 경비원 제복을 입은 평범한 중년 남자의 모습이었다. 그는 한 손으로 목에 난 상처를 막고 바닥에 쓰러져 경련하며 몸을 꿈틀거렸다. 산통이라도 겪는 사람처럼 온몸에 힘을 주고 허리를 뒤틀었다. 그러다 일순 움직임이 멈추었다. 그가 천천히 일어섰다. 고통으로 일그러졌던 얼굴이 편안한 표정으로 바뀌었다.

그렇게 그는 완인이 되었다.

속인이 시간의 속박에서 벗어나는 과정을 목격한 채하는 모든 것을 깨달았다. 저 위의 광신도들은 틀렸다. 구원은 그 방향이 아니었다. 우리 완인들이야말로 속인들을 과속의 고통으로부터 구해 줄 수 있는 구원자들이다.

항상 시간에 쫓기고, 일분일초라도 허투루 보내는 것을 조급해하며, 여유 없이 사는 사람들. 스스로를 끊임없이 재촉하고 세상 모든 일을 경주로 여기는 사람들. 빨리 올라가려는 일념으로 아래쪽 젠가를 뽑아 위로 가는 계단을 쌓고, 남의 젠가까지 마구 뽑아대는 사람들. 그들을 우리가 완인으로 변하게 해 줄 수 있다. 그들을 해방시킬 수 있다.

그것이 속인해방운동의 시작이었다.

텅 비어 황량했던 거리는 이제 완인들로 가득했다. 완인들은 느리지만 꾸준히, 약하지만 한 덩어리로 뭉쳐서, 속인들의 공격에 쓰러져도 굴하지 않고 다시 일어서서, 그들을 향해 한 걸음씩 다가갔다. 다리를 잃으면 팔로 기어서라도 전진했다. 그리고 마침내 속인과 접촉을 하게 되면, 정성을 다해 그의 몸에 이빨을 박았다. 그렇게 속인들을 해방시켰다.

여전히 완인들의 대의를 이해하지 못하고 겁에 질려 숨고 도망치는 속인들은 우리를 다른 이름으로 부르기 시작했다.

그들은 우리를 좀비라고 부른다.

각시들의 밤

장아미

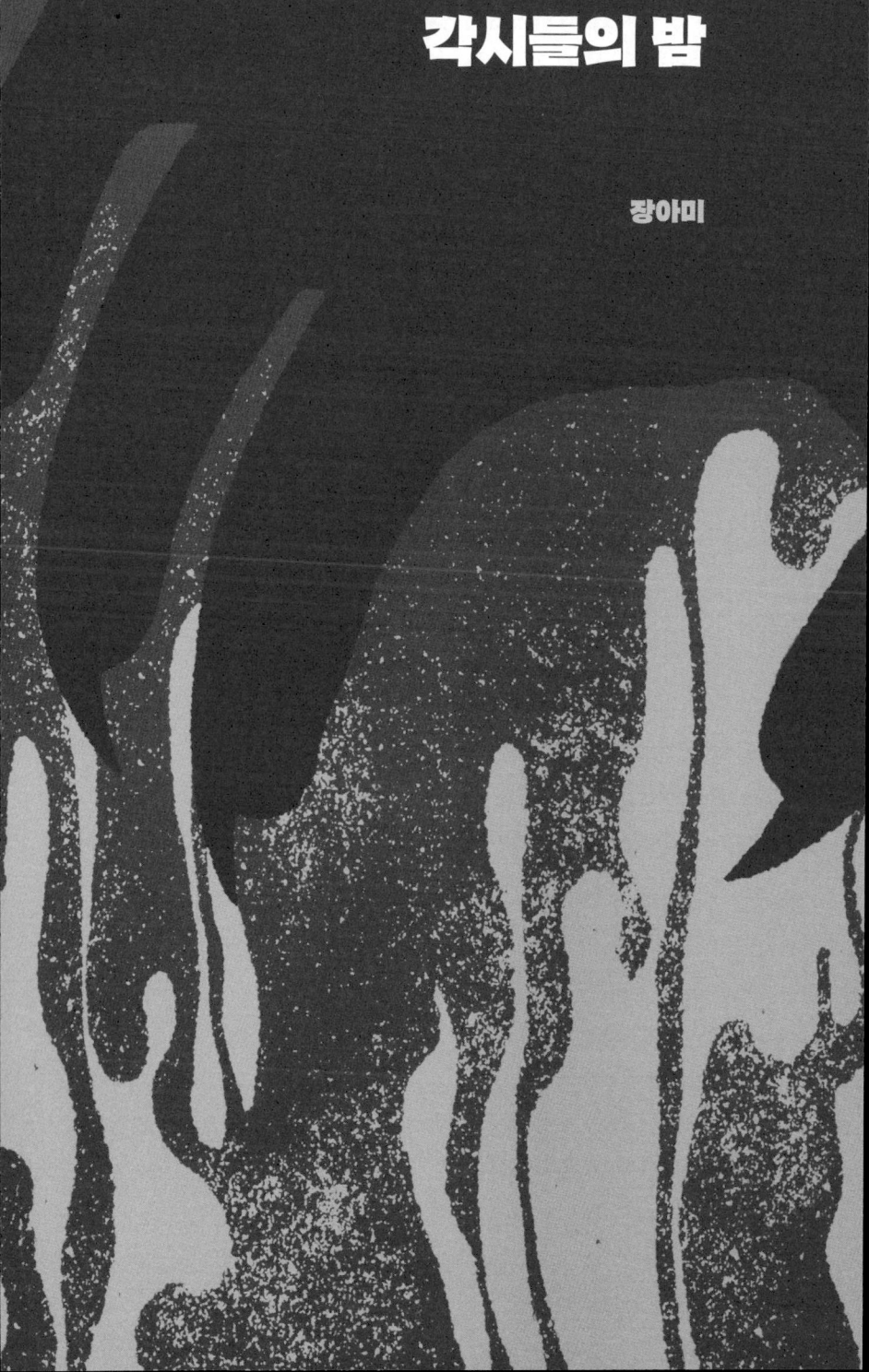

장아미

섬에 살면서부터 비와 바람과 안개, 숲과 바다에 대한
이야기를 즐겨 쓰기 시작했다. 스스로는 늘 사랑 이야기를
쓰고 있다고 자부하고 있다. 장편소설『별과 새와 소년에
대해』와『오직 달님만이』를 썼고 앤솔러지『데들리 러블리』
『우리가 다른 귀신을 불러오나니』『태초에 빌런이 있었으
니』『7맛 7작』등을 함께 썼다.

파도가 들이닥쳤다. 서쪽 숲에서부터 기다랗게 이어진 발자국이 물결에 지워졌다. 그 끝에 진홍이 서 있었다. 하얗게 인 물거품이 미투리를 적셨지만 움직이지 않았다.

해풍에 맞서다시피 한 채로 주먹을 꽉 쥐고 있는 것이 굳은 다짐이라도 하는 듯한 모양새였다. 잔뜩 긴장한 어깨에서 조금씩 기운이 빠졌다. 진홍이 입가에 달라붙은 머리카락을 떼어냈다. 그러나 저물녘의 볕이 비쳐 붉은 기운을 띤 눈동자에 어린 분노는 지워지지 않았다.

파도가 쓸려나갔다.

진홍은 이 섬에서 벗어나고 싶었다. 그것이 진홍이 원하는 단한 가지였다.

진홍은 섬 생활이 끔찍했다. 매일 보는 동무들은 지긋지긋했고 갯냄새는 역겨웠다. 마당마다 줄줄이 매달아 놓은 생선이 진절머리 났다. 하얗게 반짝이는 소금밭은 비위에 거슬렸다. 비좁은 땅에 어떻게든 발붙인 채로 새끼를 낳고 뒤엉켜 사는 어른들이 짐승 같았다.

이 섬에서 삶은 대체로 무사태평했다. 어획량은 풍부했고 돌림병은 잇닿지 못했으며 매해 여름 느지막이 사나운 기세로 다가들곤 하던 태풍은 섬 가까이에 이를라 치면 지레 겁먹은 것처럼 슬그머니 행로를 바꾸었다.

섬은 풍해를 입지 않았고 부락민들은 사시사철 배를 곯지 않았다. 보릿고개조차 남의 일이었다. 봄은 쑥과 가자미의 철이었으니까.

이 모두가 섬을 다스리는 용왕님의 자비 덕분이었다.

용왕님이라니! 하, 그 빌어먹을 것한테. 욕지기가 치민 진홍이 탁 침을 뱉었다.

진홍은 바닷바람에 침음하지 않는 잠을 바랐다. 소금기에 절어 뻣뻣해진 저고리의 동정일랑 뜯어버리고 싶었다. 취객이 늘어놓는 하염없는 술주정 같은 파도 소리가 징그러웠다. 새끼를 두르고 잔돌을 얹어 납작하게 누른 지붕들이 미련하게 느껴졌다.

진홍은 안개 낀 아침을 맞고 싶지 않았다. 일찍이 주름이 지고 살결이 거칠어지는 여자들처럼 늙고 싶지 않았다. 한밤중 숲 저편에서 울려 퍼지는 울음소리에 더는 겁먹고 싶지 않았다.

남쪽 포구와 이 섬을 오가는 유일한 뱃사공인 백은 진홍에게 이렇게 귀띔했다.

"뭍에서는 못 구하는 게 없거든. 각시들은 얼마나 편하고 단란하게 살고 있는지. 이것 봐, 예쁘지 않아? 네게 주려고 챙겨온 물건이야."

그 밤, 진홍은 간만에 섬에 들른 백과 함께 해송 숲을 거닐었다. 진홍은 백이 건네준 노리개를 못 이기는 척 받아들였다. 국화매듭의 그 노리개에는 비취옥이 달려 있었다. 그렇다고 은근슬쩍 어깨를 주무르려는 손길까지 용납한 건 아니었다.

진홍은 자신만만했다. 어차피 그의 소망은 이루어지기 직전이었으니까. 섬에는 진홍 또래가 유난히 드물었고 개중에는 이미 출산 경험이 있는 소녀들도 더러 있었다. 달이, 그 계집애만 처리할 수 있다면. 하지만 진홍은 이 문제를 어떻게 해결해야 할지 알고 있었다.

섬에서는 일 년에 한 번 의식이 치러졌다. 언제부터 전해 내려왔는지 모를 전통이었다. 이 섬을 지키는 용왕님은 매해 봄 화관을 쓰고 활옷을 차려입은 채로 부락민들의 축복 속에서 혼례를 올리기를 원한다고 했다. 그리하여 인간 각시가 섬의 역할을 맡아 그의 뜻을 받들어 선택한 인간 신랑과 예식을 치렀다. 그들 새각시 새신랑은 이튿날 동이 트기 전 돛단배를 타고 뭍으로 건너갔다.

이 봄, 달이는 진홍만큼 간절하게 이 섬을 떠나기를 고대하고 있었다.

해풍에 실려 숲 저편에서 전해지는 비명을 감지한 진홍이 눈썹을 치켜들었다. 모르는 사람이라면 필시 바람의 수작질이라고 흘려 넘겼을 그 소리는 진홍의 귀에 분명한 고통의 신음처럼 들렸다.

주먹을 말아 쥔 진홍이 빙글 뒤돌아섰다. 돌연한 그 몸놀림을 미처 예상하지 못했는지 등 뒤에서 종종걸음으로 다가들던 소년이 제풀에 놀라 철퍼덕 넘어지고 말았다.

"나, 나야, 산이."

진홍이 그 모습을 내려다보며 혀를 찼다. 더러워진 바지를 턴 산이가 울상을 지으며 물었다.

"내가 오는 걸 어떻게 눈치챈 거야?"

"그야, 네놈한테서 아주 고약한 냄새가 나니까!"

쏘아붙인 진홍이 산을 내버려 두고 걷기 시작했다.

"같이 가, 진홍아, 진홍아."

산이 헐레벌떡 진홍을 뒤쫓았다. 산의 애원은 들은 척도 않고 진홍은 오히려 걸음을 빨리했다.

산은 이 섬에 사는 소년들 가운데서도 유독 키가 작고 여위었다. 움푹 팬 뺨에는 마른버짐이 펴 있었고 얄따란 입술에 혈색이라곤 없었다. 산은 연약했다. 무해한 동시에 무용했다. 그것이 진홍을 비롯한 아이들이 드물게 살갑고 온순한 성정의 이 소년을 깔보며 못살게 구는 이유일지 몰랐다.

해송 숲 인근에 다다라 진홍을 따르던 발소리가 느려졌다. 심상치 않은 낌새를 알아챈 진홍이 발길을 늦추었다. 산이 옷깃을 움켜쥐고서 쌕쌕거리고 있었다. 가뜩이나 병색이 완연한 낯이 구겨져 있었다.

"자, 잠깐만 조, 좀, 기, 기다려줘."

산은 기침병을 앓았다. 다른 아이들처럼 나무꼬챙이를 휘두르며 언덕길을 뜀박질하기는커녕 뒤처지지 않고 무리를 쫓아다니는 것조차 힘겨워했다.

진홍이 주춤거렸다. 저고리를 뜯으며 괴로워하는 산을 바라보다 조심스럽게 물었다.

"너 정말 괜찮은 거야?"

그 즉시 산이 자리를 박차고 일어났다. 흡사 진홍의 이목을 끈 것이 기뻐 견딜 수 없다는 듯한 태도였다.

"설마, 내가 진짜로 아프다고 생각했어?"

"이 자식이!"

진홍이 산의 가슴팍을 떠밀었다.

"그럼 일부러 그랬다는 거야? 이래서 내가 널 싫어하는 거라고."

산은 대거리할 엄두도 내지 못하고 그 자리에 힘없이 주저앉고 말았다.

"미안. 그래도 나를 싫어한다느니 그런 말은 하지 말아주라, 응?"

산을 무시하고 진홍은 앞만 보고 나아갔다. 후다닥 몸을 일으킨 산이 진홍과 함께 걸으며 여러 번 거듭 간청했다.

"내가 잘못했어. 진홍아, 조금만 기다려달라니까."

진홍은 산의 말은 들리지도 않는지 재빠르게 돌무더기 사이를 지났다. 양지바른 들에서 소녀들이 나물을 캐고 있는 것이 보였다. 앉은걸음을 하느라 치마폭들이 동그랗게 부풀어 있었다. 소쿠리를 웬만큼 채웠는지 개중 나이가 많은 몇은 돌담 옆에 퍼질러 앉아 게으름을 피우고 있었다.

진홍이 미투리에 묻은 흙을 털었다. 돌담 옆에 모인 여자아이들 사이에서 소리를 낮춘 대화 몇 마디가 오갔다. 뒤이은 음성의 주인이 누구인지 진홍은 단번에 알아차렸다.

"……그래서 각시의 넋이 바다를 떠돌고 있는 거래. 깊은 밤, 신랑아, 내 신랑아, 슬픔에 못 이겨 부르짖고 있는 거래."

진홍이 대놓고 들으라는 듯 한숨을 쉬었다.

"누가 그 따위 헛소문을 지어내는 거야, 대체."

소녀들이 동시에 고개를 들었다. 진홍이 입매를 쌜그러뜨리며 물었다.

"너희는 그런 얼토당토않은 말을 믿는 거니?"

"누가 믿는대? 그냥 그런 얘기가 있다는 거지."

되받아친 달이가 느긋하게 일어나 섰다. 눈가에 잡힌 주름마저 세필로 삐친 획의 일부처럼 보이는 소녀였다. 그렇다고 새순마냥 사분사분했느냐고 하면 그건 결코 아니었다. 이 섬에서는 어떤 아이도 그렇게 길러지지 않았다.

두 소녀의 눈높이가 같아졌다. 진홍이 팔짱을 끼고 달이를 위아래로 훑어보았다.

"하긴, 그 정도로 멍청하지는 않겠지."

달이가 목에 핏대를 세우며 달려들었다.

"나한테 어떤 심술을 부리든 상관없어! 대신 무율은 건드리지 마. 너는 걜 좋아하지도 않잖아."

"아무것도 결정된 게 없는 마당에 이런 얘기하기에는 좀 이르지 않나."

진홍이 만면에 미소를 띠었다. 침착함을 잃은 달이가 어금니를 맞물리며 눈을 이글거렸다. 비소를 머금은 입술을 열어 또 한 마디를 쏘아붙이려던 진홍이 순간 보이지 않는 손에 얻어맞은 것처럼 홱 머리를 젖혔다.

괴수의 포효가 먼 데서 날아온 연처럼 꼬리를 나부끼고 있었다. 맞은바람 속에 진홍은 그 소리가 시작된 곳으로 시선을 더듬었다.

"소름 끼치지 않니? 저건 어떤 짐승이 우는 소리인지. 봄이라서 발정이라도 난 걸까."

앳된 얼굴의 소녀가 바로 옆 동무에게 속살거렸다. 진홍이 콧등을 씰룩였다. 이 섬에 우리가 모르는 짐승이 살 수 있을 것 같아?

그렇게 비웃기도 잠시, 느닷없는 피로감에 사로잡힌 진홍은 이이상의 말다툼은 사양하겠다는 듯 손을 저으며 돌아섰다. 산이 그의 눈치를 보며 뒤를 따르기 무섭게 냅다 신경질을 부렸다.

"멍청아, 그만 좀 따라오라고!"

소녀들이 당황해하는 산을 곁눈질하며 웃음을 터뜨렸다. 달이가 절레절레 머리를 흔들었다.

산은 움직이지 않았다. 강마른 팔을 늘어뜨린 채로 당산나무 옆을 지나는 진홍의 뒷모습을 물끄러미 바라볼 뿐이었다.

일 년 전 그날 아침, 먼동이 터 불그스름하던 하늘에서 난데없이 바람비가 퍼부었다. 그 탓에 급하게 핀 꽃 몇 송이가 떨어진 것을 아침잠이 없는 노인들은 알아보았으리라. 하지만 비는 금세 멎고 날씨가 개어 하늘에는 구름 한 점 찾아볼 수 없었다.

진홍으로서는 잊지 못할 날이었다. 동무들이 잔칫상에 달라붙어 아귀다툼을 벌이는 동안 진홍은 음식 같은 것에는 조금의 관심도 없다는 듯 맞은편 어른들 무리에 끼어있었다. 높게 솟은 어깨들에 떠밀려 이리저리 부대끼는 사이 눈을 내리깐 연화의 낯이 보이다 사라지기를 거듭했다.

매해 봄의 가쥐는 이후 일 년 동안의 풍어를 위해 반드시 필요한 의례였다. 이 섬에 뿌리내린 이래로 부락민들은 한 해도 식을 거른 적이 없다고 했다. 다음 봄이 올 때까지 풍요와 번영이 지속되기를 빌면서 용왕님이 간택한 각시와 신랑을 내세워 그들의 결합을 축복했다.

이는 섬사람이라면 누구나 고대하는 행사이기도 했다. 그날 하루만큼은 아이들은 어떤 실수를 저지르더라도 매질을 당하지 않았다. 어른들은 흥청망청 취했고 가축들은 매일의 노역에서 벗어나 실컷 먹이를 받아먹었다.

연화는 그해 용왕님의 점지를 받아 각시로 추대받았다.

연화는 진홍의 이종사촌 언니였다. 남자 형제밖에 없는 진홍에게 하나뿐인 자매나 다름없었다. 세 살 터울이 나는 연화는 자기도 아이인 주제에 진홍이 엄마를 찾으며 울먹일 때마다 세상살이에 도통한 아낙처럼 그를 안고 토닥여주곤 했다.

진홍이 아는 한 연화는 이 섬은 물론이고 세상천지에서 최고로 고운 사람이었다. 누군가는 미(美)라는 것이 단순한 눈의 착각에 불과하다고 주장할지언정 진홍은 아름다움이란 종종 미물마저 감동시킨다는 것을 알고 있었다. 연화가 호미질하며 콧노래를 흥얼거릴 때 풀잎들이 그 소리에 맞춰 살랑거린다는 것을. 바짓단을 걷고 갯벌을 거닐 때 바닷물이 그의 발을 적시지 못하고 수줍게 물러난다는 것도.

의식은 끝났고 부른 배 역시 꺼진 지 오래였건만 진홍은 도무지 잠을 이룰 수 없었다. 눈을 감고 뒤척여봐도 머릿속에 켜진 불은 사월 기미가 없었다. 동생들은 무슨 꿈을 꾸는지 이불을 걷어 차 배를 드러낸 채로 끙끙거리고 있었다.

엿보아서는 안 되는 밤이었다. 창호지에 난 구멍으로 새어 들어오는 바람마저 모른 척해야 하는 밤. 모두가 증인이자 또한 범인이며 방관자인 밤. 두 귀로 틀림없이 들었으되 못 들은 시늉을 해야 하는 밤. 두려운 동시에 기꺼운 밤.

섬이 인간 신랑과 꽃잠을 자는 밤.

평소 어머니가 주무시는 문가 자리는 비어 있었다. 보윤은 지금쯤 다른 여자들과 더불어 그 집에 가 있을 것이었다. 진홍에게는 천만다행이 아닐 수 없었다. 만에 하나 바깥출입을 하다 들킨다고 해도 핑계를 댈 수 있었으니까.

미닫이문을 닫고 나온 진홍이 짚신을 끌고 금줄이 쳐진 울을 돌아 나갔다. 무수한 발자국이 찍힌 길을 걸어 밭두렁을 넘어 서쪽 숲으로 나아갔다.

진홍은 연화가 가는 길을 지켜보고 싶었다. 서쪽 포구에서 흰 돛을 올리고 육지로 떠나간다는 돛단배를 향해 손을 흔들어주고 싶었다. 이 섬으로 두 번 다시 돌아오지 않을 각시 신랑의 앞날을 축복해주고 싶었다.

뱃머리에 선 연화가 멀리서 그를 배웅하는 자신을 알아봐 주리라고 진홍은 믿어 의심치 않았다.

대숲에서 노루가 울었다. 서쪽 해안에 자리 잡은 그 집은 이 섬에서 유일하게 암키와 수키와를 얹고 막새를 놓았다. 솟을대문은 굳게 잠겨 있어 누구도 함부로 출입할 수 없었다.

이 밤, 일 년에 딱 한 번 열리는 그 기와집에서 연화는 신랑과 몸을 누일 것이다. 장지문 밖에서 춤추고 노래하는 소리를 들으며 교합할 것이다. 그런 다음 긴 머리를 틀어 쪽을 진 채로 새벽동이 트기 전에 백이 띄운 배를 타고 이 섬과 영영 작별할 것이다.

달빛을 머금어 희붐한 광채를 내비칠 돌담과 지붕, 해안에 숨어 있다시피 한 포구를 가늠하면서 진홍은 두려움보다 격렬한 슬픔에 사로잡혔다. 더는 언니의 자는 얼굴을 들여다볼 수 없다니. 함께 먹을 감으며 물장구칠 수 없다니. 수풀 속에 떨어진 밤송이를 줍다 시린 손을 감싸 쥐고 호호, 입김을 불어 넣어줄 수 없다니. 붉어진 콧등에 입 맞춰줄 수 없다니.

별것 없는 사내놈에게 언니를 빼앗겨야 한다니.

진홍이 앙갚음하는 것처럼 매화나무 가지를 잡아채 툭 하고 부러뜨렸다. 여기서부터 쭉 둔덕길을 따라 걷다 언덕을 타 넘으면 섬의 서쪽 면을 이룬 잡목림에 가 닿을 수 있었다. 진홍이 너럭바위를 미끄러져 내려갔다. 두방망이질하는 가슴을 진정시키면서 달이 어디쯤 떠 있나 밤하늘을 살필 무렵 바로 옆 가지에 어떤 형상이 늘어져 있는 것을 발견했다.

진홍은 비명을 지르지 않았다. 팔을 뻗어 그를 끌어내리고자 안간힘을 쓰지도 않았다. 눈물을 쏟으며 허물어지지도 않았다.

진홍은 그것이 끝난 일이라는 걸 직감했다.

치렁치렁한 머리카락이 낮을 가리고는 있었으나 그가 누구인지는 자명해 보였다. 벗겨진 당혜 한 켤레가 바닥에 잔돌처럼 널브러져 있었다.

연화는 나무에 목을 매 숨져 있었다. 활옷은 벗지도 않은 채였다. 바람결에 버선을 신은 발이 앞뒤로 살짝 흔들렸다. 그 모습이 느리고 고통스러운 춤을 추는 것 같았다.

스스로를 위로하려는 사람처럼 진홍이 두 팔로 힘껏 상체를 끌어안았다. 그의 뺨은 빨갰고 입술은 그보다 더 빨갰다. 어찌나 세게 이를 악물고 있었던지 고통스러울 지경이었지만 그 자신은 정작 그것을 인지하지 못하는 듯했다.

진홍이 힘 빠진 다리를 놀려 허우적허우적 비탈길을 내려갔다. 슬픔이 끓어오를 듯한 분노로 바뀌어 그를 점점 빠르고 난폭하게 움직이도록 했다. 진홍이 성난 눈초리로 짙고 빽빽한 숲 저편을 노려보았다. 마을에서 유일무이한 기와집의 용마루가 우듬지에 가려 보일 듯 말 듯 반짝였다.

그 순간 진홍은 자신이 무엇을 해야 할지 깨달았다. 애도는 이후에도 얼마든지 할 수 있었으니까. 앞으로 평생에 걸쳐 해야 할 일이었으니까.

그 같은 결정이 그를 파멸로 이끈다고 할지라도 진홍은 반드시 알아내야 했다. 이 밤의 비밀, 연화가 죽은 이유를.

아침볕은 맑았다. 시냇물에 꽃잎 한 장이 떠내려왔다.

진홍이 냇가에 쪼그리고 앉았다. 수면에 비친 그의 얼굴이 물살에 따라 미묘하게 표정을 바꾸었다. 목덜미께로 흘러내린 머리카락 몇 올을 만지작거리던 진홍이 뭔가가 마음에 들지 않는지 손가락을 튕겨 냇물 위에 떠올라 있던 제 상(像)을 흩어버렸다.

흐르는 내에 머리를 감기에는 적당하지 않은 날씨였다. 진홍이 저고리 소매를 걷고 낯을 씻었다. 살얼음은 진즉에 녹아 없어졌으나 물은 여전히 차가워 살갗에 소름이 돋았다. 진홍은 스스로에게 고통을 주는 것이 한편으로는 조금 즐거웠다.

진홍이 내처 저고리 고름을 풀고 목을 훔치려고 할 때 어디선 가 흠 하는 헛기침 소리가 들렸다. 진홍이 앞섶을 붙들고 부리나 케 몸을 일으켰다. 한 손을 입 앞에 댄 채로 자신을 바라보고 있 는 사람을 마주 응시하면서 코끝에 주름을 잡았다.

무율이 제 등장을 이제야 눈치챘느냐고 묻는 것처럼 앞니를 드 러내고 웃었다. 이 섬에서 나고 자란 사내치고 무율은 제법 번듯 했다. 키는 컸고 팔은 길었으며 어깨는 단단해 보였다. 반반한 얼 굴만큼 목소리 역시 좋아 누구의 이름이라도 호명할라 치면 상대 가 얼결에 시선을 피하며 수줍어하는 일도 적지 않았다. 달이가 무율에게 목을 매는 것도 영 이해가 안 가는 건 아니었다.

진홍이 용건이 뭐냐고 묻는 것처럼 턱을 들었다. 무율이 목청 을 가다듬으며 뜸을 들였다. 진홍에게는 그를 기다려주는 아량을 베풀 생각이 없었다. 진홍은 달이와는 달랐다. 선량한 체하는 저 몸짓 뒤에 감추어진 진의가 단순한 선의가 아님을 꿰뚫고 있었 다. 저고리 고름을 정돈한 진홍이 곧바로 자리를 뜰 채비를 했다.

"어딜 가려고? 무슨 급한 일이라도 있어?"

무율이 뒤늦게 말문을 뗐다. 그것이 에두른 힐난임을 알아차린 진홍은 마음을 고쳐 인사하기는커녕 대놓고 그를 흘겨보았다.

"할 말이 없으면 비키지 그래?"

그 질문의 어디가 그렇게 재미있는지 무율이 픽 웃었다.

"뭐가 그렇게 웃긴데?"

진홍이 따져 물었다. 무율이 제 눈을 똑바로 쏘아보는 진홍의 태도에 민망해하며 우물거렸다.

"그냥, 너랑 이야기하는 게 반가워서."

"거짓말. 애쓸 필요 없어. 네 속셈은 빤히 들여다보이니까. 네가 왜 달이한테 접근했는지도."

"무슨 소리야. 나는 근처를 지나다 우연히 네가 세수를 하는 걸 보고."

진홍이 실소했다.

"그 얘길 나더러 믿으라고? 설명해봐, 고깃배에 그물 싣는 걸 도와야 할 지금 같은 때 네가 여기에 와 있는 이유가 뭔지."

"그, 그건……."

무율이 말을 더듬었다. 진홍이 팔짱을 끼고 턱짓했다.

"충고하는데 그러지 않는 게 좋을 거야."

"그러지 않는 게 좋을 거라니, 뭘?"

무율이 어리둥절한 표정을 지었다.

"왜냐하면 나는 알고 있으니까. 네 생각과 다를 거라는 걸."

진홍이 암시하는 바가 무엇인지 잠시간 고민하던 무율이 굳은 입매를 풀곤 머리를 가로저었다.

"네가 뭘 알고 있는지는 모르겠지만 어, 있지, 나는 누나를 만나러 가고 싶어. 그게 다야."

무율의 말투가 전에 없이 진지했다.

"남쪽 포구에 섬을 떠난 각시와 신랑이 모여 사는 마을이 있다면서. 지금이야 그럭저럭 자유롭게 지낼 수 있다고 해도 결국에는 나도 다른 남자들처럼 살 수밖에 없을 테니까. 각시에게 생계를 의탁한 채로 뒷방에 누워 곰방대나 물고 종일 늘어져 있겠지. 나는 그런 식으로 인생을 낭비하고 싶지 않아."

무율의 누나는 재작년 각시였다. 그와 무율은 흔치 않게 의좋은 남매였다.

진홍은 무율의 얼굴, 높고 곧은 콧날과 시원스러운 눈매, 혈색 좋은 입술을 새삼스럽게 뜯어보았다. 그런 한편으로 자신이 이 소년을 선택하면 무슨 일이 벌어질까 상상해보았다. 달이, 그 계집애는 어떤 반응을 보일까. 울까. 화낼까. 나를 원망하면서 무수히 많은 나날을 슬픔 속에서 보낼까. 그러다 잊을까. 끝까지 못 잊고 평생 그 기억에 매달려 있을까.

어머니는 어떨까. 내가 저지른 짓이 잔인하다며 내심 나를 비난할까.

진홍의 눈길을 의식한 무율이 뒷짐을 풀면서 은근슬쩍 그에게 다가왔다. 그의 손이 진홍의 뺨을 건드릴 듯 말 듯 했다. 무율이 진홍의 귓가에 속삭였다.

"나는 네가 각시로 지목될 거라고 믿어."

진홍은 그것이 그의 진심이 아님을 확신할 수 있었다. 이 소년은 아마도 달이를 사랑하고 있으리라. 나 따위는 결코 섬의 각시로 추앙받을 리 없다고 자신하고 있겠지.

순간 엉뚱한 욕망에 사로잡힌 진홍이 그의 팔을 붙들었다.

"좋아. 그럼 나를 기쁘게 해봐."

무율이 속눈썹을 떨었다. 진홍은 그를 놀리고 싶었다. 죄책감에 시달리면서 밤새도록 잠 못 들게 하고 싶었다. 멍청하다 못해 얄밉기까지 한 이 소년에게 본때를 보여주고 싶었다.

둘의 숨소리가 가빠졌다.

나뭇잎 사이로 드러난 아침 하늘이 푸르렀다. 진홍이 소리 없이 일어나 앉았다. 벌어진 섶 안으로 느슨하게 풀린 치마허리가 엿보였다. 두 사람의 무게에 짓눌린 풀들이 누워 있었다.

진홍이 집게손가락으로 부은 입술을 쓸었다. 혀에는 무율의 체취가 묻어 있었다.

관목 숲을 유심히 관찰하는가 싶던 진홍이 댕기머리를 매만지면서 짜증 섞인 말투로 중얼거렸다.

"언제부터 거기에 숨어 있었던 거야."

그러고 보니 꽃망울이 맺힌 가지들이 좌우로 조금씩 건들거리고 있었다. 진홍이 목소리를 높여 고함을 질렀다.

"거기 있는 거 안다고, 나오라고, 지금 당장!"

산이 그늘진 나무 뒤에서 모습을 드러냈다. 노기등등한 눈초리로 그를 노려보던 진홍이 긴 숨을 토해내며 어깨를 들먹였다.

"마음대로 해. 누구한테 일러바치든 말든."

고집스럽게 발밑만 바라보던 산이 쉰 목소리로 우물거렸다.

"너 설마 무율을 짝으로 삼으려는 속셈이야?"

"그건 알아서 뭐 하게?"

진홍이 인상을 썼다. 산이 거듭 따지고 들었다.

"무율을 좋아하는 거야? 왜 그 자식이야? 왜 하필 그 새끼냐고?"

"내가 왜 너한테 그런 걸 알려줘야 하는데?"

어이없다는 듯 대꾸한 진홍이 일어나 발걸음을 뗐다. 산이 거친 숨을 몰아쉬며 옆을 지나던 진홍을 덮쳤다. 진홍이 산의 낯짝을 후려갈겼다. 둘은 뒤엉켜 몸싸움을 벌이다 풀숲으로 나가떨어졌다.

"놔줘! 놔달라고!"

진홍이 발버둥 쳤지만 산은 그의 어깨에 얼굴을 파묻은 채로 꼼짝도 하지 않았다. 진홍의 목 옆이 축축해졌다. 산은 흐느끼고 있었다. 하염없이 치받아 오르는 듯한 울음을 억누르며 가엾을 만큼 맹렬하게 몸을 떨었다.

진홍이 주먹손을 펼쳐 산의 등허리를 쓸어주었다.

"내 말을 들어. 너는 이 섬에서 행복하게 살 수 있잖아."

산이 진홍이 입은 저고리의 깃을 더듬으며 훌쩍거렸다.

"싫어, 너 없이는. 나는 아무것도 아니라고, 네가 없으면."

그 말이 떨어지기 무섭게 진홍이 무릎을 세워 산의 복부를 있는 힘껏 내질렀다. 산이 끙 소리를 내면서 진홍에게서 떨어졌다. 진홍이 냉랭하게 쏘아붙였다.

"네가 섬을 떠나서 살아남을 수 있을 것 같아? 제발 정신 좀 차려."

산의 울음이 깊어졌다. 허리를 펴고 앉아 진홍은 태연하게 머리 모양을 가다듬었다. 그런 다음 몸을 일으켜 오솔길을 걸어 내려가기 시작했다.

산이 터뜨리던 통곡이 폭소로 뭉그러지고 그 부르짖음에 서린 애증이 산새들을 높이 날아오르게 하는 동안에도, 결코, 뒤돌아보지 않았다.

그해의 혼례가 치러지기 사흘 전. 섬에는 집마다 금줄이 걸렸다. 그 줄에 어떤 이들은 백지를 오려 꽂아놓기도 했으나 대개는 볏짚을 왼쪽으로 꼬아 엮감은 모양 그대로 사용했다.

이 섬사람이라면 누구나 심지어 말문이 막 트인 어린아이들조차 그것이 뜻하는 바가 무엇인지 알았다. 그런 날이면 일찍 철든 아이들은 어른들이 시키기도 전에 놀이를 마치고 돌아와 대야에 물을 받아 동생들을 씻겼다. 어머니들은 서둘러 저녁상을 차렸고 혹여 잊기라도 할까 소란을 떨며 방 안에 요강을 들여놓았다.

이는 해가 떨어진 이후로는 아무도 집 밖으로 나가서는 안 된다는 표시였다. 집들과 당산나무, 서쪽 숲의 초입과 포구, 그리고 서낭당에 부정(不淨)을 쫓아준다는 새끼줄을 매어 놓고 사흘 뒤 새봄의 제례, 즉, 섬과 인간 신랑의 혼인식이 치러졌다.

그 나흘 밤 동안 골목골목은 반드시 비어 있어야 했다. 신을 위한 통로로 바쳐져야 했으므로.

보윤 역시 평소보다 일찍 아이들을 불러 모아 밥을 먹였다. 열의 없이 숟가락질하던 진홍은 소반을 사이에 두고 마주 앉은 어머니의 태도에서 고뇌와 망설임을 읽었다. 보윤은 이 밤, 그 터에 서리라. 별빛 아래 손바닥을 칼로 그어 피를 흘리며 그들과 함께 목소리를 높이리라.

진홍은 어머니에게 어떤 결정을 내렸느냐고 묻고 싶었다. 그러나 목까지 올라온 질문을 삼키고 자신이 집을 비운 사이 동생들을 잘 보살피고 있으리라는 그의 당부에 고개만 끄덕이고 말았다.

진홍은 집 안에 순순히 틀어박혀 있지 않을 작정이었다. 신이 다니는 통로라니 가당키나 한 소리인가. 신이라는 게 세상천지에 어디 있다고.

잠든 동생들을 뒤로 하고 문을 닫고 나와 마루에 걸터앉은 진홍이 발을 저어 짚신을 찾았다. 서쪽 숲으로 가자. 막아야 해. 이

루는 거야. 계획대로 해치워야 해.

진홍이 금줄을 두른 울타리를 걷어찼다. 잰걸음을 놀리며 까 맣게 녹아내린 세상의 윤곽을 더듬었다. 서쪽 숲에 모여 있을 여 자들은 열세 명. 달이의 어머니인 화이 역시 그곳에 가 있을 것이 었다.

그 여자가 문제였다. 화이는 부락민들에게 단연 존경받는 인물 이었다. 그건 단지 화이가 고깃배를 여러 척 소유한 선주이기 때 문만은 아니었다. 화이는 공정하고 철저했다. 다정하면서 엄격했 다. 책무에서 제외될 수 있는 위치에 있으면서도 나머지 모두와 같은 의무를 지기를 고집하는 사람을 미워하기란 쉽지 않은 일이 었다. 또한 화이는 외동딸을 둘도 없이 사랑했다.

반면 보윤은 진홍에게 냉랭했다. 언젠가 진홍과 나란히 문간에 앉아 낡은 저고리를 기우며 이렇게 토로하기도 했다.

"네가 태어나기 전날 꿈을 꿨다. 하늘에서 불덩이가 떨어져 서 쪽 숲이 빨갛게 타오르더구나. 사방에서 비명이 터져 나오고 불길 이 마을을 집어삼키고. 이 얼마나 흉측한 꿈인지. 이 얘기를 나 는 누구에게도 한 적이 없다. 애, 진홍아, 나는 네가 때때로 몹시 두렵구나."

진홍이 흙담 옆을 지나며 비소했다. 자신이 낳은 딸을 무서워 하는 어머니라니. 그런 여자가 어머니라고 불릴 자격이 있을까. 개 가 웃을 일이지.

진홍은 어둠 속에서도 눈 밝은 짐승처럼 스스럼없이 움직였다. 길 잃은 넋과 마주할까 저어하는 마음은 들지 않았다. 이 섬에는 잡신조차 깃들지 못했으니까.

내를 따라 걸으면서 진홍은 문득 서쪽 숲에 불을 놓아도 괜찮겠다고 생각했다. 그 집을 무너뜨릴 수 있다면.

봄꽃들이 등화처럼 빛났다. 매화나무 사이로 사람의 형상이 어른거렸다. 여자들은 소의 차림으로 둥글게 서 있었다. 치맛자락에 튀어 있던 자국, 그건 피임이 틀림없었다. 이 밤의 회합에서는 피 흘리기를 주저하지 않는 사람만이 주장을 펼칠 수 있었다. 고통을 감수하고서야 얻을 수 있는 권한은 신성한 것이었다.

지력이 좋아 한겨울에도 눈이 쌓이기는커녕 얼음조차 끼지 않는다는 바로 저 자리에서 이 섬에 처음 내린 무리들은 제사를 지냈다. 숲에서 사냥한 동물의 멱을 따고 배를 갈라 자신들을 이곳으로 이끌어준 신에게 감사 기도를 올렸다.

그들은 대개가 여자들이었고 부락민들은 바로 그들의 후손이었다.

달이 구름에서 헤어났다. 진홍이 바위 뒤에 납작하게 엎드렸다. 열세 명의 여자들, 그들은 섬과 혼인한 신랑들의 혈육이었다. 더는 이곳에 없는 형제와 아들, 손자를 대신해 마을의 중대사를 결정할 힘을 부여받았다.

진홍이 뺨에 부딪는 풀 이파리를 걷어냈다. 해풍이 거세어지면서 여자들 사이에 오가는 대화가 커지다 작아지기를 반복했다.

바람결에 펄럭이는 보윤의 소의 치마에도 불그스름한 얼룩이 져 있었다. 그는 오른손에 피 묻은 장도를 들고 있었다.

"달이, 그 아이라면 받아들일 수 있을 겁니다. 달이, 달이를 각시로 뽑아야 합니다."

"지난해 그날 무슨 일이 있었는지 잊으신 겁니까?"

보윤의 주장을 반박하고 나선 자는 놀랍게도 화이였다. 그의 음성에는 결단을 내리는 데 익숙한 사람 특유의 권위가 깃들어 있었다.

"달이를 내세웠다가는 올해 역시 같은 사달이 벌어질지 모릅니다. 안 됩니다. 달이는 그럴 수 없는 아이예요."

밤하늘을 등지고 선 검은 형상을 주시하면서 진홍은 자신의 예측이 빗나갔음을 깨달았다. 화이는 섬 밖으로 딸을 떠나보내지 않을 작정이었다. 그의 모성은 달이를 이 지옥에 머무르게 하는 쪽을 선택했다.

바람이 채근하듯 이리 밀고 저리 밀었지만 그 후 잠시간은 아무도 입을 열지 않았다. 자신에게 기회가 왔음을 직감한 화이가 좌중을 둘러보며 천천히 입을 열었다.

"나는 진홍을 각시로 점지하기를 요구하는 바요."

"안 됩니다. 안 될 말씀입니다."

보윤은 흥분하다 못해 벌벌 떨기까지 했다.

"그 애는 모든 걸 망쳐놓을 거예요. 내가 압니다. 걔를 낳았으니까. 키웠으니까. 진홍은 절대 안 됩니다."

화가 머리끝까지 치민 진홍이 손아귀에 잡힌 풀을 쥐어뜯으며 바위 뒤에서 뛰쳐나왔다. 앞일을 셈할 여유조차 없었다. 할 수만 있다면 어머니의 면전에 침이라도 뱉고 싶었다. 저 여자가 나를 방해하다니, 저 망할 여자가!

그 모습을 맨 처음 맞닥뜨린 화이가 치맛자락을 당기며 잽싸게 몸을 돌렸다.

"네놈이 여기에는 어떻게."

"제가 하겠습니다!"

진홍은 기골이 장대한 그 여자와 마주 선 채로도 조금도 기죽지 않았다.

"다른 사람은 안 됩니다. 이 섬의 각시는 나, 바로 나여야 한다고요."

화이가 느린 걸음으로 진홍에게 다가왔다. 다른 여자들과 마찬가지로 그 역시 피를 묻힌 장도 하나를 쥐고 있었다.

"애야, 착각하는 모양인데 너는 우리에게 뭔가를 요구할 수 있는 처지가 아니다. 너는 금기를 어겼어. 하나도 아니고 셋씩이나. 첫째, 신의 길을 침범했고 둘째, 이 회합을 방해했으며 셋째, 얼토당토않은 협박을 일삼고 있지. 내 충고를 새겨듣는 게 좋을 게다. 어지간하게 나이 먹은 여자들은 네 짐작보다 훨씬 잔인해질 수 있어. 가축 멱을 따는 것과 사람 목을 찌르는 건 별반 다르지 않거든."

그 같은 협박에도 굴하지 않고 진홍은 고개를 빳빳이 세웠다. 이 순간 그의 혀는 칼이었다. 그러나 이에 베어 피를 흘리는 것은 진홍 혼자만이 아닐지니.

"나는 연화가 왜 그랬는지 알아요. 당신들이 숨기고 있는 게 뭔지도요. 나를 각시로 지목하지 않으면 지금까지 알아낸 걸 사람들에게 전부 털어놓겠어요. 당신들이 무슨 흉계를 꾸미고 있는지. 그 혼례라는 것이 무엇을 위한 눈가림인지. 우리가 대대손손 먹어치운 게 누구의 살이고 피인지. 더는 속일 수 없을 거예요. 모두들 가만히 있지 않을 거라고요."

"이 어리석은 것아."

화이가 혀를 차며 그를 설득하려는 찰나 못마땅한 눈초리로 딸을 노려보던 보윤이 모질게 내뱉었다.

"그 꿈을 믿었어야 했는데. 너는 불이었는데. 네가 불이었다고."

"닥쳐요! 내가 당신 딸이라는 걸 잊었어요? 나를 낳은 건 다른 누구도 아닌 당신이라고!"

진홍이 지지 않고 바락바락 대들었다. 그 모습에 기가 질렸는지 보윤이 허청거리며 뒷걸음질했다.

"흥, 그래요. 이 자리에서 나를 처리할 수도 있겠죠. 그다음은요? 나는 각시 후보 중 하나라고요. 혼례가 사흘밖에 안 남은 마당에 내가 갑자기 사라지면 이상하게 여기는 사람이 없을 것 같아요? 육지도 아니고 이런 섬에서? 달이는요? 당신들, 달이가 정말로 그 짓을 감당할 수 있을 것 같아요?"

위협만으로는 이 상황을 해결할 수 없을 것임을 터득한 화이가 말투를 누그러뜨리고 또 한 번 설득에 나서려는 순간이었다. 숲 저편에서 해풍이 나뭇잎을 훑으면서 날아들었다. 역할 만큼 강렬한 냄새가 휘몰아쳤다. 보윤이 무심결에 벌어진 입을 막았다. 화이, 그 담대한 여자조차 이맛살을 구기고 자책하듯 도리질할 따름이었다.

해풍과 함께 들이닥친 포효가 허공을 할퀴며 난폭하게 몸을 뒤틀었다.

그는 굶주려 있었다. 또 한 번의 혼인을 갈망하고 있었다.

섬의 허기는 깊었다.

금방이라도 까무러칠 것처럼 진땀이 흐르고 다리가 휘청거렸지만 진홍은 눈을 부릅뜬 채로 한 글자 한 글자 힘주어 말했다.

"나는 떠날 거예요. 뭍에서 아무것도 보지도 듣지도 못한 사람처럼 살 거예요. 이 섬에 대한 것들일랑 깨끗하게 잊을 거예요. 그러니 선택해야 할 거예요. 그것 말고는 방법이 없어요. 나를 각시로 추대해주세요."

여자들이 침묵하는 가운데 고통에 찬 절규가 다시 우듬지를 휩쓸었다.

이틀 뒤 해가 뜨기 무섭게 행렬은 서쪽 숲 가장자리에서 첫걸음을 뗐다. 이날을 맞이해 한껏 치장한 그들은 용왕님의 사자(使者)들이었다. 신의 뜻을 받들어 둔덕을 넘고 포구를 지나 마을로 입성할 것이었다.

새벽 나절의 안개가 걷혀 날씨는 몹시 쾌청했다. 가파른 언덕에 올라 발돋움하면 아스라하니 먼 수평선 너머로 육지 끝자락이라도 보일 성싶은 날이었다. 손에는 꽹과리며 징을 들고 어깨에는 북이며 장구를 걸친 채로 아낙들은 구성지게 목청을 뽑으며 어깨춤을 췄다.

"물렀거나, 용왕님께서 우리를 인도할지니 이 길을 따라 걸으면 새각시에게 이를 것이다."

혼례를 하루 앞둔 날. 각시 후보인 아홉 명의 소녀들은 새벽같이 일어나 치성을 드렸다. 아궁이에 불을 때고 가마에 물을 데워 머리를 감고 몸을 정결히 했다.

이 순간 각자의 거처에서 가르마가 내려다보이도록 다소곳하게 고개를 수그리고 있을 그 소녀들의 복색은 같았다. 노랑 저고리에 다홍치마. 소녀들의 어머니가 며칠 밤을 꼬박 새워 지은 새 옷이었다.

창호지가 흘려보낸 빛 속에서 진홍이 기름을 발라 보드라워진 손등으로 꿰맨 데 하나 없이 반지르르한 비단 치마의 결을 만끽했다. 그러다 한쪽 무릎을 세우고 턱을 괴고서 달이는 지금쯤 무슨 생각을 하고 있을까 가늠해보았다. 그 애 역시 인두로 다려 반듯한 동정의 감촉을 느끼면서 눈썹을 내리깔고 있겠지? 한편으로는 가슴 속에 억누를 수 없는 기대감을 품은 채로 무율과 자신의 혼례를 그리고 있을지 몰랐다.

진홍은 달이가 자신에게 고마워하리라고 믿었다. 먼 훗날 진실을 알게 된다면, 결국에는. 그것이 비록 생살을 찢는 것 같은 고통을 안긴다고 할지언정.

장구와 징, 북과 꽹과리 소리가 경쟁하다시피 서로를 윽박질렀다. 아낙들은 이미 당산나무를 비껴 들어온 후였다. 보윤 역시 그 무리에 섞여 난장을 벌이고 있을 것이었다. 팔을 젓고 입을 벙긋거리며 눈 밑을 그늘지게 만든 근심을 떨치기 위해 애쓰고 있으리라.

아낙들이 먼지바람을 일으키면서 우르르 방앗간을 지났다. 푸줏간 앞마당에서는 한참 동안 법석을 떨며 힘겨루기를 했다. 가옥들 사이에 있는 텃밭을 가로지를 때는 꿈결에 떠올릴까 무서운 욕설을 지껄이는가 하면 안 그래도 넘어가기 직전이던 목책을 기어이 분질러놓기까지 했다.

부락민들은 그들의 행각을 훔쳐보며 연신 낄낄거렸다. 오라비의 품에 안겨 돌담 위로 머리를 들이밀고 있던 꼬마가 신나게 손뼉을 쳤다.

마을 전체를 들썩이던 함성과 웃음소리가 진홍이 들어앉은 집 앞을 지나 조금씩 멀어졌다. 방문 근처에서 바깥의 소음에 귀를 기울이고 있던 둘째가 철없이 까불거렸다.

"에이, 누나가 아니었나 보네."

얼결에 그 얘기를 뱉어놓고 녀석은 진홍에게 이마라도 한 대 쥐어박힐까 겁먹은 눈치였다. 하지만 진홍은 그 경망스러운 놈의 말은 들은 척도 하지 않고 얌전히 정좌해 있을 뿐이었다.

문종이에 난 구멍으로 밖을 염탐하던 셋째가 거친 숨을 시근덕거리며 엉덩이를 뒤로 끌었다.

"오, 오고 있어, 여, 여자들이. 그 여자들이 오고 있다고."

문짝이 부서질 듯 난폭하게 밀려 나가더니 곧 아낙들이 들이닥쳤다. 선두에 선 화이는 평소보다 곱절은 거대하고 당당해 보였다.

"들어라, 용왕님의 목소리를 빌어 명하나니……."

진홍이 턱을 당겨 입가에 떠오른 미소를 감추었다.

"……너, 진홍을 각시로 간택하겠다!"

서슬 퍼런 그 호령에 놀랐는지 아니면 낯가림 때문인지 넷째가 엄지손가락을 입에 문 채로 울음을 터뜨렸다. 화이가 또 한 차례 일갈했다.

"어허, 용왕님 앞에서 냉큼 엎드려 예를 표하지 못할까!"

동생들은 물론이고 여자들 모두 머리를 조아리고 부랴부랴 진홍에게 큰절을 올렸다. 칭얼거리던 넷째를 아낙 하나가 솜씨 좋게 받아 안았다.

버선발을 놀려 문턱을 넘으며 진홍이 보윤을 넘겨보았다. 넷째를 등에 업은 어머니의 안색이 창백했다. 진홍은 그의 귓가에 속삭여주고 싶었다. 어머니, 제가 이겼어요. 저는 이 빌어먹을 섬을 떠나고 말 거라고요.

들어올 때 요란했던 행렬은 물러나는 동안에는 대단히 정숙했다. 누구 하나 노랫말을 흥얼거리거나 휘파람을 불지 않았다. 조금 전까지만 해도 잔뜩 흥이 올라 길가를 기웃거리던 부락민들까지 부정이 탈세라 꼭꼭 문을 걸어 잠그고 숨어버린 뒤였다.

진홍은 아낙들의 호위를 받아 마을 후미로 이어지는 꼬불꼬불한 샛길을 걸었다. 서낭당 인근에도 어김없이 금줄이 늘어져 있었다. 마른 흙이 깔린 마당에 새파란 포를 걸친 신랑 후보들이 열을 지어 꿇어앉아 있었다. 소녀들과 마찬가지로 그들 역시 같은 복장을 하고 있었다.

화이가 신호를 보내자 진홍이 치맛자락을 들고 디딤돌을 밟고 올라섰다. 신의 권위가 깃들어서일까. 좌중을 둘러보는 그의 눈매가 제법 날카로웠다.

신랑 후보는 모두 스물한 명. 백년가약을 맺은 경험은 없으나 하나같이 혼기가 찬 성숙한 소년들이었다. 병치레 때문인지 뼈대가 가늘고 왜소한 산은 그보다 나이가 적은 아이들 틈바구니에서조차 혼자 도드라졌다. 각시를 마주 바라보아서는 안 된다는 당부를 어기고 진홍을 쏘아보는 유치한 태도부터 그러했다.

진홍은 그를 무시했다. 신이란 자고로 관대해야 하는 법이었으니까.

침묵이 가뜩이나 움츠러든 어깨들을 짓눌렀다. 진홍이 등등한 목소리로 외쳤다.

"들어라, 용왕님의 목소리를 빌어 명하나니……."

그의 손가락이 허공의 한 점을 가리키며 스르르 뻗어나갔다.

"……너, 무율을 내 신랑으로 간택하겠다."

잘생긴 그 소년은 디딤돌 바로 아래에 엎드려 있었다. 무율이 미소 지었다. 그의 소망은 성취됐다.

비틀거리던 화이가 서낭당 벽에 등을 대고 가까스로 몸을 지탱했다. 진홍은 뒤통수에 쏟아지는 원망의 시선을 느끼며 얄궂은 웃음을 띠었다. 진홍은 여자들과의 약속을 어겼다. 그제 밤 그들이 지목하라고 종용한 신랑은 무율이 아니었다. 산이었다.

그러나 어쩌랴, 그들은 협박에 못 이겨 진홍을 신의 자리에 앉혔고 이제 칼자루를 쥔 것은 건방진 저 소녀였다.

이로써 피를 흘릴 자가 결정됐다.

그때 쿵 하는 소리가 난데없이 정적을 갈랐다. 산이 바닥에 다시 한번 머리를 짓찧었다. 돌발적인 그 행동에 놀란 몇이 거칠게 숨을 들이켰다. 개중 하나는 쥐고 있던 꽹과리를 놓치기까지 했다.

"진홍아, 진홍아!"

산이 야차처럼 울부짖으며 자신에게 거듭 상해를 입혔다. 찢어진 이마에서 핏방울이 배어 나왔다. 그러다 잘못해 입술이라도 물어뜯었는지 턱 밑에까지 시뻘건 피가 흘렀다. 동무들이 그를 말리려고 했지만 병약한 육신 어디에 그런 괴력을 품고 있었는지 산은 일거에 그들을 물리쳤다.

"진홍아!"

피범벅을 한 산이 자리를 박차고 일어섰다. 화이가 채 말을 잇지 못하고 더듬거렸다.

"저 아이를, 저 아이를, 어서……"

아낙들이 달려들어 산을 제압했다. 겉으로는 물러 보일지 몰라도 그들은 아이를 낳고 식구를 먹이고 가축을 도살한 자들이었다. 비쩍 마른 사내애 하나 끌어내는 것쯤 일도 아니었다.

산의 반항은 극렬했다. 팔을 비틀린 채로 미친 듯이 발악하며 괴성을 질렀다.

"나는 아무것도 아니라고, 네가 없으면, 나는, 나는!"

일단의 여자들이 진홍을 에워쌌다. 혼례가 당장 내일이었다. 인간사의 사소한 다툼으로 말미암아 신을 위한 의식을 망칠 수는 없는 노릇이었다. 남은 일들은 신속하게 처리될 것이었다.

"진홍아, 제발, 진홍아!"

절절한 그 호소가 듣는 이의 마음에 생채기를 냈다. 그러나 진홍은 산을 조금도 측은하게 여기지 않았다. 도리어 자신이 베푼 은혜가 얼마나 크고 깊은가를 생각하며 남몰래 도리질했다.

혼례는 성대하게 치러졌다. 불화의 몸짓일랑 끼어들 여지가 없는 자리였다. 사람들은 한마음 한뜻으로 웃고 떠들었다. 음식은 얼마나 맛 좋고 넉넉한지 노인들이 각시 신랑의 백년해로를 기원하며 닭을 날릴 즈음 개들마저 배불러 있었다.

이제 잔치는 파했다. 어린 부부는 초야를 치르고 배에 오를 것이고 마을은 이전과 같아질 것이었다. 그들은 바쳐 마땅한 것을 올림으로써 한 해 동안의 무사태평을 약속받을 것이었다.

오늘의 낮이 죽고 밤이 되살아날 무렵. 무율은 가마에 실려 있었다. 어지럼증 때문인지 똑바로 앉아 있기가 불가능했다. 장막 저편에서 경(經)을 외는 소리가 들렸다. 가뜩이나 속이 부대껴 죽을 지경인데 저 여자들은 왜 저런 기분 나쁜 노래를 부르고 있을까. 까라지는 몸뚱이를 추스르면서 무율이 툴툴거렸다. 육체적으로 허약해져 있어서인지 그의 귀에는 그 소리가 초상집에서 곡하는 소리처럼 음침하기만 했다.

무율이 기억하는 마지막은 합근례였다. 무율은 진홍과 마주 앉아 시반과 수모가 따라주는 술을 호쾌하게 들이켰고 어느 순간부턴가 정신이 혼미해져 눈을 끔뻑이다 푹 고개를 꺾었다. 몇 식경이나 의식을 잃고 있었는지 몰라도 깨어나 보니 사인교에 올라 있었다. 흔들리는 어둠 속에서 무율은 완전히 깨어 있지도 그렇다고 잠들어 있지도 않은 상태로 엎어져 있었다.

무율이 마른침을 삼키며 끙끙거렸다. 시원한 물 한 사발만 마시면 정신을 차릴 수 있을 것 같은데. 의지와는 다르게 팔다리에 힘이 들어가지 않았다. 무율은 고작 합근주에 취해버린 스스로가 한심스러웠다. 골을 빠개는 듯한 두통을 의식하지 않기 위해 이런 저런 상념에 골몰하다 예기치 않게 달이를 떠올렸다. 그 아이와는 두 번 다시 만날 일이 없겠지. 잘 지내라는 인사도 못 했는데.

가마는 쉴 새 없이 나아갔다. 돌다리를 건너고 숲을 지나 겹겹의 문을 넘고 또 넘었다.

사인교가 정지했다. 여러 손들이 무율을 가마 밖으로 끌어 내렸다. 목적의식이 확고한 손길들이 그를 이리 옮기고 저리 날랐다.

무율은 그들에게 반항하지 않았다. 이 또한 의식의 일부라면 기꺼이 따라야 할 터. 여자들은 침묵 속에서 움직였다. 극도의 조심성을 갖추고 신속하게 일을 해치웠다.

무율이 요 위에 눕혀졌다. 탁, 문이 닫혔다.

그 지경에 처해서도 무율은 자신이 어떤 위기를 맞닥뜨렸는지 짐작조차 하지 못했다. 밭은 숨을 뱉으며 곧 각시의 품에 안겨 잠들어야지, 안일한 꿈이나 꾸고 있었다.

오늘밤이 끝이 아니었으니까. 앞으로도 무수하게 많은 나날 동안 내 각시를 어루만질 수 있을 것이므로.

오산이었다. 그 밤은 그렇게 호락호락하게 저물지 않을 예정이었다.

무율의 발아래 어딘가에서 스륵 스르륵 쇠줄 끄는 소리가 났다. 무율이 굼뜨게 고개를 들었다.

각시는 쇠줄에 묶여 있었다. 피에 전 활옷을 입은 그가 언젠가 스스로 뜯어먹었는지도 모를 입술을 벌렸다.

각시가 울부짖었다. 하지만 그의 입 밖으로 쏟아져 나온 것은 인간의 언어와는 전혀 다른 소리, 괴수의 포효였다.

보윤이 돌담 모퉁이에서 걸음을 멈추었다. 거기에서 백이 그들을 기다리고 있었다. 보윤이 머리를 돌린 채로 보퉁이를 떠안겼다. 진홍에게는 시선조차 주고 싶지 않다는 듯한 태도였다.

"가거라, 어서."

진홍이 눈을 들었을 때 보윤은 이미 그를 등진 뒤였다. 불을 밝힌 등롱이 막대기에 매달려 대롱거리며 멀어졌다.

진홍이 보퉁이를 부둥켜안았다. 진홍은 더는 댕기를 드리우고 있지 않았다. 여느 아낙들처럼 머리칼을 올리고 양옆으로 단단하게 비녀를 찔러 고정시켰다. 연화 역시 살아 있었다면 검고 탐스러운 머리채에 버드나무를 다듬어 만든 이 백목 비녀를 꽂았을 것이다.

담뱃대를 털어 허리춤에 찬 백이 팔을 벌려 진홍을 반기는 몸짓을 했다.

"이야, 해냈구나. 축하해. 너라면 할 수 있을 줄 알았어."

백의 반색에도 진홍은 이렇다 할 반응을 보이지 않았다. 아무렴 어떠냐는 듯 미소를 띤 백이 따라오라고 손짓했다. 느릿느릿 뱃사공을 따라 걷던 진홍이 포구 가까이에 이르러 눈물이 새어 나오는 눈가를 찍어 눌렀다. 가슴속에 차오른 회한 때문인지 쉽사리 걸음을 뗄 수 없었다.

어쨌거나 진홍은 아직 어렸다. 아무리 후회하지 않겠다고 다짐했다 한들 이런 일을 태연하게 받아들일 수 있을 리 없었다.

이 밤, 괴수는 무율을 먹어 그 살로 몸을 찌우고 그 피로 목을 적실 것이다. 그리하여 속수무책의 허기와 갈증을 채운 다음 봄과 여름, 가을이 지나고 겨울이 올 때까지 긴 밤에 빠져들 것이다. 그에게 바칠 제물이 끊이지 않는 한 이 섬은 오래도록 안녕할 것이다. 그것이 괴수와 인간 신랑이 치르는 초례의 비밀이었다.

그 여자들은 무율을 잠들게 했다. 그 점이야말로 진홍에게는 일말의 위안이었다. 무율은 진짜 각시가 누구인지 보지 못할 것이므로. 최후의 순간까지 자신에게 닥칠 운명을 알지 못할 것이다. 무율이 기분 좋게 들이켰으나 자신은 마시는 시늉만 한 술에 이 섬의 사내들이 연초에 섞어 피우는 꽃잎의 가루가 들어 있었으리라고 진홍은 추측했다.

상심해 있는 진홍을 달래려는 의도인지 백이 다정하게 말을 건넸다.

"남쪽 포구에 내리자마자 나와 다시 혼례를 올리는 거야. 걱정할 것 없어. 나만 믿고 따라오면 돼. 나는 네가 처음부터 마음에 들었거든."

진홍이 불쑥 물었다.

"당신은 어디까지 알고 있는 거예요?"

"전부 다."

백이 덧붙였다.

"나는 쫓겨난 각시의 자식이니까."

진홍은 그제야 백이 어떤 사연으로 이 임무를 맡게 됐는지 상상할 수 있었다. 백이 이 섬에서 무엇을 받아가 육지에 파는지, 그 거래가 이곳의 부에 어떻게 이바지하는지도. 백이 어깨를 들먹이며 말했다.

"뭍에서 산다는 게 네가 상상했던 것과는 조금 다를 수도 있어. 저 밖은 이전과 한 치도 달라지지 않았거든. 멀쩡한 사람들까지 미치게 만드는 곳이지."

백이 제 흥에 겨워 이 얘기 저 얘기 늘어놓았다.

"첫 번째 각시는 무릉도원에서 쫓겨나는 기분이었겠지. 그래도 별수 있었겠어? 자신이 고른 신랑에게 무슨 일이 벌어졌는지 전해 들은 후에는 더더욱 정신을 차릴 수 없었을 거야. 반항할 마음을 품을 새도 없이 눈물을 짜며 배에 몸을 실었을 테지."

괴수의 부르짖음이 밤하늘을 찢으며 울려 퍼졌다. 백의 안색이 어두워졌다.

"곧 일이 치러질 모양이군. 서둘러 닻을 올려야겠어."

진홍이 눈을 가늘게 뜨고 돌담 위 멀리로 용마루를 드러낸 기와지붕을 쏘아보았다. 연화는 자신이 미웠을 것이다. 언니의 여린 마음으로는 한 생명을 제 손으로 괴수의 아가리 속으로 밀어 넣었다는 사실을 감당할 수 없었을 것이다.

연화의 목을 조른 건 죄책감이었다. 그 자신의 두 손이었다.

비명은 끊어질 듯 기다랗게 잇닿았다. 백이 미간을 일그러뜨리며 중얼거렸다.

"왜 저러는 거지. 무슨 문제라도 생겼나."

보퉁이를 안은 진홍의 팔에 힘이 들어갔다. 백이 돛을 손보다 말고 깜짝 놀라 외쳤다.

"어디 가는 거야? 이제 곧 배를 띄울 거라고."

진홍은 그 자리에 멈추기는커녕 더욱 빠르게 발길을 놀렸다.

"잠깐만 다녀올게요."

"어딜?"

"저 집에요."

진홍이 담장 너머를 가리켰다. 마을에서 유일한 기와집, 진짜 각시가 머무르는 곳.

"갑자기 왜 그러는 거야?"

백이 짜증을 내며 덧붙였다.

"떠나고 싶어 했잖아. 이곳에 잠시도 머무르고 싶지 않다고. 이제 와서 왜?"

눈물이 마른 진홍의 눈가에 사나운 기색이 어렸다. 그의 말투가 평소의 기백을 되찾았다.

"당신 몫을 받으려면 여기에서 기다려야 할 거예요. 바로 이 포구에서. 알고 있죠? 이 보퉁이에 무엇이 들어 있는지. 그걸 묻으로 가져가 높으신 분들에게 팔아야 하잖아요. 꽃이요. 연초에 넣어 피우면 근심 걱정을 잊게 해준다는 가루 말이에요. 떠나지 말아요. 여기서 기다리세요. 나는 반드시 돌아올 거니까."

백이 퉁명스럽게 대꾸했다.

"정 그렇다면 알겠어. 그래도 오래는 안 기다릴 거야. 한 식경 뒤에는 혼자서라도 배를 띄울 거라고. 내 말 알아듣겠어?"

진홍은 벌써 어둠 속으로 녹아든 뒤였다. 백이 뱃전에 맥없이 걸터앉았다.

목련꽃이 떨어지고 있었다.

그 집은 돌담 안으로 세워진 겹겹의 내담과 샛담, 차면담과 중정, 정원에 에워싸여 있었다. 구불구불한 통로며 그 사이사이를 가로지르는 문들을 지나다 보면 제 아무리 담력이 좋은 사람이라 해도 숨결이 거칠어지면서 막연한 두려움에 사로잡히곤 했다.

산에게는 참으로 끔찍했던 며칠간이었다. 산이 마음을 다해 청했음에도 진홍은 신랑 될 자로 그가 아닌 다른 사내를 호명했다. 무율, 겉만 번지르르한 그 광대 녀석과 혼례를 치름으로써 그를 욕보였다. 산은 이를 용납할 수 없었다.

산은 지금 숫돌에 날을 세운 칼 한 자루를 품에 지니고 있었다.

대숲을 헤치고 나온 산이 허물어진 담 가장자리를 넘었다. 그림자에 모습을 감추고 중문 여러 개를 지났다. 신랑의 최후를 확인하고 그의 자취를 지우는 즉시 솟을대문은 닫히고 쇠가 채워지겠지만 의례가 끝나지 않은 이 순간 길목 길목은 훤히 열려 있었다. 나이 지긋한 여자 몇이 뜰에서 기도를 올리고 있었다. 횃불이 혼들렸고 인영들 역시 그러했다.

산이 주먹을 깨물고 기침을 삼켰다. 이런 식으로 허망하게 일을 그르칠 수는 없었다. 내가 어떻게 여기까지 왔는데. 산이 손등에 앞니를 박아 넣으며 신음했다. 그 바람에 핏방울이 배어 나와 입 안에 들쩍지근한 쇠 맛이 감돌았다.

산은 스스로가 과거 어느 때보다 강하게 느껴졌다. 자기 안에 내재돼 있던 살의를 깨우쳤다.

앵두나무 뒤에 숨어 산이 스리슬쩍 고개를 들었다. 신방이 있는 집채 근처에 체구가 큰 여자가 등롱을 들고 돌아서 있는 것이 보였다. 화이였다. 그에게 들키는 불상사를 피하기 위해 산은 기척을 감추고 살금살금 뒤뜰을 가로질렀다. 샛담 하나를 훌쩍 뛰어넘은 뒤에는 발걸음을 멈추고 다시 한번 가빠지는 호흡을 진정시켰다. 그러는 내내 생각했다.

진홍아, 내가 너를 얼마나 사랑하는데. 네게 어울리는 짝은 그 머저리가 아니라 바로 나라고.

마른기침이 잦아들고 산은 몸속에 차오르는 기묘한 활력을 감지했다. 마당을 박차고 올라 사뿐한 몸놀림으로 대청마루를 내디뎠다. 장지문 너머에서 열에 들뜬 신음이 새어 나왔다.

격분한 산이 밤이슬에 젖은 미투리를 벗을 새도 없이 안으로 들이닥쳤다.

"진홍아!"

비단금침이 흩어져 있었다. 그러나 산이 맞닥뜨린 건 다정하게 끌어안은 각시 신랑이 아니었다.

그것이 무엇을 뜻하는지 미처 깨닫기도 전에 산은 그 자리에 거꾸러졌다.

괴수는 쇠줄에 묶인 채로 그 집에 감금돼 있었다. 언제부터였는지는 그 자신조차 알지 못했다.

수십 년 전 야공의 아내가 담금질해 만든 쇠를 양 발목에 찬 그는 본디 순하고 아리따운 소녀였다. 배에서 생활하며 바다를 떠도는 동안 잇몸에 피고름이 차 고생하기는 했으나 섬에 당도해 이름 모를 열매 몇 알을 따 먹은 이후로 깨끗하게 나았고 다른 이주민들과 더불어 집을 짓고 땅을 일구는 데 전심전력을 다했다.

섬에서 보낸 첫 몇 달간은 그들 모두에게 몹시 고달픈 나날들이었다.

사건이 터진 건 바람이 거세게 불던 어느 날이었다. 소녀는 한 청년과 혼례를 올렸고 별것 없는 식사에 곁들여 술을 나눠 마신 다음 풀을 짜 만든 요에 몸을 눕혔다. 신랑이 자못 담대한 시늉을 하며 저고리를 벗기려는 순간 그때까지만 해도 요 위에 누워 떨고 있는가 싶던 각시가 튕기듯 일어나 그에게 덤벼들었다. 느닷없는 공격이었다. 각시는 신랑의 상투를 틀어쥐고 맥이 뛰는 목에 이를 박아 넣곤 그의 살점을 뜯어내 씹었다.

신랑은 시체로도 수습되지 않았다.

각시의 어머니는 딸을 빼돌려 서쪽 숲에 숨겼다. 신의 거처로 간주되는 그 숲의 이면으로는 드나드는 발길이 거의 없었다. 신랑된 자가 혈혈단신으로 배에 오른 것이 불행 중 다행이었다. 그의 죽음은 사고사로 위장됐다.

그날 새벽, 청어 떼가 해안가로 몰려들었다. 갯벌에 내던져진 채로 펄떡거리던 그것들은 몇 날 며칠을 굽고 말려도 다 처분하지 못할 만큼 많았다. 신랑을 해친 각시는 잠들어 깨어나지 않았다.

서너 달 뒤 각시는 포박을 끊고 달아나 갓난쟁이 하나를 잡아먹었다. 상황을 알아챈 아낙 몇이 횃불을 들고 맹수처럼 으르렁거리는 그를 몰아 토굴 속에 가두었다. 그러나 안타깝게도 그들 중 괴수를 살해할 담력이 있는 자는 없었다. 이튿날 모래밭에 집채만 한 고래 한 마리가 떠밀려왔다. 그 무렵까지도 이 일에 대해 인지하고 있는 자는 극소수였다.

섬의 대지는 비옥했고 부락민들은 변변찮은 도구 없이도 넘칠 만큼 풍족하게 고기를 낚았다. 매일이 태평이었다.

계절마다 한 번씩 아이들이 실종됐다. 누군가는 이슥한 밤 야수의 울음소리를 듣기도 했다.

그런 일이 일어난 뒤 곡식은 더욱 잘 영그는 듯했고 그물에 잡혀 올라온 생선은 유독 씨알이 굵었다. 원시림에 가깝던 숲이 조금씩 개간됐다. 눈코 뜰 새 없이 바쁜 생활은 비극을 빠르게 잊을 수 있도록 해주었다.

몇 년 뒤 비밀을 공유한 일부가 서쪽 숲 너머에 기와집을 짓기 시작했다. 만에 하나 그 집에 가둔 것이 풀려난다고 해도 밖으로 쉽게 달아나지 못하도록 담장을 높이고 곳곳에 문을 달았다. 솟을대문에는 큼지막한 쇠를 채웠다. 각시 어머니의 주도 하에 서쪽 숲에서 올리는 제사는 봄의 혼례식으로 바뀌었다.

의식은 정교해졌고 기밀을 전달하는 방식 역시 그러했다.

그 늙은 각시에게는 이제 와 많은 먹잇감이 필요하지 않았다. 일 년에 한 명, 단 한 명이면 알맞았다. 그러므로 이는 마을 사람들 입장에서도 수지맞는 거래였다. 괴수는 인육을 탐했으나 그토록 오랜 세월이 흐르는 동안에도 그가 발휘하는 힘은 쇠하지 않았다. 그를 신으로 추앙할 이유는 충분해 보였다.

그날 밤, 산이 신방으로 뛰어들었을 때 무율은 혼미한 정신으로도 바르작거리며 기어 맞은편 벽에 달라붙어 있었다. 괴수가 진홍의 이름을 외치는 산을 공격했다. 산이 그에게 입술을 물어 뜯겼다. 산이 드잡이를 벌이며 괴수를 들이받았다. 무슨 용기가 났는지 무율이 산의 다리를 잡아 넘어뜨리곤 제 쪽으로 끌어당겼다.

괴수가 두 팔을 내지르며 난동을 부렸다. 대들보에 매어둔 쇠줄이 덜커덩거렸다. 하지만 그 줄은 여전히 강고했고 거기에 묶여 있는 한 괴수는 무율이 웅크린 곳에 닿을 수 없었다. 무율이 굳은 혀를 놀려 말했다.

"나, 나가자. 여, 여기서 다, 달아나야 해."

산이 개처럼 엎드린 채로 낑낑거렸다. 산의 귀에는 무율의 말소리가 무의미한 소리의 분절처럼 들릴 뿐이었다. 고통이 밀려 나간 자리에 욕구가 치받아 올랐다.

산은 잇몸이 근질거리는 것을 느꼈다. 배가 고팠다. 이는 거대한 구멍 같은 허기요, 갈증이었다.

이 같은 욕망을 채우기 위해서라면 산은 무슨 짓이든 할 수 있었다.

산이 무율의 팔뚝을 베어 물었다. 무율이 터뜨린 비명이 부서진 방문을 넘어 수 겹의 담을 돌아 메아리쳤다.

진홍이 솟을대문 앞으로 가 섰을 때 안에서는 목적을 짐작하기 힘든 북소리가 흘러나오고 있었다. 그러다 일순간 가위로 자르기라도 한 것처럼 뚝 끊어졌다.

진홍이 대문 근처로 머리를 들이밀었다. 무슨 사고라도 난 걸까. 그러고 보니 어딘가에서 뭔지 모를 냄새가 풍기는 것도 같았다. 그건 갯비린내와는 사뭇 다른 냄새, 훨씬 짙고 비린 악취였다.

열린 문 저편에서 불빛과 함께 희끄무레한 형체가 윤곽을 드러냈다. 진홍이 주춤거리며 물러났다. 솟을대문 밖으로 뛰쳐나온 사람은 보윤이었다. 등롱을 치켜든 그의 옷매무새가 평소답지 않게 흐트러져 있었다. 진홍이 예기치 못한 조우에 당황한 듯 입술을 달싹였다.

무슨 말을 어떻게 전해야 할까. 당신들에게 하고 싶은 얘기가 있다고, 그래서 여기로 되돌아왔다고? 더는 이따위 짓을 도모하지 말라고, 나는 당신들이, 이 마을이 끔찍하다고?

보윤이 부릅뜬 눈을 희번덕거리며 진홍에게 다가왔다. 그는 딸이 왜 여기에 와 있는지 따져 물을 마음이 없어 보였다.

"동생들, 동생들을 찾아야 해. 숨어야 해. 어디든 꼭꼭. 여기는 위험해."

그때 돌담 너머에서 자지러지는 비명이 터져 나왔다. 진홍이 솟을대문으로 달려가려고 하자 보윤이 그의 팔목을 휘어잡았다.

"먹잇감은 모두 먹이는 게 원칙이라고 했어. 그렇지 않으면 변고가 생길 거라고. 그래, 이런 거였어."

그때 거대한 형상 하나가 담을 넘어 이편으로 뛰어내렸다. 흰 옷자락을 펄럭이던 그는 화이였다. 눈을 까뒤집은 채로 달려들던 그의 몸놀림이 평범한 인간의 그것이라고 할 수 없을 만큼 기괴했다. 금수나 다름없어 보였다.

"가!"

진홍을 제치며 보윤이 손에 쥔 등롱을 휘둘렀다. 그러나 화이의 반격 한 번에 등롱대를 놓치고 엎어지고 말았다. 등불이 수풀 속에 나가떨어지며 꽃씨 같은 불티를 터뜨렸다.

불길은 등롱의를 태우면서 순식간에 뻗어나갔다. 마른 가지를 타고 유연하게 움직였다. 붉은 춤을 추면서 휘황한 자태를 뽐냈다.

보윤이 목덜미에 달라붙은 화이를 으스러져라 끌어안았다. 그가 자신의 딸에게 덤비지 못하도록.

"돌아보지 말고, 어서!"

진홍은 달렸다. 봄꽃이 지고 있었다.

진홍이 울에 매달린 금줄을 뜯어 던져버리고 마당으로 들어갔다. 보퉁이는 어디서 어떻게 잃어버렸는지 기억조차 나지 않았다. 숨이 가쁘다 못해 눈앞이 하얗게 번지는 것이 금방이라도 기절할 성싶었다. 진홍이 날뛰는 가슴을 달래며 발소리를 죽여 거처로 다가갔다.

문짝이 조각나 마당 한편에 나동그라져 있었다. 동생들은 사라지고 없었다. 진홍이 겁먹은 눈초리로 주위를 둘러보았다. 이제는 그 애들이 으슥한 구석에서 달려 나와 자신을 공격하지 않을까 두려워해야 할 판이었다. 그 애들은 이미 인간이라 할 수 없을 것이었다.

괴수들은 진홍보다 빠르고 교묘하게, 어둠을 거슬러 올라왔다.

충격으로 머릿속이 흐려지는 것을 감지한 진홍이 손바닥으로 찰싹찰싹 제 뺨을 때렸다. 입 안에 고인 피를 삼키며 이를 득득

갈면서 집을 빠져나왔다. 가옥과 가옥 사이를 기어 당산나무 인근에 다다랐을 무렵 진홍은 어쩔 수 없이 이 섬이 결딴났다는 사실을 받아들여야 했다.

달이 뜬 가운데 사람과 괴수가 뒤엉켜 있었다. 처는 남편을 뜯어먹었고 노인들은 팔다리를 잃은 채로 꿈틀거렸다. 아이들은 시체의 잔해 속에서 철벅거리며 뒹굴고 있었다.

막냇동생이 옆집 남자의 뱃속을 헤집고 있는 것을 목격한 진홍이 충격에 사로잡혀 부르르 몸을 떨었다. 그때 등 뒤에서 피 냄새가 급습하듯 끼쳐왔다. 진홍이 떨리는 손으로 바닥을 더듬었다. 돌멩이 하나를 움켜쥐고는 반격할 틈을 주지 않고 뒤돌아 괴수의 머리통을 후려갈겼다. 젖 먹던 힘을 짜내 여러 번 반복해 내리찍었다.

이웃일 수도 동무일 수도 식구일 수도 있는 누군가의 머리통을 곤죽으로 만들어놓았다.

괴수는 고꾸라져 움직이지 않았다. 다시 보니 그는 어린 소년이었다. 푸줏간 집 둘째 아들일까. 진홍이 돌을 쥔 팔을 늘어뜨리고 쌕쌕거릴 때 옆에서 무슨 말소리가 들렸다. 진홍이 펄쩍 뛰며 다시금 피와 뇌수로 범벅된 돌을 치켜들었다.

"미쳤어? 나도 죽이게? 쉿, 조용히 해. 나도 간신히 빠져나왔다고."

"달이, 너였구나."

진홍이 홀쩍거렸다. 달이는 방금 막 잠자리에서 나온 사람처럼 소의 차림에 머리를 풀고 있었다. 달이가 진홍의 쪽머리를 쏘아보며 따지다시피 물었다.

"신랑은 어디 두고 너만 여기에 있는 거야?"

이런 상황에 저따위 질문이나 하고 있다니. 진홍은 우스워 견딜 수 없었다.

"몰라서 물어? 저기서 사람 간이나 파먹고 있겠지."

"그래, 그게 나을지도 모르겠다. 모조리 망해버리는 거."

"지금 이 꼴을 보고도 그런 말이 나와?"

진홍은 달이의 멱살이라도 잡을 기세였다. 그런 진홍을 잠자코 바라보던 달이가 한숨을 쉬며 손짓했다.

"어쨌든, 가자."

"어디로?"

"어디든. 여기에 계속 앉아 있을 수는 없잖아."

달이가 일어나 무릎을 털었다. 그 몸짓이 산보라도 나서는 것처럼 스스럼없었다.

"나도 다 잃었어. 아빠도, 이모도, 외삼촌도. 너처럼 나도 혼자 남았다고, 이 멍청아."

그 사이 괴수들의 움직임이 눈에 띄게 느려져 있었다. 몇몇은 갑작스러운 졸음에 빠진 듯 피 웅덩이에 머리를 박고 곯아떨어져 있었다.

대숲 인근에서 괴수의 급습을 받기는 했으나 진홍이 잔돌을 던지고 달이가 나뭇가지를 휘둘러 포만감에 굼떠 있던 놈을 물리칠 수 있었다. 진홍과 달이는 서로를 도우며 언덕 꼭대기로 올라갔다. 너럭바위를 밟고 서서 진홍은 날뛰는 가슴을 손바닥으로 누른 채로 서쪽 포구를 주시했다. 그러나 그의 바람과 달리 배는 그곳에 정박해 있지 않았다. 백은 그를 저버렸다.

서쪽 숲에서 시작된 불길이 마을 가까이로 위협하듯 다가와 있었다. 쑥불 냄새와는 비교도 할 수 없을 만큼 매캐한 탄내가 언덕 꼭대기까지 들이쳤다. 연기가 쉴 새 없이 솟구쳐 올랐다.

진홍이 어깨를 늘어뜨렸다.

"이제 어떻게 해야 하는 거지?"

그러는 동안 달이는 벌써 반대편 비탈을 타고 내려가고 있었다.

"배가 한 척만 있는 건 아니니까. 우리 길나들이 포구 쪽으로 가보자."

그들은 작은 소음에도 소스라치면서 경계를 늦추지 않고 숲길을 달렸다. 달이가 나무에 치마가 걸려 허둥거리다 돌부리에 걸려 넘어졌다. 진홍이 돌아와 그런 달이를 일으켜주었다.

그때 별빛조차 스미지 못한 수림 속에서 검은 형상이 걸어 나왔다. 그들은 상대가 누구인지 첫눈에 알아보았다. 직전까지만 해도 이상할 만큼 의연하게 굴던 달이가 충격에 쥐어뜯긴 얼굴을 하고 탄식했다.

"……무율아!"

한때 준수했던 그 소년은 사모를 삐뚤게 쓰고 한쪽 어깨에는 피에 절어 더러워진 포를 걸치고 있었다. 벌어진 저고리 사이로 내장의 일부가 흘러 나와 있었다. 그는 오른팔이 없었다.

무율이 가래 끓는 소리를 내면서 연신 침을 흘렸다. 달이가 눈물을 글썽이며 그를 향해 손을 내밀었다.

"정신이 들어? 나야, 달이."

무율이 허우적거리며 그들에게 다가왔다.

"놈은 무율이 아냐, 괴수라고!"

달이를 밀치며 달려 나온 진홍이 손에 쥔 꼬챙이를 내질렀다. 아래를 단단히 말아 쥐고는 뾰족한 끄트머리를 무율의 왼 눈으로 깊숙이 찔러 넣었다. 무율이 고통스러운 듯 울부짖으며 한쪽 눈으로 줄줄 피눈물을 흘렸다.

진홍이 오열하는 달이를 잡아끌었다.

"일어나, 빨리."

포구에 배들이 띄엄띄엄 정박해 있는 것이 보였다. 밀물이었다. 바닷물이 난폭하게 철썩거렸다. 무율, 아니, 괴수는 왼 눈에 나무 꼬챙이가 꽂힌 채로도 끈질기게 그들을 쫓아왔다.

진홍이 말뚝에 걸려 있던 밧줄을 풀었다. 그런 다음 달이를 밀어 억지로 배에 오르게 했다.

"너는?"

달이가 묻자 진홍이 멋쩍은 미소를 지었다. 무구하다 못해 상냥해 보이기까지 한 달이의 눈빛을 마주하고 있자니 어쩐지 목이 멨다.

"이런 얘기 좀 늦었지만 있잖아, 각시는 너여야 했어. 무율과 맺어지는 것도 너여야 했고. 그동안 미안했어, 달이야."

자세를 낮춘 진홍이 있는 힘껏 배를 밀어주었다. 그제야 마침내 깨달았다. 연화가 나와 같은 마음으로 그 밤 그 언덕을 올랐겠구나, 그래서 이 섬을 떠날 수 없었겠구나.

"육지를 찾아. 다른 섬도 괜찮고. 잘 가. 여기서 있었던 일일랑 모두 잊고 살아."

괴수는 다리를 절뚝거리면서도 끝끝내 그들을 포기하지 않았다. 놈이 피 묻은 입을 벌려 진홍을 막 덮치려는 찰나였다.

"잊기는 무슨. 미안하면 타라고, 지금 당장!"

달이가 벌떡 일어나 노를 휘둘렀다. 노 가장자리가 무율의 머리통을 후려갈겼다. 정수리께가 으스러진 무율이 첨벙 하는 소리와 함께 바닷속으로 나가떨어졌다. 달이가 진홍을 배 위로 끌어올렸다.

배는 하염없이 나아갔다. 두 소녀가 뱃머리에 주저앉아 손을 꼭 붙잡았다.

섬이 불타고 있었다.

좀비 낭군가

1판 1쇄 찍음 2023년 12월 15일
1판 1쇄 펴냄 2023년 12월 22일

지은이 | 태재현, 최영희, 서재이, 정예진, 경민선, 전효원, 장아미
발행인 | 박근섭
편집인 | 김준혁
펴낸곳 | 황금가지

출판등록 | 2009. 10. 8 (제2009-000273호)
주소 | 06027 서울 강남구 도산대로 1길 62 강남출판문화센터 5층
전화 | 영업부 515-2000 편집부 3446-8774 팩시밀리 515-2007
홈페이지 | www.goldenbough.co.kr

도서 파본 등의 이유로 반송이 필요할 경우에는 구매처에서 교환하시고
출판사 교환이 필요할 경우에는 아래 주소로 반송 사유를 적어 도서와 함께 보내주세요.
06027 서울 강남구 도산대로 1길 62 강남출판문화센터 6층 민음인 마케팅부

© 황금가지, 2023. Printed in Seoul, Korea
ISBN 979-11-7052-159-4 03810

㈜민음인은 민음사 출판 그룹의 자회사입니다.
황금가지는 ㈜민음인의 픽션 전문 출간 브랜드입니다.